M

Jason Rekulak

prima di dedicarsi alla scrittura, è stato, fino al 2018, l'editore di Quirk Books. Il suo romanzo d'esordio, *I favolosi anni di Billy Marvin* (Rizzoli, 2018) è stato tradotto in 12 lingue e nominato per un Edgar Award. *Teddy* è il suo secondo romanzo che presto diventerà una serie per Netflix.

ILLUSTRAZIONI DI

Will Staehle

ha disegnato la grafica di "Anya". Prima di aprire il suo studio di design, è stato direttore artistico per HarperCollins Publishers, ed è stato nominato come uno dei Top 20 Under 30 Visual Artists da *Print Magazine*. Staehle ha progettato immagini per Stephen King, Michelle Obama, Guillermo Del Toro, Michael Crichton, Madeline Miller, Andy Weir, Michael Chabon, Ernest Cline, Sony, Netflix e Disney. Si divide tra Seattle e Palm Springs.

Doogie Horner

con l'aiuto di suo figlio di cinque anni, è la mano dietro ai disegni di Teddy. Come direttore artistico della Quirk Books, dal 2006 al 2017, ha illustrato bestseller bizzarri come *Miss Peregrine* e *Orgoglio e pregiudizio e zombie*. È anche autore di romanzi. Vive a New York.

Teddy è un dolce bambino di cinque anni, intelligente e curioso, che ama disegnare qualsiasi cosa: gli alberi, gli animali, i genitori e, occasionalmente, anche la sua amica immaginaria, Anya, che dorme sotto il suo letto e gioca con lui quando è da solo. Ma ora a occuparsi di lui per tutta l'estate c'è Mallory, la nuova babysitter. I due si sono piaciuti fin dal primo incontro, tanto che il signor Maxwell non ha potuto opporsi all'assunzione della ragazza, che nonostante la giovane età ha dei difficili trascorsi con la droga.
All'apparenza tutto è perfetto: i Maxwell sono gentili e comprensivi, la loro casa sembra uscita direttamente dalla copertina di una rivista e le giornate sono scandite da una routine serena, che comprende giochi, pisolini e bagni in piscina. Fino a quando i disegni di Teddy cominciano a cambiare, diventano sempre più strani, cupi, quasi macabri e rivelano un tratto decisamente troppo complesso per un bambino di quell'età.
Che cosa sta succedendo? Per Teddy è colpa di Anya, è lei a dirgli cosa rappresentare e a guidare la sua mano. Qualcosa non va e, anche se può sembrare una follia, solo Mallory può scoprire la verità prima che sia troppo tardi.
Un thriller che sconfina nel paranormale e che, grazie alla forza espressiva delle illustrazioni, vi sorprenderà, pagina dopo pagina, in un inquietante crescendo, fino all'imprevedibile colpo di scena finale.

Jason Rekulak

Teddy

Illustrazioni di
Will Staehle e Doogie Horner

Traduzione di
Roberto Serrai

GIUNTI

Titolo originale:
Hidden Pictures

Giunti Editore si impegna per uno sviluppo sostenibile
con l'utilizzo di carta certificata FSC® proveniente
da fonti gestite in maniera responsabile.

www.giunti.it

Via Bolognese 165 – 50139 Firenze – Italia
Via G. B. Pirelli 30 – 20124 Milano – Italia

Prima edizione: settembre 2022

A Julie

1

Qualche anno fa ero praticamente al verde, e così mi offrii volontaria per un progetto di ricerca della University of Pennsylvania. Seguendo le indicazioni arrivai all'ospedale del campus, a West Philly, ed entrai in un grande auditorium pieno di donne, tutte tra i diciotto e i trentacinque anni. Non c'erano abbastanza posti e io arrivai tra le ultime, così dovetti sedermi, tremante, sul pavimento. C'erano caffè e ciambelle al cioccolato gratuiti, e un grosso televisore che trasmetteva *The Price Is Right*, ma tutte quante guardavano il telefono. Sembrava di essere in coda per qualche ufficio, però ci pagavano un tanto all'ora e quindi avremmo aspettato volentieri anche tutto il giorno.

Una dottoressa dal camice bianco si alzò e si presentò. Disse di chiamarsi Susan o Stacey o Samantha e di far parte del gruppo di ricercatori coinvolti nel progetto. Lesse tutti i soliti avvisi e clausole, e ci ricordò che saremmo state retribuite con buoni Amazon, niente assegni né contanti. Qualcuno si lamentò, a me invece non importava: avevo un amico che mi avrebbe riscattato quei buoni per ottanta centesimi a dollaro, quindi ero a posto.

Ogni qualche minuto Susan (si chiamava Susan, credo) leggeva un nome dal suo elenco e una di noi lasciava la sala. Nessuna tornava indietro. In poco tempo si erano liberati parecchi posti, ma io restai comunque sul pavimento, perché ero convinta di non riuscire a spostarmi senza vomitare. Mi faceva male tutto e avevo i brividi. Alla fine si sparse la voce che non era previsto alcuno screening preliminare – nessuno cioè mi avrebbe preso un campione di urina o le pulsazioni, né avrebbe fatto qualcosa che potesse farmi escludere –, allora misi in bocca una compressa di ossicodone da quaranta milligrammi e tolsi tutto il rivestimento giallo. Poi la sputai sul palmo di una mano, la schiacciai con le dita e ne sniffai più o meno un terzo. Quanto bastava per rimettermi in sesto. Misi la polvere avanzata in un pezzetto di stagnola per dopo. Allora smisi di tremare, e aspettare sul pavimento non mi sembrò più tanto male.

Circa due ore dopo, finalmente, la dottoressa chiamò: «Quinn? Mallory Quinn?», e io le andai incontro lungo il corridoio, trascinando sul pavimento il mio parka invernale. Se si accorse che ero fatta, non disse comunque nulla. Mi chiese solo quanti anni avessi (diciannove), la data di nascita (tre marzo), e poi confrontò le mie risposte con i dati dell'elenco. Penso che avesse deciso che ero abbastanza sobria, perché mi condusse lungo un dedalo di corridoi fino a una stanzetta senza finestre.

C'erano cinque giovani su una fila di sedie pieghevoli; guardavano tutti a terra, tanto che non ne vedevo i volti. Decisi però che dovevano essere studenti di medicina o specializzandi; portavano tutti la divisa dell'ospedale, azzurra e con le pieghe ancora perfette, come se l'avessero appena indossata.

«Va bene, Mallory, vorremmo che ti mettessi al centro della stanza, di fronte a loro. Proprio sulla X, perfetto. Adesso ti spiego cosa sta per succedere, prima che ti bendiamo.» Mi accorsi che aveva in mano una mascherina nera come quella in cotone morbido che mia madre metteva quando andava a letto.

Spiegò che al momento quegli uomini guardavano a terra, ma nel giro di qualche minuto avrebbero guardato il mio corpo. Io dovevo alzare la mano se percepivo sulla mia persona lo "sguardo del maschio". Mi disse di tenere la mano alzata finché durava quella sensazione, e di abbassarla quando svaniva.

«Continueremo così per cinque minuti, ma una volta finito potremmo chiederti di ripetere l'esperimento. Hai qualche domanda prima di iniziare?»

Scoppiai a ridere. «Sì. Avete letto *Cinquanta sfumature di grigio*? Perché se non sbaglio questo succede nel capitolo dodici.»

Tentavo di fare una battuta; Susan sorrise per gentilezza, mentre gli uomini rimasero impassibili. Stavano tutti trafficando con i loro appunti e sincronizzando i cronometri. L'atmosfera in quella stanzetta era molto professionale. Susan mi coprì gli occhi con la mascherina, poi l'aggiustò perché non fosse troppo stretta. «Allora, Mallory, così va bene?»

«Certo.»

«Sei pronta?»

«Sì.»

«Allora al mio tre si comincia. Signori, preparate i cronometri. Uno, due… tre.»

È davvero bizzarro starsene immobili per cinque minuti, bendati e nel silenzio più assoluto, sapendo che ci sono degli uomini che ti guardano le tette o il culo o chissà che altro. Non c'erano rumori o altri indizi che potessero aiutarmi a capire cosa stesse succedendo. Percepivo i loro sguardi, questo è poco ma sicuro. Alzai e abbassai la mano più di una volta, e quei cinque minuti mi sembrarono lunghi un'ora. Una volta finito, Susan mi chiese di ripetere l'esperimento, e ricominciammo da capo. Poi mi chiese di ripeterlo una terza volta. Quando finalmente mi tolse la mascherina, tutti quegli uomini si alzarono e si misero ad applaudire, come se avessi appena vinto un Oscar.

Susan spiegò che stavano eseguendo quell'esperimento da tutta la settimana, con centinaia di donne, ma io ero la prima a totalizzare un punteggio quasi perfetto e a segnalare lo sguardo con una precisione del 97 per cento per tre volte.

Disse agli uomini di fare una pausa, poi mi accompagnò nel suo ufficio e cominciò a farmi domande. Nella fattispecie, come facevo a capire quando gli uomini mi fissavano? Io non sapevo come spiegarlo, lo sentivo e basta. Era come una sensazione fugace, alla periferia della mia soglia di attenzione, una specie di sesto senso. Scommetto che è successo anche a voi, e che sapete esattamente di cosa sto parlando.

«Poi c'è una specie di suono.»

Spalancò gli occhi. «Sul serio? *Senti* qualcosa?»

«A volte. È un suono molto acuto. Come quando una zanzara ti passa vicino all'orecchio.»

Allungò le mani verso il portatile così in fretta che per poco non lo fece cadere. Digitò una serie di appunti, poi mi chiese se fossi disposta a tornare dopo una settimana per altri esperimenti. Le dissi che per venti dollari all'ora sarei tornata ogni volta che voleva. Le diedi il mio numero di cellulare e lei promise di telefonarmi per fissare un appuntamento; la sera stessa però scambiai il mio iPhone per cinque compresse di ossicodone da ottanta milligrammi, perciò non ebbe modo di rintracciarmi e non la sentii più.

Adesso che sono pulita ho un milione di rimpianti, e avere scambiato il mio iPhone è il meno grave. A volte però mi ricordo dell'esperimento e mi faccio qualche domanda. Ho provato a cercare quella dottoressa su Internet, ma ovviamente non ricordo nemmeno come si chiama. Una mattina sono tornata all'ospedale universitario con l'autobus e ho cercato di ritrovare l'auditorium, ma adesso il campus è molto diverso; ci sono alcuni edifici nuovi ed è tutto fuori posto. Ho provato a cercare su Google con parole chiave come "riconoscimento dello sguardo" o "percezione dello sguardo", ma c'è scritto dappertutto che non sono fenomeni reali, e che non ci sono prove che la gente abbia "gli occhi dietro la testa".

Credo di essermi rassegnata all'idea di non aver partecipato davvero all'esperimento, che sia uno dei tanti falsi ricordi che mi vengono per l'abuso di ossicodone, eroina e altre droghe. Russell, il mio sponsor, dice che i falsi ricordi sono comuni tra quelli come noi. Dice che il cervello dei tossici "ricorda" momenti felici così può evitare di soffermarsi sui ricordi veri, su tutte le cose ignobili che facevamo per sballarci, e tutti i modi davvero di merda che avevamo di ferire le brave persone che ci volevano bene.

«Pensa solo ai dettagli della tua storia» mi fa notare Russell. «Arrivi al campus di una prestigiosa università della Ivy League. Sei strafatta di ossicodone ma nessuno se ne accorge. Entri in una stanza piena di medici giovani e belli. Quelli ti guardano tette e culo per un quarto d'ora e poi ti fanno una standing ovation! Insomma, dài, Quinn! Non devi essere Sigmund Freud per capirlo!»

E ha ragione, è ovvio. Una delle cose più difficili, quando si è in riabilitazione, è rassegnarsi all'idea che non possiamo più fidarci della nostra mente. Bisogna capire anzi che il cervello è diventato il nostro peggior nemico. Ci spinge verso scelte sbagliate, bypassa ogni logica e buon senso, e stravolge i ricordi più cari in fantasie inverosimili.

Ecco però qualcosa che è assolutamente vero: mi chiamo Mallory Quinn e ho ventun anni.

Sono in riabilitazione da diciotto mesi e sinceramente posso dire di non avere voglia né di alcol né di droga.

Ho seguito il programma dei dodici passi e ho affidato la mia vita a Gesù Cristo, mio signore e salvatore. Non mi vedrete mai sul marciapiede a distribuire Bibbie, ma ogni giorno prego Dio di aiutarmi a restare sobria, e per ora funziona.

Vivo a nord-est di Philadelphia, a Safe Harbor, una casa-famiglia per donne nelle ultime fasi della riabilitazione. Noi che abitiamo lì sosteniamo di essere a tre quarti del percorso, invece che a metà strada come si dice di solito, perché tutte abbiamo dimostrato di essere capaci di restare sobrie e così ci siamo guadagnate un bel po' di libertà. Facciamo la spesa per conto nostro, cuciniamo da sole e non dobbiamo seguire una marea di regole fastidiose.

Dal lunedì al venerdì lavoro come assistente per le maestre della Aunt Becky's Childcare Academy, una casa a schiera infestata dai topi con sessanta alunni dai due ai cinque anni. Passo buona parte della mia vita a cambiare pannolini, distribuire biscotti e accendere dvd dei Muppet. Dopo il lavoro vado a correre e poi al gruppo di sostegno, oppure resto a Safe Harbor con le mie coinquiline a guardare qualche film su Hallmark Channel, tipo *Brezza d'amore* o *Sempre nel mio cuore*. Ridete pure, se volete, ma vi garantisco che su quel canale non vedrete mai un film in cui una prostituta sniffa della polvere bianca. Perché non è bene che mi entrino in testa certe immagini.

Russell ha accettato di farmi da sponsor perché correvo come fondista e lui per molto tempo aveva fatto l'allenatore. Nel 1988 a Seul era stato uno dei tecnici della nazionale olimpica di atletica. Poi era passato ad allenare le squadre di atletica della NCAA a Stanford e nell'Arkansas. Dopo ancora, sotto effetto della metanfetamina, aveva investito il vicino di casa, si era fatto cinque anni per omicidio colposo e poi era diventato sacerdote di una certa chiesa. Adesso fa da sponsor a cinque o sei tossici per volta, quasi tutti atleti falliti come me.

Russell mi ha convinta a ricominciare ad allenarmi (la chiama "corsa verso la riabilitazione") e ogni settimana prepara dei programmi solo per me, alternando corse lunghe e scatti lungo il fiume Schuylkill con sollevamento pesi e altri esercizi alla palestra della YMCA. Russell ha sessantotto anni e una protesi d'anca, ma alza ancora quasi cento chili. Nel fine settimana ci alleniamo insieme, mi dà consigli e mi incoraggia. Mi ricorda sempre che nella corsa il momento migliore per una donna arriva non prima dei trentacinque anni, e che dunque ho ancora tutta la carriera davanti.

Mi esorta pure a fare progetti per il futuro, ricominciare da capo in un ambiente nuovo, lontano dai vecchi amici e dalle vecchie abitudini. Per questo mi ha fissato un colloquio con Ted e Caroline Maxwell, due amici di sua sorella che di recente si sono trasferiti a Spring Brook, nel New Jersey. Stanno cercando una tata per il figlio di cinque anni, Teddy.

«Sono appena tornati da Barcellona. Lui lavora nel ramo dei computer. O nella finanza? Comunque guadagna bene, i dettagli li ho dimenticati. A ogni modo si sono trasferiti qui perché così Teddy – il bambino, non il padre – potrà iniziare la scuola in autunno. Le elementari. Quindi vogliono che tu stia con loro fino a tutto settembre. Se funziona però, chi lo sa, magari ti tengono.»

Russell insiste per accompagnarmi al colloquio. È uno di quelli che gira sempre in tuta, anche quando non si allena. Oggi ne ha una dell'Adidas, nera con le strisce bianche. Siamo sul suo suv, sul Ben Franklin Bridge, sulla corsia di sinistra, sorpassiamo, e io sono aggrappata alla maniglia sopra al finestrino e mi guardo le ginocchia cercando di non dare di matto. Non mi sento a mio agio in macchina. Per andare nei posti prendo l'autobus o la metro, ed è la prima volta in quasi un anno che esco da Philadelphia. Dobbiamo addentrarci per qualche miglio nei sobborghi e mi sembra di andare su Marte.

«Che c'è?» domanda Russell.

«Niente.»

«Sei tesa, Quinn. Rilassati.»

Come faccio a rilassarmi con un pullman gigantesco che ci sorpassa a destra? È come il *Titanic* su ruote, così vicino che potrei allungare una mano e toccarlo. Aspetto finché non passa per poter parlare senza gridare.

«Che mi dici di lei?»

«Caroline Maxwell. Lavora all'ospedale dei veterani, come mia sorella Jeannie. Per questo la conosco.»

«Che cosa sa di me?»

Alza le spalle. «Sa che sei pulita da diciotto mesi. Sa che dal punto di vista professionale posso raccomandarti senza riserve.»

«Non è questo che intendo.»

«Non preoccuparti. Le ho raccontato la tua storia e non vede l'ora di conoscerti.» Devo sembrargli scettica, perché insiste: «Quella donna ci lavora con i tossici. I suoi pazienti sono tutti veterani: Navy SEAL, reduci dell'Afghanistan, gente con traumi veri. Non mi fraintendere, Quinn, ma in confronto alle loro la tua storia non le mette certo paura».

Uno stronzo su una jeep getta un sacchetto di plastica dal finestrino e non c'è spazio per sterzare, quindi colpiamo il sacchetto a quasi cento chilometri orari e sentiamo un forte rumore tipo di vetri rotti. È come lo scoppio di una bomba. Russell si limita ad alzare l'aria condizionata di due tacche. Io continuo a fissarmi le ginocchia finché non sento il motore che rallenta, finché non percepisco la lenta curva della rampa di uscita.

Spring Brook è uno di quei villaggi del South Jersey che esistono dai tempi della Rivoluzione americana. È pieno di case in stile coloniale e vittoriano con le bandiere a stelle e strisce appese in veranda. Le strade hanno l'asfalto liscio e i marciapiedi immacolati. Non c'è un briciolo di immondizia da nessuna parte.

Ci fermiamo a un semaforo e Russell abbassa i finestrini.

«Lo senti?» domanda.

«Non sento niente.»

«Esatto. È un posto tranquillo. Proprio ciò che ti serve.»

Il semaforo diventa verde e iniziano tre isolati di negozi e ristoranti – un tailandese, un posto che serve frullati, un forno vegano, una toilette per cani e una palestra di yoga. Ci sono un doposcuola e una piccola libreria con annesso caffè. E ovviamente c'è uno Starbucks, con un centinaio di adolescenti e preadolescenti all'ingresso, tutti a digitare sui loro iPhone. Sembrano i ragazzi della pubblicità di Target: vestiti di colori vivaci e scarpe nuove di zecca.

Poi Russell svolta in una traversa e superiamo una perfetta casa suburbana dopo l'altra. Ci sono alberi alti e maestosi che fanno ombra ai marciapiedi e riempiono l'isolato di verde. Ci sono cartelli a lettere cubitali che dicono RALLENTARE: BAMBINI!, e quando arriviamo a un incrocio c'è una persona con una pettorina fluorescente che sorride, sorveglia la strada e ci fa cenno di procedere. Tutto è così perfetto fin nei minimi dettagli che sembra di attraversare un set cinematografico.

Alla fine Russell accosta e si ferma all'ombra di un salice piangente. «Bene, Quinn, sei pronta?»

«Non lo so.»

Mi guardo riflessa nello specchietto del parasole. Seguendo i consigli di Russell mi sono vestita come l'animatrice di un campo estivo, con una maglia verde a girocollo, pantaloni corti beige e un paio di Keds bianche immacolate. Prima i capelli mi arrivavano ai fianchi, ieri però mi sono tagliata la coda di cavallo e l'ho donata a un'associazione per malati di cancro. Ora ho un caschetto nero, che è più pratico, ma non mi riconosco più.

«Due consigli non richiesti» annuncia Russell. «Primo: dille che il bambino è dotato.»

«E come faccio a capirlo?»

«Non importa. Qui tutti i bambini sono dotati. Trova solo il modo di inserirlo nella conversazione.»

«Va bene. L'altro consiglio?»

«Be', se il colloquio va male, o se ti sembrano incerti, puoi sempre proporre questo.»

Apre il cassetto del cruscotto e mi mostra qualcosa che non voglio davvero portare in quella casa.

«Oh, Russell, non lo so.»

«Prendilo, Quinn. Pensa che sia una specie di jolly. Non devi giocarlo per forza, ma potrebbe servirti.»

Nel mio percorso di recupero ho sentito abbastanza racconti dell'orrore da capire che forse ha ragione. Prendo quella cosa stupida e me la metto in borsa.

«Bene» gli dico. «Grazie per avermi accompagnata.»

«Ascolta, ti aspetto da Starbucks. Chiamami quando hai finito e ti riporto a casa.»

Insisto che va bene così, che posso rientrare a Philadelphia in treno, e gli dico di partire adesso prima che il traffico peggiori.

«Va bene, ma quando hai finito chiamami lo stesso» ribatte. «Voglio sapere tutti i dettagli, okay?»

2

Fuori dall'auto è un caldo e umido pomeriggio di giugno. Russell suona il clacson mentre si allontana e io penso che ormai non è più possibile tornare indietro. I Maxwell abitano in una grande casa vittoriana a tre piani, rivestita di legno giallo e con le finiture bianche, come nelle casette di pan di zenzero. C'è una grande veranda che gira tutto intorno, con mobili di vimini e vasi pieni di fiori gialli, margherite e begonie. Alle spalle della casa c'è un grande bosco, o forse è una specie di parco, così il canto degli uccelli riempie la strada e sento anche il ronzio degli insetti e un cinguettio e un trillo.

Imbocco il vialetto lastricato e salgo i gradini fino alla veranda. Suono il campanello e viene ad aprirmi un bambino. Ha i capelli dritti e rossicci. Mi ricorda una bambola Troll.

Mi accovaccio, così possiamo guardarci negli occhi.

«Scommetto che ti chiami Teddy.»

Il bambino mi sorride, intimidito.

«Io sono Mallory Quinn. È in casa tua...»

Lui si volta e sale di corsa le scale per il primo piano, scomparendo alla vista.

«Teddy?»

Non so cosa fare. Davanti a me ci sono un piccolo atrio e un corridoio che porta in cucina. Vedo una sala da pranzo (a sinistra) e un salotto (a destra) e uno splendido parquet di pino (dappertutto). Sono colpita dall'odore fresco e pulito dell'aria condizionata centralizzata, mischiato a un accenno di detergente per il parquet, come se qualcuno avesse dato da poco una bella pulita ai pavimenti. I mobili hanno tutti l'aria moderna e sembrano nuovi di zecca, come se fossero appena arrivati da Crate and Barrel.

Premo di nuovo il campanello: silenzio. Lo suono ancora tre volte: niente da fare.

«Buongiorno...»

All'estremità opposta della casa, in cucina, vedo il profilo di una donna che si volta e mi guarda.

«Mallory? Sei tu?»

«Sì! Salve! Ho provato a suonare ma...»

«Lo so, scusami. Dobbiamo ripararlo.»

Prima che possa domandarmi come ha fatto Teddy a sapere che ero arrivata, lei viene avanti per darmi il benvenuto. Ha il passo più aggraziato che abbia mai visto: si muove senza fare rumore, come se con i piedi sfiorasse appena il pavimento. È alta, magra e bionda, con la pelle chiara e i lineamenti che sembrano anche troppo delicati per questo mondo.

«Sono Caroline.»

Le porgo la mano, ma lei mi saluta con un abbraccio. È una di quelle persone che irradiano calore ed empatia, e mi stringe a sé un attimo più a lungo del necessario.

«Sono così contenta che tu sia qui. Russell ci ha raccontato tante cose meravigliose. È vero che sei pulita da diciotto mesi?»

«Diciotto e mezzo.»

«Incredibile. E tutto quello che devi avere passato... È straordinario. Dovresti essere orgogliosa, sul serio.»

Mi preoccupo, perché potrei mettermi a piangere; non mi aspettavo che mi facesse subito tante domande sulla mia riabilitazione, prima ancora di entrare in casa. E tuttavia è un sollievo essermi tolta questo peso, avere già messo in tavola le mie carte peggiori.

«Non è stato facile, ma lo diventa ogni giorno di più.»

«È esattamente ciò che dico ai miei pazienti.» Fa un passo indietro, mi squadra dalla testa ai piedi e sorride. «Ma guardati adesso! Hai un aspetto così sano, sei splendida!»

Dentro casa fa fresco, ci saranno venti gradi; un bel sollievo dall'afa che c'è all'esterno. Seguo Caroline oltre la scalinata fino a sotto il pianerottolo del primo piano. La cucina è invasa dalla luce naturale e sembra un set di Food Network. Ci sono un frigorifero grosso e un altro più piccolo e il fornello ha otto fuochi. Il lavandino è una specie di abbeveratoio, così ampio da richiedere due rubinetti separati. E ci sono dozzine di cassetti e pensili di ogni forma e dimensione.

Caroline apre una porticina e capisco che è lo sportello di un terzo frigorifero, in miniatura, pieno zeppo di bibite. «Vediamo, abbiamo acqua tonica, latte di cocco, tè freddo...»

«Prendo volentieri un po' di acqua tonica.» Mi volto e guardo con meraviglia la parete di finestre che si aprono sul cortile. «È una cucina bellissima.»

«È enorme, vero? Anche troppo grande per tre persone. Però ci siamo innamorati del resto della casa, e allora l'abbiamo presa. C'è un parco proprio qui dietro, hai visto? Teddy adora passeggiare nel bosco.»

«Sembra divertente.»

«Però dobbiamo fare attenzione alle zecche. Sto quasi pensando di mettergli un collare antipulci.»

Avvicina un bicchiere al distributore del ghiaccio, da dove con un leggero tintinnio, che sembra quello delle campane tubolari in veranda, scendono dozzine di perline di ghiaccio. Mi sento come se avessi appena assistito a un gioco di prestigio. Riempie il bicchiere di acqua tonica e me lo porge. «Che ne dici di un sandwich? Posso prepararti qualcosa?»

Faccio di no con la testa, ma Caroline apre comunque il frigorifero grande, rivelando una cornucopia di alimenti. Ci sono bricchi di latte intero e di soia, confezioni di uova scure da galline allevate all'aperto, vasetti da una pinta di pesto, hummus e *pico de gallo*. Ci sono poi grossi pezzi di formaggio e bottiglie di *kefir* e buste a rete bianche che sembra che esplodano per quanto sono piene di insalata e altre verdure. E la frutta! Gigantesche confezioni di fragole e mirtilli, more e lamponi, cantalupo e melone verde. Caroline prende un sacchetto di mini-carote e dell'hummus, poi chiude il frigorifero con il gomito. Noto che sullo sportello c'è un disegno di bambino, un ritratto grezzo e inesperto di un coniglietto. Domando se l'autore è Teddy, e Caroline fa cenno di sì. «Sei settimane in questa casa e già manda segnali perché vuole un animaletto. Gli ho detto che dobbiamo ancora disfare i bagagli.»

«Mi sembra dotato» le dico, e ho paura che sembri poco sincero, che mi sia spinta troppo oltre e troppo presto.

E invece Caroline è d'accordo con me.

«Oh, assolutamente. È davvero avanti per la sua età. Lo dicono tutti.»

Ci accomodiamo a un tavolino nell'angolo per la colazione, e lei mi porge un foglio di carta. «Mio marito ha elaborato alcune linee guida. Niente di che, ma tanto vale che le affrontiamo adesso, per non parlarne più.»

REGOLE DELLA CASA
1. Niente droga.
2. Niente alcol.
3. Vietato fumare.
4. Non usare un linguaggio volgare.
5. Niente schermi.
6. Niente carne rossa.
7. Niente cibo spazzatura.
8. Niente ospiti senza permesso.
9. Niente foto di Teddy sui social.
10. Niente religione o superstizioni. Seguire solo la scienza.

Sotto all'elenco c'è un'undicesima regola, scritta a mano con una delicata calligrafia femminile:

Divertitevi! ☺

Caroline fa per scusarsi di tutte quelle regole già prima che io abbia finito di leggerle. «La numero sette non la seguiamo davvero. Se vuoi fare dei cupcake, o comprare un gelato a Teddy, va bene. Niente bibite gassate, però. Sulla numero dieci è stato mio marito a insistere. È un ingegnere. Lavora con la tecnologia. Quindi la scienza è molto importante per la nostra famiglia. Noi non preghiamo e non festeggiamo il Natale. Se qualcuno starnutisce, non diciamo nemmeno "Dio ti benedica", come fa qualcuno.»

«E cosa dite?»

«"*Gesundheit*" oppure "Salute". Che poi è la stessa cosa.»

Lo dice di nuovo come se volesse scusarsi e vedo che guarda la minuscola croce d'oro che porto appesa al collo, un regalo di mia madre il giorno della prima comunione. La rassicuro sul fatto che le regole della casa non sono un problema. «La religione di Teddy è affare vostro, non mio. Io sono qui solo per assicurargli un ambiente sicuro, premuroso e affettuoso.»

Sembra sollevata. «E… divertitevi, va bene? L'undicesimo comandamento. Insomma, vuoi organizzare qualcosa di speciale? Una gita al museo o allo zoo? Sarò lieta di pagare per tutto.»

Parliamo per un po' del lavoro e di cosa comporta, ma Caroline non mi fa molte domande personali. Le dico che sono cresciuta a South Philly, in Shunk Street, poco più a nord della zona degli stadi. Ho vissuto con mia madre e la mia sorella minore, e facevo da babysitter per tutte le famiglie dell'isolato. Ho frequentato la Central High School e avevo appena ricevuto una borsa di studio per l'atletica alla Penn State quando ho preso la strada sbagliata. E Russell deve averle raccontato il resto, perché Caroline non mi fa ripetere le cose peggiori.

Invece dice: «Andiamo a cercare Teddy? Vediamo se andate d'accordo?».

Il soggiorno è proprio accanto alla cucina: è la stanza di famiglia, confortevole e informale, con un divano componibile, un baule pieno di giocattoli e un tappeto a pelo lungo. Le pareti sono rivestite di scaffali e poster incorniciati del Metropolitan di New York: *Rigoletto*, *Pagliacci* e *La Traviata*. Caroline mi spiega che sono le tre opere preferite del marito, e che prima che arrivasse Teddy andavano sempre al Lincoln Center.

Il bambino è sdraiato sul tappeto con un blocco rilegato a spirale e alcune matite HB. Quando arrivo, alza lo sguardo e mi regala un sorriso malizioso, poi torna immediatamente a dedicarsi al suo disegno.

«Be', ciao di nuovo. Cosa disegni?»

Alza le spalle in modo esagerato. È ancora troppo intimidito per rispondere.

«Cucciolo, tesoro...» interviene Caroline. «Mallory ti ha appena fatto una domanda.»

Lui alza di nuovo le spalle, poi avvicina il viso alla carta finché il naso praticamente tocca il disegno, come se stesse cercando di sparirvi dentro. Quindi prende una matita con la sinistra.

«Oh, sei mancino!» gli dico. «Anch'io!»

«È un tratto comune tra i leader mondiali» dice Caroline. «Barack Obama, Bill Clinton, Ronald Reagan... tutti mancini.»

Teddy sposta il corpo perché io non riesca a vedere da sopra la sua spalla e nasconde quello a cui sta lavorando.

«Mi ricordi la mia sorellina» gli dico. «Alla tua età le piaceva tanto disegnare. Aveva un grosso contenitore da cucina pieno di pastelli.»

Caroline infila una mano sotto al divano e tira fuori... un gigantesco contenitore da cucina pieno di pastelli. «Come questo?»

«Esattamente!»

Lei fa una risata leggera, piacevole. «Ti racconto una storia divertente: per tutto il tempo che abbiamo vissuto a Barcellona non siamo mai riusciti a far prendere a Teddy una matita in mano. Gli abbiamo comprato pennarelli, colori per le dita, acquerelli, ma non mostrava alcun interesse per l'arte. Quando torniamo negli Stati Uniti, invece? E ci trasferiamo in questa casa? All'improvviso si trasforma in Pablo Picasso. Adesso disegna come un pazzo.»

Caroline alza il ripiano del tavolino e vedo che è una specie di baule. Prende un fascio di fogli spesso un paio di centimetri. «Mio marito mi prende in giro perché conservo tutto, ma non riesco a farne a meno. Vuoi vedere?»

«Certo.»

Sul pavimento la matita di Teddy ha smesso di muoversi. È teso in tutto il corpo. Capisco che ascolta con attenzione, tutto concentrato su come reagirò.

«Oooh, questo è davvero bello» dico a Caroline. «È un cavallo?»

«Sì, penso di sì.»

«No, no, no» dice Teddy, alzandosi di scatto e spostandosi accanto a me. «È una capra, perché ha le corna sulla testa, vedi? E la barbetta. I cavalli non hanno la barbetta.» Poi si china sulle mie ginocchia e gira la pagina, spostando la mia attenzione sul disegno successivo.

«È il salice piangente che c'è fuori?»

«Sì, proprio quello. Se ci sali sopra vedi un nido di uccelli.»

Continuo a voltare le pagine e non ci vuole molto prima che Teddy si abbandoni al mio abbraccio, poggiandomi la testa sul petto. Mi sento come se tenessi stretto un grosso cucciolo. Il suo corpo è caldo e ha l'odore del bucato appena uscito dall'asciugatrice. Caroline è seduta di lato, segue la nostra interazione e sembra contenta.

Tutti i vari disegni sono le solite cose da bambini: un sacco di animali, un sacco di persone sorridenti in una giornata di sole. Teddy studia la mia reazione a ogni disegno e si impregna delle mie lodi come una spugna.

Caroline sembra sorpresa di trovare l'ultimo disegno. «Questo volevo metterlo via» dice, ma adesso non ha altra scelta che spiegarmi. «Questo è Teddy con la sua, ehm, amica speciale.»

«Anya» interviene Teddy. «Si chiama Anya.»

«Certo, Anya» commenta Caroline strizzandomi l'occhio, per incoraggiarmi a stare al gioco. «Vogliamo tutti bene ad Anya, perché gioca con Teddy mentre papà e mamma lavorano.»

Capisco che Anya dev'essere una specie di amica immaginaria, così provo a dire qualcosa di carino. «Scommetto che è bello avere intorno Anya. Soprattutto quando sei un bambino in una città nuova e non ti sei ancora trovato degli amichetti.»

«Esattamente!» Caroline è sollevata che io abbia compreso la situazione così in fretta. «È proprio così.»

«Anya è qui adesso? È nella stanza insieme a noi?»

Teddy si guarda intorno. «No.»

«E dov'è?»

«Non lo so.»

«La vedrai più tardi?»

«La vedo tutte le sere» dice Teddy. «Dorme sotto al mio letto, la sento cantare.»

Poi nell'atrio suona un campanello, e sentiamo la porta d'ingresso che si apre e si chiude. Una voce maschile esclama: «Ciao…».

«Siamo in soggiorno!» risponde Caroline, e guarda Teddy. «Papà è tornato!»

Teddy salta giù dalle mie ginocchia e corre a salutare il padre, e io restituisco i disegni a Caroline. «Sono… interessanti.»

Lei scuote la testa e ride. «Non è posseduto, lo giuro. È solo una fase, per quanto bizzarra. E poi un sacco di bambini hanno amici immaginari. I miei colleghi, a pediatria, dicono che è estremamente comune.»

Sembra in imbarazzo e mi affretto a rassicurarla che ovviamente è una cosa del tutto normale. «Scommetto che è per via del trasloco. L'ha inventata per avere qualcuno con cui giocare.»

«Vorrei solo che non avesse questo aspetto così strano. Come faccio ad attaccarlo sul frigorifero?» Caroline volta il disegno a faccia in giù, poi lo seppellisce in mezzo agli altri. «Però, Mallory, scommetto che quando inizierai a lavorare qui la dimenticherà del tutto. Si divertirà troppo con la sua nuova babysitter!»

Mi piace il tono che usa, come se il colloquio fosse finito e io avessi ottenuto il lavoro, e ora stessimo già risolvendo i primi problemi. «Sono sicura che qui i giardinetti sono pieni di bambini» le dico. «Mi assicurerò che Teddy abbia tonnellate di nuovi amici prima dell'inizio della scuola.»

«Perfetto» risponde Caroline. In corridoio sento dei passi che si avvicinano, e lei si sporge verso di me. «Inoltre volevo avvisarti su mio marito. Lui non è molto contento del tuo passato. Per via della droga. Così cercherà dei motivi per dire di no. Ma non preoccuparti.»

«Allora cosa dovrei...»

«Inoltre, chiamalo signor Maxwell. Non Ted. Questo gli piacerà.»

Prima che possa chiederle cosa significhi, Caroline indietreggia e suo marito entra, tenendo sottobraccio Teddy che sogghigna. Ted Maxwell è più anziano di quanto mi aspettassi, dieci o quindici anni buoni più di Caroline, alto e in forma, capelli grigi, un paio di occhiali con la montatura scura e la barba. Indossa jeans di marca, mocassini consumati e una giacca sportiva sopra a una maglietta con lo scollo a V: il genere di abbigliamento che sembra casual ma costa dieci volte di più di quanto possiate immaginare.

Caroline lo accoglie con un bacio.

«Tesoro, lei è Mallory.»

Mi alzo e gli stringo la mano. «Salve, signor Maxwell.»

«Scusate il ritardo. Un imprevisto al lavoro.» Lui e Caroline si scambiano uno sguardo, e mi domando se succeda spesso. «Come va il colloquio?»

«Molto bene» dice Caroline.

«Molto *molto* bene!» esclama Teddy. Si divincola dalle braccia del padre e salta di nuovo sulle mie ginocchia, come se fossi Babbo Natale e volesse dirmi tutto ciò che vuole come regalo. «Mallory, ti piace nascondino?»

«Io *adoro* nascondino» gli rispondo. «Soprattutto nelle grandi case vecchie con un sacco di stanze.»

«Come la nostra!» Teddy si guarda intorno e spalanca gli occhi dallo stupore. «Noi abbiamo una grande casa vecchia! Con un sacco di stanze!»

Gli do una strizzatina. «Perfetto!»

Ted sembra a disagio per la piega di quella conversazione. Prende per mano il figlio e lo convince a scendere dalle mie ginocchia. «Ascolta, giovanotto, questo è un colloquio di lavoro. Una cosa molto seria tra grandi. Mamma e papà devono fare delle domande importanti a Mallory. Così adesso devi andare di sopra, va bene? Vai a giocare con i LEGO, oppure...»

Caroline lo interrompe. «Tesoro, abbiamo già parlato di tutto. Voglio portare fuori Mallory e mostrarle il cottage.»

«Ho anch'io qualche domanda. Dammi cinque minuti.»

Ted dà una spintarella al figlio e lo manda via. Poi si sbottona la giacca e si siede davanti a me. Mi rendo conto che non è poi così in forma come credevo – ha un po' di pancetta –, ma quei chili in più gli donano. Lo fanno sembrare ben nutrito, ben accudito.

«Ha portato un'altra copia del suo curriculum?»

Scuoto la testa. «Mi scusi...»

«Nessun problema. Devo averlo da qualche parte.»

Apre la valigetta e tira fuori una cartellina piena di documenti. Mentre li sfoglia, vedo che sono lettere e curricula di altre candidate. Saranno una cinquantina. «Trovato: Mallory Quinn.» Mentre tira fuori il mio curriculum dal fascicolo, vedo che è coperto di note scritte a mano.

«Central High School ma niente college, vero?»

«Non ancora» gli dico.

«Si iscriverà in autunno?»

«No.»

«A primavera?»

«No, ma spero di farlo presto.»

Ted guarda il mio curriculum, poi stringe le palpebre e inclina la testa, come se non riuscisse a capire. «Qui non dice se parla una lingua straniera.»

«No, mi spiace. A meno che la parlata di South Philly non conti.» E faccio una battuta esagerando l'accento di quella zona.

Caroline ride. «Oh, che buffo!»

Ted invece aggiunge una *X* nera ai suoi appunti.

«E uno strumento musicale? Pianoforte, violino?»

«No.»

«Arti visive? Pittura, disegno, scultura?»

«No.»

«Ha viaggiato? È stata all'estero?»

«Sono stata a Disneyland, a dieci anni.»

Arriva un'altra *X* nera.

«E adesso lavora per sua zia Becky?»

«Non è mia zia. È il nome dell'asilo: Aunt Becky's Childcare. ABC, capisce?»

Sfoglia i suoi appunti. «Certo, certo, ora ricordo. Offrono lavoro a chi è in riabilitazione. Lo sa quanto paga lo Stato perché la facciano lavorare?»

Caroline si acciglia. «Tesoro, è davvero importante?»

«Sono solo curioso.»

«Posso rispondere» le dico. «Lo Stato della Pennsylvania paga un terzo del mio salario.»

«Noi invece lo pagheremmo tutto» dice Ted, e inizia a scrivere dei numeri sul bordo del mio curriculum, facendo chissà quali calcoli.

«Ted, hai altre domande?» chiede Caroline. «Perché Mallory è qui da molto tempo. E devo ancora mostrarle l'esterno.»

«Va bene. Ho tutto quello che mi serve.» Non posso fare a meno di notare che sposta il mio curriculum dopo tutti gli altri. «Lieto di averla conosciuta, Mallory. Grazie per essere passata.»

«Non fare caso a Ted» mi dice Caroline qualche attimo dopo, mentre usciamo dalla cucina attraverso le porte scorrevoli della veranda. «Mio marito è molto intelligente. Con i computer è un vero mago. Con la gente invece è goffo e non comprende affatto cosa sia un percorso di recupero. Per lui sei troppo rischiosa. Vuole assumere una studentessa della Penn State, una secchiona con una media altissima. Ma lo convincerò che meriti una possibilità. Non preoccuparti.»

Sul retro i Maxwell hanno un grande giardino con un rigoglioso prato verde, circondato da alberi alti e cespugli e fioriere che esplodono di colori. Al centro c'è una splendida piscina circondata da sdraio e ombrelloni, come se fossimo in un casinò di Las Vegas.

«Che bella!»

«La nostra oasi personale» commenta Caroline. «Teddy adora giocare qui fuori.»

Camminiamo sul prato, l'erba è dura e molleggiata, come la superficie di un trampolino. Caroline indica un viottolo sul bordo del giardino e mi spiega che scende fino a Hayden's Glen, una riserva naturale di centoventi ettari percorsa da sentieri e ruscelli. «Non permettiamo a Teddy di andarci da solo, per via dell'acqua. Tu però puoi portarcelo quando vuoi. Stai solo attenta alle ortiche.»

Abbiamo quasi attraversato il giardino quando finalmente scorgo il cottage, seminascosto tra gli alberi come se il bosco volesse inghiottirlo. Mi ricorda la casetta di marzapane della fiaba di Hansel e Gretel, uno chalet svizzero in miniatura con un rivestimento di legno grezzo e il tetto a punta. Saliamo tre gradini fino a una minuscola veranda, e Caroline apre la porta chiusa a chiave. «Il precedente proprietario ci teneva il tosaerba. Lo usava come una rimessa per gli attrezzi. L'ho fatto sistemare per te.»

Il cottage ha una sola stanza, piccola ma immacolata. Le pareti sono bianche e il soffitto ha le travi a vista, grosse e marroni. I pavimenti di legno sono così puliti che mi viene da levarmi le scarpe. A destra c'è un cucinotto e a sinistra il letto dall'aria più comoda che abbia mai visto, con un piumino bianco morbidissimo e quattro enormi cuscini.

«Caroline, è incredibile.»

«Be', lo so che è un po' piccolo, ma dopo essere stata con Teddy tutto il giorno ho immaginato che avresti gradito un po' di privacy. E il letto è nuovo. Dovresti provarlo.»

Mi siedo sul bordo del materasso e mi sdraio, ed è come cadere in una nuvola. «Oh, Dio.»

«Il materasso è un Brentwood. Tremila molle che ti sostengono il corpo. Io e Ted abbiamo lo stesso modello.»

Sul lato opposto del cottage ci sono due porte. Una si apre su un ripostiglio con parecchie mensole; l'altra sul bagno più piccolo del mondo, ma completo di doccia, tazza e lavandino con piedistallo. Entro e scopro che sono abbastanza bassa da entrare sotto la doccia senza dovermi chinare.

Tutto il giro non richiede più di un minuto, però mi sento in obbligo di dedicare un po' di tempo a controllare ogni cosa. Caroline è stata premurosa, ha dotato il cottage di molti accessori: una lampada sul comodino, un'asse da stiro pieghevole, un caricatore usb per il telefono e una ventola sul soffitto per far circolare l'aria. Nei pensili della cucina c'è tutta la dotazione base: piatti e bicchieri, tazze e posate, tutto uguale a quello che usano nella casa principale. Più l'indispensabile per cucinare: olio d'oliva, farina, lievito, bicarbonato, sale e pepe. Caroline mi chiede se mi piace cucinare e io le dico che sto imparando. «Anch'io» dice, ridendo. «Possiamo farlo insieme.»

Poi sento dei passi pesanti in veranda e Ted Maxwell apre la porta. Ha tolto la giacca sportiva per mettere una polo color acquamarina, ma anche con l'abbigliamento casual intimidisce sempre. Avevo sperato di concludere il colloquio senza rivederlo.

«Teddy ha bisogno di te per non so cosa» dice a Caroline. «Qui posso finire io.»

Ed è imbarazzante, perché ho già visto tutto quello che dovevo vedere, ma Caroline esce prima che possa dire qualcosa. Ted rimane lì a guardarmi, come se pensasse che voglia rubare lenzuola e asciugamani.

Sorrido. «È davvero carino.»

«È un appartamento per una persona sola. Niente ospiti senza permesso. E assolutamente non voglio che qualcuno resti a dormire. Teddy ne sarebbe troppo confuso. È un problema?»

«No. Non frequento nessuno.»

Scuote la testa, infastidito perché mi è sfuggito il punto. «Noi legalmente non possiamo impedirle di frequentare qualcuno. È solo che non mi piace che degli estranei dormano nel mio giardino.»

«Capisco. Va bene.» E voglio credere che sia un progresso, che stiamo facendo un piccolo passo verso un rapporto che funziona. «C'è altro che la preoccupa?»

Sogghigna. «Quanto tempo ha?»

«Tutto il tempo che serve. Ci tengo davvero a questo lavoro.»

Si sposta verso la finestra e mi indica un piccolo pino all'esterno. «Lasci che le racconti una storia. Il giorno in cui ci siamo trasferiti in questa casa Caroline e Teddy hanno trovato un uccellino sotto a quell'albero. Doveva essere caduto dal nido. O forse lo avevano spinto giù, chi lo sa? Comunque, mia moglie ha un cuore grande, molto grande, e allora ha preso una scatola da scarpe, l'ha riempita di trucioli di carta e ha iniziato a nutrire quell'uccellino con acqua e zucchero, con un contagocce. Io nel frattempo ho quelli dei traslochi sul vialetto, provo a disfare gli scatoloni in modo da poter iniziare la nostra vita insieme, mentre Caroline dice a Teddy che rimetteranno in sesto quell'uccellino, e che un giorno volerà in alto sopra le cime degli alberi. Ovviamente Teddy si affeziona all'idea. Chiama l'uccellino Robert e lo controlla ogni ora, lo tratta come un fratellino. Due giorni dopo però Robert muore. Glielo giuro, Mallory: Teddy ha pianto per una settimana. Era devastato. Per un uccellino. Il punto è, dunque, che dobbiamo fare molta attenzione a chi ci mettiamo in casa. Vista la sua storia personale, insomma, ho paura che sia una scommessa troppo grossa.»

Come posso dargli torto? Il lavoro è pagato bene e Ted ha una cartellina piena zeppa di candidature di donne che non sono mai state tossicodipendenti. Potrebbe assumere un'apprendista infermiera dal volto pulito che sa fare il massaggio cardiaco, o una nonna che viene dall'Honduras e ha cinque nipoti e può insegnare lo spagnolo mentre prepara *enchiladas verdes* fatte in casa. Con opzioni come queste, perché dare una possibilità a me? Forse la mia unica speranza è giocare il jolly, il regalo che mi ha fatto Russell prima che scendessi dall'auto.

«Forse ho una soluzione.» Metto una mano nella borsa e prendo qualcosa che somiglia a una carta di credito da cui escono cinque striscette di cotone. «Questo è un test rapido antidroga. Costano un dollaro l'uno su Amazon e li pagherò volentieri con il mio stipendio. Riconoscono metanfetamine, anfetamine, oppiacei, cocaina e THC. Per avere i risultati bastano cinque minuti e io mi sottoporrò volontariamente al test ogni settimana, in un giorno a caso che sceglierà lei, così non dovrà preoccuparsi. Questo la farebbe stare tranquillo?»

Offro il test a Ted, e lui lo tiene a distanza, come se lo disgustasse, come se già grondasse urina gialla e calda. «No, vede, il problema è proprio questo» dice. «Lei sembra una brava persona. Le auguro ogni bene, davvero. Ma io voglio una tata che non sia costretta a fare pipì in un contenitore una volta alla settimana. Questo lo capisce, no?»

Aspetto nell'atrio della casa principale, mentre Ted e Caroline discutono in cucina. Non colgo i dettagli della conversazione, ma è evidente quali siano le loro posizioni. Il tono di Caroline è paziente, sta cercando di convincerlo; le risposte di Ted sono brevi, brusche e taglienti. È come ascoltare un violino e un martello pneumatico.

Quando finalmente tornano nell'atrio, hanno il volto arrossato, e Caroline si costringe a sorridere. «Scusa se ti abbiamo fatto aspettare» dice. «Adesso ne riparliamo e ti contatteremo, okay?»

Sappiamo tutti cosa significa, vero?

Ted apre la porta e praticamente mi spinge fuori, nel caldo afoso dell'estate. Davanti alla casa fa molto più caldo che sul retro. Mi sembra di stare sul confine tra il paradiso e il mondo reale. La prendo con filosofia e li ringrazio per il colloquio. Aggiungo che mi piacerebbe molto essere tenuta in considerazione, che vorrei davvero lavorare con la loro famiglia. «Se posso fare qualcosa per farvi sentire a vostro agio, spero che me lo chiederete.»

Stanno per chiudere la porta quando il piccolo Teddy si infila tra le gambe dei genitori e mi porge un foglio di carta. «Mallory, ti ho fatto un disegno. È un regalo. Puoi portarlo a casa con te.»

Caroline guarda da sopra la mia spalla e inspira bruscamente. «Oh Teddy, ma è bellissimo!»

Lo so che sono solo due pupazzetti, ma c'è una tale dolcezza in quel disegno che mi arriva davvero al cuore. Mi accovaccio per guardare Teddy negli occhi, e lui stavolta non si ritrae, né corre via. «Adoro questo disegno, Teddy. Appena arrivo a casa lo appendo al muro. Ti ringrazio tanto.» Apro le braccia e lui mi stringe forte, avvolgendomi le braccine intorno al collo e seppellendo il viso nella mia spalla. È il contatto umano più ravvicinato che ho da mesi e sento che mi commuovo; una lacrima mi spunta dalla coda dell'occhio e io la asciugo, ridendo. Forse il padre di Teddy non ha fiducia in me, forse pensa che sono solo l'ennesima tossica destinata a ricascarci, ma il suo adorabile bambino mi crede un angelo. «Grazie, Teddy. Grazie, grazie, grazie.»

Vado alla stazione con calma. Passeggio lungo i marciapiedi all'ombra, accanto a bambine che disegnano con i gessetti, adolescenti che giocano a basket sui vialetti e innaffiatoi automatici che fanno *fiz-fiz-fiz-fiz*. Cammino attraverso la zona dei negozi, il posto dove servono i frullati e la banda di ragazzi ferma davanti a Starbucks. Penso a come dev'essere bello crescere a Spring Brook, in una cittadina dove tutti hanno abbastanza soldi per pagare le bollette e non succede mai niente di brutto. E vorrei non dovermene andare.

Entro da Starbucks e ordino una limonata alla fragola. Come tossicodipendente in riabilitazione ho deciso di evitare ogni sostanza stimolante psicoattiva, caffeina compresa (non sono del tutto impazzita, però; faccio comunque un'eccezione per la cioccolata, visto che ne contiene una percentuale minima). Sto infilando la cannuccia nel coperchio quando riconosco Russell dalla parte opposta della sala, che beve caffè nero e legge le pagine sportive del *Philadelphia Inquirer*. Probabilmente è l'ultimo americano che compra ancora i giornali di carta.

«Non avresti dovuto aspettarmi» gli dico.

Chiude il quotidiano e sorride. «Qualcosa mi ha detto che ti saresti fermata qui. E voglio sapere com'è andata. Raccontami tutto.»

«È stato terribile.»

«Che è successo?»

«Il tuo jolly è stato un disastro. Non ha funzionato.»

Russell si mette a ridere. «Quinn, la madre mi ha appena chiamato. Dieci minuti fa. Appena sei uscita di casa.»

«Davvero?»

«Ha paura che un'altra famiglia possa rubarti. Vuole che cominci il prima possibile.»

3

Per fare i bagagli mi bastano dieci minuti. Non possiedo granché, giusto qualche vestito, articoli da bagno e una Bibbia. Russell mi regala una valigia di seconda mano, così non devo mettere tutto in un sacco per l'immondizia. Le mie coinquiline a Safe Harbor organizzano una triste festa d'addio con del cibo ordinato al ristorante cinese e una torta comprata da ShopRite. Così, la terza sera dopo il mio colloquio di lavoro, abbandono Philadelphia e torno a Fantasilandia, pronta a iniziare la mia nuova vita come tata.

Se Ted Maxwell è preoccupato per avermi assunta, è comunque bravissimo a non darlo a vedere. Lui e Teddy mi vengono incontro alla stazione, e Teddy ha un mazzolino di margherite. «Le ho scelte io» dice «ma le ha pagate papà.»

Suo padre insiste per portare la valigia fino all'auto, e mentre andiamo a casa mi fanno fare un breve giro turistico del quartiere, indicandomi la pizzeria, la libreria e il percorso dei vecchi binari del treno, che adesso è utilizzato per correre e andare in bicicletta. Non c'è traccia del vecchio Ted Maxwell, l'ingegnere incapace di sorridere che mi ha interrogata sulle lingue straniere e i viaggi all'estero. Il nuovo Ted Maxwell è gioviale e informale («Per favore, chiamami Ted!»), e perfino i suoi abiti sembrano più rilassati. Indossa una maglia del Barcelona, un paio di jeans e delle New Balance 995 immacolate.

Più tardi, nel pomeriggio, Caroline mi aiuta a disfare la valigia e a prendere possesso del cottage. Le chiedo della brusca trasformazione di Ted e lei ride. «Te lo dicevo che avrebbe cambiato idea. Ha visto quanto piaci a Teddy. Più di tutte le altre candidate. È stata la decisione più facile che abbiamo mai preso.»

Ceniamo tutti insieme nel giardino dietro alla casa, sul patio. Ted cucina il suo piatto migliore, gli spiedini di gamberi e capesante alla brace, e Caroline serve del tè freddo fatto in casa mentre Teddy corre sul prato come un derviscio rotante, ancora stupefatto perché sono andata ad abitare con loro a tempo pieno, ogni giorno, per tutta l'estate. «Non ci credo, non ci credo!» esclama, poi ricade sul prato, fuori di sé dalla gioia.

«Non ci credo nemmeno io» gli dico. «Sono così contenta di essere qui!»

Prima che arrivi il dessert mi hanno già fatto sentire un membro della famiglia. Caroline e Ted si scambiano gesti affettuosi, gentili e rilassati. Si completano le frasi a vicenda, mangiano l'uno dal piatto dell'altra e insieme mi raccontano la bella favola di come si sono conosciuti da Barnes & Noble al Lincoln Center, quindici anni fa. A metà del racconto Ted posa la mano sul ginocchio della moglie e lei la copre con la sua, intrecciando le dita a quelle del marito.

Perfino quando sono in disaccordo sono buffi e carini. A un certo punto Teddy comunica di dover andare in bagno. Mi alzo per accompagnarlo, ma lui mi ferma con un gesto della mano. «Ho cinque anni» mi rammenta. «Il bagno è un luogo privato.»

«Ben detto» commenta Ted. «Non dimenticare di lavarti le mani.»

Torno a sedermi e mi sento un po' sciocca, ma Caroline mi dice di non preoccuparmi. «È una fase nuova per Teddy. Sta affermando la sua indipendenza.»

«E sta cercando di non finire in prigione» aggiunge Ted.

Caroline sembra infastidita dalla battuta. Non capisco cosa significhi, allora me lo spiega.

«Qualche mese fa c'è stato un incidente. Teddy faceva il gradasso con un paio di bambini. Cioè, lo aveva tirato fuori e glielo stava mostrando. Un tipico modo di fare da bambino, ma per me era una novità e forse ho esagerato.»

Ted ride. «Potresti averla definita "violenza sessuale".»

«Se fosse un maschio adulto, sarebbe stata una violenza sessuale. Era proprio questo che intendevo, Ted.» Caroline si volta verso di me. «Sono d'accordo però che avrei potuto scegliere le parole con più attenzione.»

«Quel bambino ancora non sa allacciarsi le scarpe» dice Ted «ed è già un predatore sessuale.»

Caroline, con un gesto esagerato, toglie la mano del marito dal ginocchio. «Il punto è che Teddy ha imparato la lezione. Le parti intime sono... intime. Non si mostrano agli estranei. Poi gli parleremo del consenso e dei contatti inopportuni, perché è importante che impari certe cose.»

«Sono d'accordo al cento per cento» dice Ted. «Te lo prometto, Caroline: sarà il maschietto più illuminato della sua classe. Non devi preoccuparti.»

«È un bambino molto dolce» la rassicuro. «Con voi due come genitori sono sicura che andrà tutto bene.»

Caroline prende la mano del marito e se la rimette sul ginocchio. «Lo so che hai ragione. Ma io mi preoccupo comunque. Non posso farne a meno!»

Prima che la conversazione vada avanti, Teddy torna di corsa al tavolo, senza fiato, con gli occhi sgranati e pronto a giocare.

«Parli del diavolo e spuntano le corna!» dice Ted ridendo.

Finito il dessert, è il momento di andare in piscina, ma sono costretta ad ammettere di non avere il costume – e di non nuotare più dai tempi del liceo. Il giorno dopo, dunque, Ted mi dà un anticipo di cinquecento dollari sugli stipendi futuri e Caroline mi porta in auto al centro commerciale per comprare un costume intero. Più tardi, nel pomeriggio, passa dal cottage con una dozzina di vestiti sulle grucce, tutti capi molto belli di Burberry, Dior e DKNY, nuovi o portati pochissimo. Dice che ormai non le stanno più e che posso prenderli anche tutti prima che li dia in beneficienza.

«E poi ti sembrerò paranoica ma ti ho comprato una di queste.» Mi porge una minuscola torcia rosa con due sporgenze di metallo in cima. «Se la sera vuoi andare a correre.»

La accendo e sento un forte crepitio; sono così stupita che mi sfugge di mano e cade sul pavimento con un rumore metallico.

«Scusa! Credevo che fosse...»

«No, no, avrei dovuto avvisarti. È una Vipertek Mini. Si aggancia al portachiavi.» Recupera il dissuasore elettrico da terra e mi spiega le sue caratteristiche. Ci sono due pulsanti, contrassegnati come TORCIA e TASER, più un interruttore di sicurezza per accenderla e spegnerla. «Produce una scarica di diecimila volt. La mia, per vedere se funzionava, l'ho provata su Ted. Ha detto che è come essere colpiti da un fulmine.»

Non sono sorpresa di sapere che Caroline porta con sé un'arma per autodifesa. Ha detto che molti suoi pazienti all'ospedale dei veterani hanno problemi mentali. Non riesco a immaginare, però, a cosa mi serva un dissuasore elettrico per fare jogging a Spring Brook.

«C'è molta criminalità qui?»

«Quasi per niente. Ma... due settimane fa, forse? A una ragazza della tua età hanno portato via l'auto con la forza. Proprio in mezzo al parcheggio di Wegmans. Si sono fatti accompagnare a un bancomat e l'hanno costretta a ritirare trecento dollari. E allora ho pensato: meglio prevenire che curare, giusto?»

Aspetta con una certa ansia, e mi rendo conto che non sarà contenta finché non tirerò fuori il portachiavi e ci attaccherò quell'arnese, e mi sembra di essere di nuovo davanti a mia madre.

«Fantastico» le dico. «Grazie.»

Il lavoro di per sé è facile, e ci metto poco ad abituarmi alla nuova routine. Una tipica giornata di lavoro si svolge così:

6:30 – Mi alzo presto, e non mi serve la sveglia, perché dal bosco arriva il canto degli uccellini. Metto la vestaglia e mi preparo del tè caldo e un po' di farina d'avena, poi mi siedo in veranda e guardo sorgere il sole sopra la piscina. Vedo tanti animali selvatici che mangiano l'erba sul limitare del giardino: scoiattoli e volpi, conigli e procioni, e ogni tanto un cervo. Mi sento come Biancaneve nel vecchio cartone della Disney. Dopo un po' lascio fuori piattini di mirtilli e semi di girasole per incoraggiare gli animali a fare colazione insieme a me.

7:30 – Attraverso il giardino a piedi ed entro nella casa grande passando per le porte scorrevoli del patio. Ted esce presto per andare al lavoro, quindi non lo trovo. Caroline invece vuole servire al figlio una colazione calda. A Teddy piacciono le cialde fatte in casa, e lei gliele prepara con un attrezzo speciale a forma di Topolino. Metto in ordine la cucina mentre Caroline finisce di prepararsi per andare al lavoro, e quando è pronta io e Teddy la seguiamo per salutarla dal vialetto.

8:00 – Prima che io e Teddy possiamo cominciare la giornata sul serio, abbiamo due compiti da svolgere. Innanzitutto devo preparargli i vestiti, ma questo è facile perché mette sempre gli stessi. Quel bambino ha un guardaroba enorme, tutti capi adorabili di Gap Kids, eppure insiste a indossare sempre la stessa maglietta a strisce viola. Caroline si è stancata di lavarla, e allora è tornata da Gap e gliene ha comprate altre cinque uguali. È disposta ad accontentarlo, però mi ha chiesto di incoraggiarlo, "pacatamente", a prendere in considerazione qualche alternativa. Ma lui torna sempre a quelle strisce viola. Poi lo aiuto a lavarsi i denti e lo aspetto fuori dal bagno mentre fa quello che deve, e infine siamo pronti per iniziare la giornata.

8:30 – Cerco di strutturare ogni mattinata intorno a un'attività principale o a un'uscita. Andiamo in biblioteca per l'Ora della Favola, oppure al supermercato a comprare il necessario per fare i biscotti. Teddy si accontenta facilmente e non si oppone mai a ciò che gli propongo. Quando gli dico che devo andare in centro a comprare il dentifricio, per lui è come se andassimo al luna park. È piacevole stare con lui: è intelligente, affettuoso e pieno di domande inverosimili. Qual è il contrario di quadrato? Perché le ragazze hanno i capelli così lunghi? Tutto quello che c'è al mondo è "reale"? Non mi stanco mai di ascoltarlo. È come il fratello piccolo che non ho mai avuto.

12:00 – Dopo l'attività mattutina preparo un pranzo semplice: pasta al formaggio, pizza bagel o nuggets. Teddy poi va in camera per il suo riposino e io ho un'ora tutta per me. Leggo un libro o ascolto un podcast con le cuffiette. A volte invece mi sdraio sul divano e chiudo gli occhi per venti minuti. Alla fine Teddy scende, mi scuote per svegliarmi e mi mostra un paio di nuovi disegni. Spesso illustra le nostre attività preferite: noi che camminiamo nel bosco o giochiamo in giardino o passiamo il tempo nel cottage. Io attacco quei disegni sullo sportello del frigorifero, come una galleria dei suoi progressi artistici.

14:00 – Di solito è l'ora più calda, perciò restiamo in casa a fare giochi da tavolo, poi ci spalmiamo addosso la crema solare e andiamo in piscina. Teddy non sa nuotare (nemmeno io sono molto brava), allora mi assicuro che prima di entrare in acqua metta i braccioli. Poi giochiamo a rincorrerci o facciamo un duello con i tubi galleggianti.

Oppure saliamo sulla grande piattaforma gonfiabile e giochiamo ai naufraghi o al *Titanic*.

17:00 – Caroline torna a casa e mentre prepara la cena le racconto la mia giornata con Teddy. Poi vado a correre, dai cinque ai tredici chilometri, a seconda di quello che mi dice Russell. Incrocio ogni genere di persone, sui marciapiedi o che innaffiano i prati, e tutti danno per scontato che abiti anch'io a Spring Brook. Alcuni dei vicini addirittura mi salutano con la mano oppure a voce, come se avessi passato tutta la vita da quelle parti, come se fossi la figlia di qualcuno che torna a casa dal college per l'estate. Mi piace come mi fa sentire questo senso di comunità, come se finalmente avessi trovato il mio posto.

19:00 – Dopo la corsa faccio una doccia veloce nel bagno più piccolo del mondo e preparo qualcosa di semplice nella minuscola cucina del cottage. Un paio di volte alla settimana faccio anche una passeggiata in centro, un giro tra negozi e ristoranti. O magari vado a un incontro nel seminterrato della chiesa. Quelli che fanno da moderatori sono molto bravi e i partecipanti amichevoli, ma io sono sempre la più giovane di almeno dieci anni, e così non mi aspetto di fare molte amicizie. Di sicuro non resto per "l'incontro dopo l'incontro", quando tutti vanno da Panera Bread a lamentarsi dei figli, del mutuo, del lavoro eccetera eccetera. Dopo appena due settimane che abito nel cottage dei Maxwell, nel mio bozzolo al riparo da ogni tentazione, non sono nemmeno sicura di avere ancora bisogno di quegli incontri. Penso di riuscire a cavarmela da sola.

21:00 – A quest'ora di solito sono a letto, a leggere un libro che ho preso in biblioteca o a guardare un film sullo smartphone. Mi sono regalata un abbonamento ad Hallmark Channel, così posso vedere tutti i film romantici che voglio a meno di sei dollari al mese. Sono perfetti per scaricare la tensione a fine giornata. Quando spengo la luce e poggio la testa sul cuscino, mi godo la consolazione di ogni lieto fine, delle famiglie riunite e dei farabutti che fanno le valigie, dei tesori ritrovati e dell'onore ristabilito.

Tutto questo può sembrare noioso. So che non è niente di eccezionale. Mi rendo conto che non sto cambiando il mondo né trovando la cura per il cancro. Dopo tutto quello che ho passato, però, mi sento come se avessi fatto un enorme passo avanti, e sono fiera di me. Ho un posto dove stare e uno stipendio fisso, mi cucino cibo sano e metto da parte duecento dollari alla settimana. Il mio lavoro con Teddy mi sembra importante. E trovo conferma di tutto ciò nella totale fiducia che Ted e Caroline ripongono in me.

Soprattutto Ted. Durante il giorno non lo vedo molto, perché esce per andare in ufficio alle sei e trenta. A volte però lo incontro la sera, dopo che sono stata a correre. È seduto sul patio con il portatile e un bicchiere di vino, oppure è in piscina a fare le vasche, e mi fa cenno di avvicinarmi e mi chiede della corsa. Oppure della mia giornata con Teddy. O vuole sapere cosa ne penso di un qualche marchio – Nike, PetSmart, Gillette, L.L. Bean eccetera eccetera. Mi spiega che la sua azienda progetta "software di back-end" per grandi multinazionali in tutto il mondo, ed è sempre alla ricerca di nuove collaborazioni. «Che ne pensi di Urban Outfitters?» mi domanda, oppure: «Hai mai cenato da Cracker Barrel?». E ascolta *davvero* le mie risposte, come se la mia opinione potesse realmente influenzare le sue decisioni. E a essere sincera sono lusingata. A parte Russell, non conosco molte persone a cui importi quello che penso. Per questo sono sempre contenta di vedere Ted, e provo sempre un leggero brivido quando mi invita a fare due chiacchiere con lui.

Ironicamente, l'unica persona a crearmi problemi nel mio nuovo lavoro è quella che non esiste: Anya. La migliore amica immaginaria di Teddy infatti ha la fastidiosa abitudine di contraddirmi. Un giorno per esempio chiedo a Teddy di raccogliere i panni sporchi e metterli nel cesto della lavanderia. Due ore dopo torno nella sua stanza e i panni sono ancora sparsi per terra. «Anya dice che deve farlo la mamma» mi spiega. «Anya dice che è compito *suo*.»

Un'altra volta sto friggendo rettangoli di tofu croccante per pranzo e Teddy mi chiede un hamburger. Gli dico che non può mangiarlo. Gli ricordo che la sua famiglia non mangia carne rossa perché fa male all'ambiente, perché il bestiame è una delle maggiori cause delle emissioni di gas serra. Quando gli servo un piatto di tofu e riso in bianco, lui si limita a stuzzicarlo con la forchetta. «Anya pensa che la carne mi piacerebbe tanto» dice. «Anya pensa che il tofu sia immondizia.»

Ora, io non sono un'esperta di psicologia infantile ma capisco cosa sta facendo Teddy: usa Anya come scusa per fare come vuole lui. Chiedo consiglio a Caroline e lei risponde che dobbiamo solo avere pazienza, che alla fine il problema si risolverà da solo. «Ogni volta che torno dal lavoro è sempre "Mallory questo" e "Mallory quello". È una settimana che non lo sento parlare di Anya.»

Ted invece mi chiede di prendere posizione. «Anya è una rottura di scatole. Non è lei che fa le regole qui. Le facciamo noi. La prossima volta che vorrà condividere qualche opinione, ricorda a Teddy che Anya non è reale.»

Opto per un approccio intermedio rispetto ai due estremi. Un pomeriggio, mentre Teddy è di sopra a fare il riposino, preparo una teglia dei suoi biscotti preferiti, con burro e cannella, e quando scende con un nuovo disegno lo invito a sedersi a tavola. Porto i biscotti e due bicchieri di latte freddo, e con disinvoltura gli chiedo di dirmi qualcos'altro su Anya.

«Cioè?» domanda subito, insospettito.

«Dove vi siete conosciuti? Qual è il suo colore preferito? Quanti anni ha?»

Teddy alza le spalle, come se fosse impossibile rispondere a tutte quelle domande. Si guarda intorno, come se all'improvviso non volesse incrociare il mio sguardo.

«Lavora?»

«Non lo so.»

«Che fa tutto il giorno?»

«Non ne sono sicuro.»

«Esce mai dalla tua stanza?»

Teddy guarda una sedia vuota dall'altra parte del tavolo.

«A volte.»

Guardo anch'io la sedia.

«Anya è qui, adesso? Seduta insieme a noi?»

Scuote la testa. «No.»

«Le andrebbe un biscotto?»

«Non è qui, Mallory.»

«Di che parlate tu e Anya?»

Teddy avvicina il naso al piatto finché il suo viso è a pochi centimetri dai biscotti. «Lo so che non è reale» sussurra. «Non devi dimostrarmelo.»

Sembra triste e deluso, e all'improvviso mi sento in colpa, come se avessi appena costretto un bambino di cinque anni ad ammettere che Babbo Natale non esiste.

«Ascolta, Teddy; la mia sorellina Beth aveva un'amica come Anya. La sua si chiamava Cassiopea, non è un bel nome? Durante il giorno Cassiopea lavorava in una troupe di *Disney on Ice* che viaggiava in tutto il mondo. Ogni sera però tornava nella nostra casa a South Philly e dormiva sul pavimento della nostra stanza. Dovevo stare attenta a non calpestarla, perché era invisibile.»

«Beth pensava che Cassiopea fosse reale?»

«Noi *fingevamo* che Cassiopea fosse reale. E funzionava, perché Beth non usava mai Cassiopea come scusa per non seguire le regole. Capisci?»

«Credo di sì» risponde Teddy, poi si sposta sulla sedia, come se all'improvviso avesse male al fianco. «Devo andare in bagno. Devo fare la numero due.» Poi scende dalla sedia ed esce di corsa dalla cucina.

Non ha toccato il suo snack. Copro i biscotti con la pellicola trasparente e metto in frigo il bicchiere di latte per dopo. Quindi vado al lavandino e lavo tutti i piatti. Quando ho finito, Teddy è ancora in bagno. Mi siedo al tavolo e mi rendo conto che non ho ancora visto il suo ultimo disegno, così prendo il foglio e lo volto.

4

I genitori di Teddy gli impongono regole severe sull'uso degli schermi, perciò non ha mai visto *Star Wars* o *Toy Story* o uno qualsiasi dei film che altri bambini adorano. Non gli permettono di vedere nemmeno i Muppet. Una volta alla settimana però i Maxwell si radunano in soggiorno per la Serata Cinema. Caroline prepara i popcorn e Ted sceglie un film con "evidenti meriti artistici", che di solito significa vecchio, o in qualche lingua straniera con i sottotitoli, e vi giuro che l'unico che potreste conoscere è *Il mago di Oz*. Teddy lo adora e sostiene che è il suo film preferito di sempre.

Per questo quando siamo in piscina spesso giochiamo al Mago di Oz. Ci aggrappiamo alla piattaforma gonfiabile e Teddy fa Dorothy, mentre io faccio gli altri personaggi del film: Toto, lo spaventapasseri, la perfida strega dell'Ovest e tutti i Mastichini. E non per vantarmi, ma ce la metto tutta, canto e ballo e sbatto le ali come le scimmie volanti e sembra che siamo a Broadway alla serata della prima. Ci mettiamo quasi un'ora ad arrivare alla fine della storia, quando la piattaforma si trasforma nella mongolfiera che riporta Teddy-Dorothy nel Kansas. E una volta finito facciamo l'inchino, e io ho così freddo che mi battono i denti e devo uscire dall'acqua.

«No!» esclama Teddy.

«Scusami, Teddy-Bear, sto congelando.»

Stendo un asciugamano sul cemento intorno alla piscina, poi mi sdraio per asciugarmi al sole. Le temperature hanno superato i trenta gradi, il sole picchia e poco dopo non ho più i brividi. Teddy, lì vicino, continua a sguazzare. Il suo nuovo passatempo è riempirsi la bocca e sputare fuori l'acqua, come il putto di una fontana.

«Non dovresti farlo» gli dico. «Nell'acqua c'è il cloro.»

«Mi sentirò male?»

«Se ne bevi troppa, sì.»

«Potrei morire?»

All'improvviso è molto preoccupato. Scuoto la testa.

«Se mandassi giù tutta la piscina, sì, probabilmente moriresti. Ma cerca di non berne neanche un po', okay?»

Teddy sale sulla piattaforma e rema fino al bordo della piscina, così siamo sdraiati paralleli: Teddy sulla piattaforma e io sul cemento.

«Mallory?»

«Sì?»

«Che cosa succede quando si muore?»

Lo guardo. Sta fissando l'acqua.

«Che intendi?»

«Cioè, che cosa succede alla persona che sta *dentro* al corpo?»

È ovvio che a questo proposito ho delle convinzioni molto radicate. Credo che Dio ci abbia donato la vita eterna. Mi dà molta forza sapere che la mia sorellina Beth sta in mezzo agli angeli. E so che un giorno, se avrò fortuna, ci ritroveremo in paradiso. A Teddy però non dico niente di tutto questo. Ricordo ancora il colloquio e la regola numero dieci: *Niente religione o superstizioni. Seguire solo la scienza.*

«Credo che dovresti chiederlo ai tuoi genitori.»

«Perché non puoi dirmelo tu?»

«Non sono sicura di conoscere la risposta.»

«È possibile che qualcuno muoia ma resti vivo?»

«Tipo i fantasmi?»

«No, non per spaventare.» Sta facendo fatica a esprimersi, come capita a chiunque, credo, quando si parla di queste cose. «Non è che almeno *una* parte della persona resta viva?»

«È una bella domanda, e bella complicata, Teddy. Penso davvero che dovresti chiederlo ai tuoi genitori.»

Questa mia non-risposta lo lascia frustrato, ma sembra rassegnarsi al fatto che non lo aiuterò. «Be', allora possiamo giocare di nuovo al Paese di Oz?»

«Ma abbiamo appena finito!»

«Solo la scena in cui la strega si scioglie» dice. «Solo la fine.»

«Va bene. Ma in acqua non ci torno.»

Mi alzo e mi avvolgo l'asciugamano intorno alle spalle, come il mantello della strega. Arriccio le dita a mo' di artigli e dico, con la voce chioccia, da pazza: «Adesso ti prendo, bella mia, e anche il tuo cane!». Teddy mi schizza e io grido abbastanza forte da spaventare gli uccelli sugli alberi. «Oh, maledetta! Guarda che cosa hai fatto!» Con un incredibile talento drammatico mi lascio cadere sul patio, agitando le braccia e contorcendomi dal dolore. «Mi sto sciogliendo! Mi sto sciogliendo! Oh, che mondo, che mondo!» Teddy ride e applaude mentre crollo sulla schiena, chiudo gli occhi e tiro fuori la lingua. Muovo ancora un po' le gambe tra gli ultimi spasmi, poi resto immobile.

«Ehm… signorina?»

Apro gli occhi.

A poco più di un metro da me c'è un ragazzo, dall'altra parte della recinzione della piscina. È robusto ma ben proporzionato, con pantaloni beige macchiati d'erba, una maglietta della Rutgers e guanti da lavoro. «Sono della Lawn King. I giardinieri…»

«*Hola*, Adrian!» esclama Teddy.

Adrian gli strizza l'occhio. «*Hola*, Teddy. *¿Cómo estás?*»

Cerco di coprirmi con l'asciugamano, solo che ci sto sdraiata sopra, e allora finisco per agitarmi e muovere le braccia come uno scarafaggio caduto sulla schiena.

«Adesso dovrei usare il tosaerba grande, se per voi va bene. Volevo solo avvertirvi. Fa un gran baccano.»

«Certo» gli dico. «Noi possiamo tornare dentro.»

«No, dobbiamo guardare!» dice Teddy.

Adrian va a prendere il tosaerba e io mi volto verso Teddy. «Perché dobbiamo guardare?»

«Perché io lo adoro il tosaerba grande! È incredibile!»

Sento arrivare il tosaerba ancora prima di vederlo, con il motore a benzina che squarcia il silenzio del nostro giardino protetto. Poi Adrian gira intorno alla casa, alla guida di un incrocio tra un trattore e un go-kart. Sta in piedi, chino sul volante come se corresse con un quad, lasciando una scia di erba appena tagliata. Teddy esce dalla piscina e corre alla recinzione, così può vedere meglio. Il giardiniere si dà un sacco di arie, prende le curve a tutta velocità, fa un tratto a marcia indietro e si cala perfino il berretto sugli occhi, così guida alla cieca. Non è l'esempio migliore per un bambino piccolo, Teddy però non gli leva gli occhi di dosso; lo guarda stupefatto, a bocca aperta, come se assistesse a una performance del Cirque du Soleil. Come gran finale Adrian accelera in retromarcia, poi torna di colpo avanti e corre verso di noi, si impenna e tiene in bilico il tosaerba per alcuni terrificanti secondi, affinché possiamo vedere le lame che girano vorticosamente. Quindi la macchina torna giù di schianto e si ferma a pochi centimetri dalla recinzione.

Adrian salta giù di lato e porge le chiavi a Teddy. «Vuoi fare un giro?»

«Davvero?» chiede lui.

«No!» dico io. «Non se ne parla nemmeno.»

«Forse quando avrai compiuto sei anni» gli dice Adrian, con una strizzatina d'occhio. «Non mi presenti la tua nuova amica?»

Teddy alza le spalle. «È la mia babysitter.»

«Mallory Quinn.»

«Molto lieto di conoscerti, Mallory.»

Si toglie un guanto e mi porge la mano. Nel suo gesto c'è qualcosa di stranamente formale, soprattutto perché io sono in costume da bagno e lui è coperto di schizzi di fango e pezzetti d'erba. È un primo indizio del fatto che potrebbe riservarmi delle sorprese. L'interno del palmo è duro come il cuoio.

All'improvviso Teddy si ricorda di qualcosa e comincia ad armeggiare per aprire il cancello di sicurezza della piscina.

«Dove stai andando?»

«Ho fatto un disegno per Adrian» dice. «È in casa. In camera mia.»

Alzo il gancio per farlo uscire, e Teddy parte di corsa sul prato. «Hai i piedi ancora bagnati!» gli grido dietro. «Stai attento per le scale!»

«Okay!» risponde.

Io e Adrian siamo costretti a fare due chiacchiere finché Teddy non ritorna. È davvero difficile capire quanti anni abbia. Ha il corpo di un adulto, alto, magro, abbronzato e muscoloso, ma il volto è ancora infantile, e un po' intimidito. Potrebbe avere diciassette anni come venticinque.

«Adoro quel bambino» dice Adrian. «Ha imparato un po' di spagnolo a Barcellona e allora gli ho insegnato qualche frase nuova. Lo segui a tempo pieno?»

«Solo per l'estate. A settembre comincia la scuola.»

«E tu? Dove andrai?»

Allora capisco che mi ha scambiata per una studentessa. Deve pensare che sia una vicina, che abiti qui a Spring Brook, dove tutte le ragazze vanno al college o all'università. Faccio per correggerlo, ma non so come dire «Da nessuna parte» senza sembrare una fallita. So che potrei condividere con lui ogni capitolo della mia triste storia, ma per amore dei convenevoli assecondo la sua supposizione. Fingo di non avere mai smarrito la retta via e che tutto stia andando secondo i piani.

«Alla Penn State. Sono nella squadra femminile di atletica.»

«Sul serio? Sei un'atleta delle Big Ten?»

«Tecnicamente sì. Ma è la squadra di football che si prende tutta la gloria. Non ci vedrai mai in televisione sul canale sportivo.»

So che mentire è sbagliato. Una fase importante della riabilitazione, forse la più importante, consiste nell'accettare il proprio passato e riconoscere gli errori commessi. Devo dire però che è una bella sensazione abbandonarsi a una simile fantasia, fingere di essere una ragazza qualsiasi con i tipici sogni della sua età.

Adrian schiocca le dita, come se all'improvviso avesse fatto un collegamento. «La sera vai a correre? Qui nel quartiere?»

«Esatto.»

«Ti ho visto allenarti! Sei proprio veloce!»

E mi domando perché un giardiniere lavori con il buio, ma non c'è tempo di chiederglielo perché Teddy sta già tornando di corsa attraverso il giardino, con un foglio di carta in mano. «Ecco qui» dice, con il fiatone. «L'avevo tenuto da parte per te.»

«Oh, ma è fantastico!» commenta Adrian. «Guarda che occhiali da sole! Sono un gran figo, vero?» Mi mostra il disegno e mi viene proprio da ridere. Sembra l'omino del gioco dell'impiccato.

«Molto bello» concordo.

«*Muy guapo*» dice Adrian a Teddy. «Ecco la tua parola nuova della settimana. Significa "strafigo".»

«*Muy guapo*?»

«*¡Bueno!* Perfetto!»

Dall'altra parte del giardino un uomo anziano gira intorno a casa dei Maxwell. È basso, con la pelle bruna e grinzosa e i capelli brizzolati tagliati corti. Grida il nome di Adrian ed è chiaro che non sia contento. «*¿Qué demonios estás haciendo?*»

Adrian gli fa un cenno, poi ci lancia uno sguardo divertito. «*El jefe*. Devo andare. Torno tra due settimane però, Teddy. Grazie del disegno. E auguri per gli allenamenti, Mallory. Ti cerco sul canale sportivo, va bene?»

«*¡Prisa!*» grida il vecchio. «*¡Ven aquí!*»

«Okay, okay!» risponde Adrian. Salta sul tosaerba, lo accende, e in pochi secondi attraversa il giardino. Lo sento scusarsi in spagnolo, ma il vecchio non fa che gridargli contro, e continuano a discutere mentre spariscono dietro l'angolo della casa. Ho ancora qualche rudimento di spagnolo dal liceo; ricordo che *el jefe* significa "il capo", ma parlano troppo in fretta e non riesco a seguirli.

Teddy sembra preoccupato. «Adrian è nei guai?»

«Spero di no.» Poi mi guardo intorno nel giardino e mi meraviglio del fatto che, malgrado le incoscienti buffonate a rotta di collo di Adrian, l'erba appena tagliata è fantastica.

Sul retro della casa i Maxwell hanno una piccola doccia esterna per sciacquarsi dopo avere nuotato. È una minuscola cabina di legno grande più o meno come quelle del telefono di una volta, e Caroline la tiene rifornita di shampoo e saponi che costano cifre assurde. Teddy entra per primo e io gli do istruzioni da dietro la porta, ricordandogli di sciacquare bene i capelli e scuotere il costume da bagno. Quando ha finito, esce strascicando i piedi con un asciugamano da spiaggia avvolto intorno al corpo. «Sono un burrito vegetariano!»

«Sei adorabile» gli dico. «Vai a vestirti, ci vediamo di sopra.»

Appendo l'asciugamano e mi preparo a entrare nella cabina quando sento una donna che mi chiama. «Mallory, giusto? La nuova tata?»

Mi volto e vedo la vicina di casa dei Maxwell che arriva di corsa sul prato, una donna anziana, bassa, con i fianchi larghi e l'andatura incerta. Caroline mi ha già avvisata che è molto stramba ed esce di rado, eppure eccola lì, con indosso un *muumuu* color acquamarina e coperta di gioielli: collane d'oro con pendenti di cristallo, grossi orecchini a cerchio, un gran tintinnare di braccialetti ai polsi e anelli con pietre preziose alle dita di mani e piedi. «Sono Mitzi, tesoro, la vicina. Visto che sei nuova del quartiere, voglio darti un consiglio amichevole: quando vengono i giardinieri non dovresti stare in piscina. Con tutto in mostra.» Mi indica il torso, in alto e in basso. «Una volta si chiamava "provocazione".»

Si avvicina e rimango colpita da un odore forte di corda bruciata. O le serve un bagno oppure è strafatta, o magari entrambe le cose. «Mi scusi?»

«Hai un bel personalino, e capisco che tu voglia mostrarlo. È un paese libero, e io sono libertaria, quindi se ti fa star bene fallo pure. Quando però vengono quei messicani, devi essere un minimo discreta. Mostrare un po' più di buon senso. Per la tua sicurezza. Mi segui?» Faccio per rispondere, ma lei continua: «Potrebbe sembrarti razzista, ma è vero. Quegli uomini hanno già infranto la legge una volta, passando il confine. E allora, se un criminale vede una bella ragazza tutta sola in giardino, cosa dovrebbe fermarlo?».

«Sta parlando sul serio?»

Mi prende il polso per ribadire il concetto, e le trema la mano. «Principessa, sono seria come un attacco di cuore. Hai il culo di fuori.»

Sopra di noi Teddy chiama da dietro la zanzariera della finestra di camera sua: «Mallory, ce lo prendiamo un ghiacciolo?».

«Dopo che ho fatto la doccia» rispondo. «Tra cinque minuti.»

Mitzi saluta Teddy, lui abbassa la testa e sparisce. «Che bel bambino. Ha un viso così dolce. Invece non sono un'appassionata dei genitori. Un po' troppa puzza sotto il naso per i miei gusti. Tu che ne dici?»

«Be'...»

«Quando sono arrivati, gli ho preparato una teglia di lasagne. Da buona vicina, hai presente? Allora vado a portargliela, suono e lo sai cosa mi dice quella? Dice: "Mi dispiace, ma non possiamo accettare questo regalo". Per via del macinato!»

«Forse...»

«Scusami, tesoro, ma *non* funziona così. Sorridi, ringrazi, le porti in casa e le *butti*. Non me le sbatti in faccia. È da cafoni. E il padre è anche peggio! Ti farà diventare matta.»

«In realtà...»

«Ah, sei ancora una bambina. Non sai ancora vedere le persone. Io sono calda, empatica, e di mestiere leggo le aure. Vedrai clienti che vengono a suonarmi il campanello a tutte le ore, ma non ti preoccupare, non c'è niente di losco. Dopo l'isterectomia certe cose non mi interessano più.» Mi strizza l'occhio. «Ma dimmi, ti piace il cottage? Non sei nervosa? A dormire da sola, là fuori?»

«Perché dovrei essere nervosa?»

«Per la storia.»

«Quale storia?»

E per la prima volta durante la nostra conversazione, Mitzi si ritrova senza parole. Si prende una ciocca di capelli tra le dita e la torce finché non individua un singolo capello. Poi lo strappa e se lo getta dietro le spalle. «Devi chiedere ai genitori.»

«Sono appena arrivati. Non sanno niente. Di che parla?»

«Quando ero piccola, il cottage lo chiamavamo "casa del diavolo". Come prova di coraggio dovevamo sbirciare dalle finestre. Mio fratello mi avrebbe dato un quarto di dollaro se fossi salita in veranda e avessi contato fino a cento, ma io avevo troppa paura.»

«Perché?»

«Ci avevano ammazzato una donna. Annie Barrett. Era un'artista, una pittrice, e usava casa tua come studio.»

«L'hanno uccisa nel cottage?»

«Be', il corpo non l'hanno mai trovato. È successo tanto tempo fa, subito dopo la Seconda guerra mondiale.»

Il volto di Teddy ricompare alla finestra del primo piano. «Sono passati cinque minuti?»

«Quasi» rispondo.

Quando mi volto di nuovo verso Mitzi, lei sta già tornando in casa. «Non far aspettare quell'angioletto. Godetevi il gelato.»

«Aspetti, e il resto della storia?»

«Non c'è un resto della storia. Dopo la morte di Annie, o la scomparsa, chi lo sa, la famiglia trasformò il cottage in una rimessa. Non volevano che ci dormisse nessuno. Ed è rimasto così per una settantina d'anni. Fino a questo mese.»

Caroline torna a casa con il minivan pieno di borse della spesa, così la aiuto a scaricarle e a mettere in ordine. Teddy è in camera sua a disegnare, perciò approfitto dell'occasione per chiedere della storia di Mitzi.

«Te l'avevo detto che è matta» dice Caroline. «È convinta che il postino le apra gli estratti conto della carta di credito con il vapore, per scoprire se paga regolarmente. È paranoica.»

«Mi ha detto che una donna è stata assassinata proprio qui.»

«Ottant'anni fa. Questo è un quartiere molto vecchio, Mallory. Ognuna di queste case ha il suo racconto dell'orrore.» Caroline apre il frigorifero e riempie il cassetto della verdura di spinaci, cavolo nero e un mazzetto di ravanelli ancora sporchi di terra. «Inoltre i vecchi proprietari hanno abitato qui per quarant'anni, dunque è ovvio che non hanno avuto alcun problema.»

«Certo, è vero.» Tiro fuori da una delle borse di tela una confezione da sei di latte di cocco. «Però usavano il cottage come rimessa, giusto? Non ci dormiva nessuno.»

Caroline ha l'aria esasperata. Immagino che abbia avuto una giornata pesante all'ospedale dei veterani, e che non le piacciano le imboscate piene di domande appena entra in casa. «Mallory, probabilmente quella donna ha preso più droghe di tutti i miei pazienti messi insieme. Non so come faccia a essere ancora viva, ma la sua testa di sicuro non va. È una squinternata, un fascio di nervi, schizzata e paranoica. E siccome ci tengo molto che tu resti pulita, ti suggerisco decisamente di limitare i contatti con lei, okay?»

«Sì, lo so» rispondo, e mi sento a disagio, perché è il momento in cui Caroline è arrivata più vicino a gridarmi contro. Poi non dico altro, apro la dispensa e sistemo le confezioni di riso arborio, couscous e cracker integrali. Metto via sacchetti e sacchetti di avena, mandorle, datteri e strani funghi tutti raggrinziti. Dopo che è tutto al proprio posto, dico a Caroline che esco. Dev'essersi accorta che sono ancora scossa, perché si avvicina e mi poggia una mano sulla spalla.

«Ascolta, al primo piano abbiamo una splendida camera degli ospiti. Se vuoi trasferirti lì, saremmo felici di averti con noi. Teddy impazzirebbe di gioia. Che ne dici?»

E chissà come, visto che mi ha messo già un braccio intorno alle spalle, il nostro diventa una specie di abbraccio. «Là fuori sto bene» le dico. «Mi piace avere uno spazio mio. È un buon allenamento per il mondo reale.»

«Se cambiassi idea, basta che tu ce lo dica. In questa casa sarai *sempre* la benvenuta.»

Quando scende la sera, metto le scarpe buone e vado a correre. Aspetto che faccia buio, ma l'aria è ancora afosa e pesante. È bello spingere, far passare il dolore correndo. Russell dice sempre una cosa che mi piace molto; dice che non sappiamo quanto il nostro corpo possa sopportare finché non avanziamo pretese crudeli. Be', stasera pretendo molto da me stessa. Faccio scatti su e giù per i marciapiedi del quartiere, attraverso di corsa l'ombra dei lampioni e gli sciami di lucciole, tra l'onnipresente ronzio dei condizionatori. Corro otto chilometri in trentotto minuti e torno a casa camminando, esausta eppure su di giri.

Faccio un'altra doccia, stavolta nel piccolo bagno del cottage, poi mi preparo qualcosa per cena: una pizza surgelata riscaldata nel forno e un barattolo piccolo di gelato per dessert. Me lo merito.

Quando ho finito sono le nove. Spengo tutte le luci tranne l'abat-jour sul comodino. Mi infilo nel mio grande letto bianco con lo smartphone, vado su Hallmark e metto un film che si intitola *Winter Love Story*. Ma faccio fatica a concentrarmi. Non capisco se l'ho già visto, o se magari ha la stessa trama di un'altra dozzina di film di Hallmark. Poi fa un po' caldo nel cottage, allora mi alzo e apro le tende.

Ci sono due finestre, una grande accanto alla porta d'ingresso e una più piccola sopra al letto; la notte le lascio aperte entrambe per creare un po' di riscontro. La ventola sul soffitto gira lenta e pigra. Fuori, nel bosco, sento il verso dei grilli, e a volte anche qualche piccolo animale che passa, morbidi passi sulle foglie secche.

Torno a letto e faccio ripartire il film. Non passa minuto senza che una falena sbatta contro i vetri, attratta dalla luce. Sento un *tap-tap* contro la parete dietro al letto, ma so che è solo un ramo; su tre lati del cottage ci sono alberi che crescono vicini, e ogni volta che si alza il vento grattano i muri. Guardo la porta e mi assicuro che sia chiusa a chiave, ed è così, ma è una serratura molto fragile, niente che possa fermare un intruso deciso a entrare.

Poi sento un rumore, una specie di ronzio ad alta frequenza, come una zanzara che vola troppo vicino al mio orecchio. La scaccio con la mano, ma dopo qualche secondo è tornata, un puntino grigio nella mia visuale periferica, sempre troppo lontano. E ripenso alla dottoressa della University of Pennsylvania e all'esperimento a cui poi non ho partecipato.

Ed è la prima notte che mi sento come se qualcuno mi stesse guardando.

5

I miei fine settimana sono piuttosto tranquilli. Caroline e Ted organizzano spesso attività in famiglia: vanno sulla costa e passano la giornata sulla spiaggia, oppure portano Teddy a visitare un museo in città. E mi invitano sempre, ma io non vado mai perché non voglio intromettermi nel loro tempo insieme. Invece resto al cottage a gingillarmi, cercando di tenermi impegnata, perché l'ozio è il padre dei vizi, non ci indurre in tentazione eccetera eccetera. Il sabato sera, mentre milioni di ragazzi in tutta l'America bevono e flirtano e ridono e fanno l'amore, io sono inginocchiata davanti alla tazza del gabinetto con una bottiglia di candeggina a grattare via lo sporco dalle fughe tra le piastrelle. La domenica non va molto meglio. Una alla volta sono stata in tutte le chiese della zona, ma per ora non è scattato niente. Sono sempre la persona più giovane, di una ventina d'anni, e non sopporto il modo in cui mi guardano gli altri parrocchiani, come se fossi una specie di animale esotico.

A volte sono tentata di tornare sui social, di riattivare i profili Instagram e Facebook, ma ai Narcotici Anonimi tutti mi hanno raccomandato di non farlo. Dicono che i social comportano di per sé un rischio di dipendenza e possono distruggere l'autostima di una persona non ancora matura. Allora cerco di tenermi occupata con piaceri semplici e legati al mondo reale: corro, cucino, faccio passeggiate.

Il momento migliore però è sempre quando il fine settimana è passato e posso tornare al lavoro. Lunedì mattina arrivo alla casa grande e in cucina trovo Teddy sotto il tavolo che gioca con gli animali di plastica della fattoria.

«Ciao, Teddy-Bear! Come stai?»

Lui prende una mucca di plastica e fa *muuuuu*.

«Sul serio, sei diventato una mucca? Be', allora oggi faccio la mucca-sitter! Fantastico!»

Caroline attraversa la cucina come un lampo, con in mano le chiavi della macchina, il cellulare e diversi fascicoli pieni zeppi di carte. Chiede se posso raggiungerla un attimo nell'atrio. Quando siamo a distanza di sicurezza da Teddy, spiega che il bambino ha bagnato il letto e lei ha messo subito le lenzuola nella lavatrice. «Ti dispiace spostarle nell'asciugatrice, quando ha finito? Ho già cambiato il letto.»

«Certo. Teddy sta bene?»

«Sì. Solo un po' imbarazzato. Ultimamente gli capita spesso. Lo stress del trasloco.» Prende il suo zainetto dall'armadio nel corridoio e se lo mette in spalla. «Non dirgli che te l'ho detto. Non vuole che tu lo sappia.»

«Non dirò una parola.»

«Grazie, Mallory. Mi salvi la vita!»

L'attività mattutina preferita di Teddy è esplorare la Foresta Incantata al confine della proprietà della sua famiglia. I rami degli alberi formano una densa tettoia sopra le nostre teste, così anche durante le giornate più calde nel bosco fa più fresco. I sentieri non sono segnati e non ci sono cartelli, perciò abbiamo inventato noi dei nomi. La Strada di Mattoni Gialli è quello liscio, di terra battuta, che parte dietro al mio cottage e corre parallelo alle case di Edgewood Street. Lo seguiamo fino a un grosso masso grigio che si chiama Uovo del Drago e poi deviamo sul Passo del Drago, un sentiero più stretto che serpeggia attraverso una fitta macchia di cespugli di lappole. Lì dobbiamo procedere in fila indiana e con le braccia tese, per non graffiarci. Questo percorso ci porta lungo una valletta fino al Fiume del Re (un torrentello puzzolente che scorre molto lento, con l'acqua che arriva a stento ai fianchi) e al Ponte Muschiato, un lungo tronco d'albero marcito che collega le due sponde, coperto di alghe e strani funghi. Ci passiamo sopra in punta di piedi e seguiamo il sentiero fino alla Pianta di Fagioli Gigante, l'albero più alto del bosco, con i rami che arrivano fino al cielo.

Questo almeno secondo Teddy. Mentre camminiamo si inventa storie complicate sulle avventure del principe Teddy e della principessa Mallory, due coraggiosi fratelli rimasti separati dal resto della famiglia reale che cercano di tornare a casa. A volte camminiamo tutta la mattina senza incontrare anima viva. Ogni tanto qualcuno che porta a spasso il cane, ma raramente bambini, e mi domando se non sia per questo che a Teddy piace così tanto.

A Caroline comunque non parlo di questa mia teoria.

Dopo due ore di cammino tra gli alberi ci siamo fatti venire abbastanza appetito per il pranzo, e allora torniamo a casa e preparo un po' di formaggio grigliato. Poi Teddy sale di sopra per il riposino, e io mi ricordo che le sue lenzuola sono ancora nell'asciugatrice, quindi salgo in lavanderia.

Passando accanto alla camera di Teddy lo sento parlare da solo. Mi fermo e accosto l'orecchio alla porta, ma colgo solo frammenti di frase. È come ascoltare parte di una conversazione telefonica in cui a parlare di più è l'altra persona. Tra le frasi di Teddy ci sono delle pause, alcune più lunghe delle altre.

«Forse? Io però...»

«................»

«Non lo so.»

«................»

«Nuvole? Grosse? Gonfie?»

«................»

«Scusami. Non capi...»

«..»

«Stelle! Okay, stelle!»

«..»

«Tante stelle, ho capito.»

«...»

Sono così curiosa che mi viene la tentazione di bussare, poi però squilla il telefono di casa, perciò mi allontano dalla porta e mi affretto a tornare di sotto.

Ted e Caroline hanno entrambi il cellulare, ma insistono a tenere in funzione il telefono fisso così in caso di emergenza Teddy può chiamare il 911. Rispondo, e la persona che ha chiamato si identifica come la direttrice della scuola elementare di Spring Brook. «Parlo con Caroline Maxwell?»

Rispondo che sono la babysitter e lei ribatte con tono deciso che non è nulla di urgente. Dice che sta chiamando di persona per dare il benvenuto ai Maxwell. «Mi piace parlare con tutti i genitori prima che inizino le lezioni. Di solito hanno molte cose da chiedere.»

Prendo nota del nome e del numero e prometto di informare Caroline. Poco dopo Teddy entra in cucina con un nuovo disegno. Lo mette capovolto sul tavolo e si arrampica su una sedia. «Posso avere un peperone verde?»

«Ma certo.»

I peperoni verdi sono lo snack preferito di Teddy, e così Caroline ne compra a dozzine. Ne prendo uno dal frigorifero, lo sciacquo sotto l'acqua fredda e tolgo il gambo con il coltello. Poi elimino anche la punta, creando una specie di cilindro, che taglio in strisce che Teddy possa mordere.

Siamo seduti a tavola e lui sta masticando contento il suo peperone, quando mi cade l'occhio sulla sua ultima opera. È l'immagine di un uomo che cammina all'indietro in un bosco fitto e intricato. Trascina una donna per le caviglie, ne sposta il corpo senza vita. Sullo sfondo, tra gli alberi, si vedono una mezzaluna e molte piccole stelle luccicanti.

«Teddy? Questo cos'è?»

Alza le spalle. «Un gioco.»

«Che tipo di gioco?»

Morde una striscia di peperone e risponde mentre mastica. «Anya mima una scena e io la disegno.»

«Come Pictionary?»

Teddy scoppia a ridere, spruzzando frammenti di peperone su tutto il tavolo. «Pictionary?!» Si lascia ricadere sulla sedia, continua a ridere in modo isterico, e io prendo un pezzo di carta assorbente per pulire quel disastro. «Anya non può giocare a Pictionary!»

Con gentilezza, riesco a calmarlo e a fargli bere un sorso d'acqua.

«Ricomincia dall'inizio» gli dico, e cerco di tenere la voce sotto controllo. Non voglio che pensi che sto dando di matto. «Spiegami come funziona questo gioco.»

«Te l'ho detto, Mallory. Anya mima la scena e io devo disegnarla. Tutto qui. Il gioco è questo.»

«E l'uomo chi è?»

«Non lo so.»

«Ha fatto del male ad Anya?»

«Come faccio a saperlo? Ma non è Pictionary! Anya non può giocare a quei giochi!»

Ricade di nuovo sulla sedia e si rimette a ridere, quel genere di risata allegra e spensierata che solo i bambini sanno produrre. Così piena di gioia, così sincera, che immagino sia più forte di ogni mia possibile preoccupazione. È chiaro che non c'è nulla che crei problemi a Teddy. Sembra contento come qualsiasi altro bambino io abbia mai conosciuto. Si è inventato un'amica immaginaria e insieme fanno strani giochi con la fantasia, e allora?

Quando mi alzo e porto il disegno dalla parte opposta della cucina, lui si sta ancora dimenando sulla sedia. Nel cassetto delle bollette Caroline tiene una cartellina in cui mi ha chiesto di mettere i disegni di suo figlio, così può passarli allo scanner e archiviarli nel computer.

Teddy però mi ha vista.

Smette di ridere e scuote la testa.

«Quello non è per mamma o papà. Anya dice che vuole che lo tieni *tu*.»

La sera faccio un chilometro e mezzo a piedi per arrivare al centro commerciale in cui c'è Best Buy, dove investo un po' del mio stipendio in un piccolo tablet. Alle otto sono di nuovo nel cottage. Chiudo a chiave la porta, metto il pigiama e vado a letto con il mio nuovo giocattolo. Bastano pochi minuti per impostarlo e collegarmi al Wi-Fi dei Maxwell.

Cerco "Annie Barrett" ed escono sedici milioni di risultati: liste di nozze, studi di architetti, negozi virtuali su Etsy, tutorial di yoga e dozzine di profili su LinkedIn. Faccio altre ricerche, digitando "Annie Barrett + Spring Brook" e "Annie Barrett + Artista" e "Annie Barrett + morta + assassinata", ma nessuna di queste combinazioni restituisce qualcosa di utile. Su Internet non c'è traccia della sua esistenza.

Fuori, proprio sopra la mia testa, qualcosa sbatte contro la zanzariera. So che è una delle grosse falene marroni che sono dappertutto nel bosco. Hanno lo stesso colore e lo stesso aspetto della corteccia degli alberi, per mimetizzarsi facilmente, ma dalla mia parte della zanzariera vedo solo i loro ventri, viscidi e segmentati, tre paia di zampe e due antenne che vibrano. Scuoto la zanzariera e quelle cadono, ma svolazzano per qualche secondo e poi tornano. Ho paura che trovino un buco e ci passino attraverso, per migrare sulla mia abat-jour e ricoprirla.

Accanto alla lampada c'è il disegno di Anya trascinata per il bosco. Chissà se ho fatto male a tenerlo. Forse avrei dovuto darlo a Caroline appena è entrata. O meglio ancora, avrei potuto accartocciarlo e metterlo nel bidone del riciclo. Non mi piace come Teddy le ha disegnato i capelli, la lunghezza oscena di quelle trecce nere, strascicate dietro al corpo come viscere. Sul comodino qualcosa strilla: salto giù dal letto prima di accorgermi che è solo il mio telefono, una chiamata in arrivo con la suoneria al massimo.

«Quinn!» dice Russell. «È troppo tardi?»

È la tipica domanda di Russell. Sono solo le otto e tre quarti, ma secondo lui chiunque tenga sul serio alla forma fisica dovrebbe essere a letto con le luci spente entro le nove e mezza.

«Tranquillo» gli dico. «Che è successo?»

«Ti chiamo per il tendine. L'altro giorno mi hai detto che lo sentivi tirare.»

«Adesso va meglio.»

«Quanto hai fatto stasera?»

«Sei chilometri e mezzo. Trentuno minuti.»

«Sei stanca?»

«No. Sto bene.»

«Sei pronta a spingere un po' di più?»

Non riesco a smettere di guardare il disegno, quella matassa nera di capelli trascinata dietro al corpo della donna.

Quale bambino disegna certe cose?

«Quinn?»

«Sì… Scusami.»

«Tutto bene?»

Sento il ronzio di una zanzara e mi do uno schiaffo sulla guancia destra, forte. Poi mi guardo il palmo, sperando di vedere un grumo nero, ma la pelle è pulita.

«Tutto bene. Un po' stanca.»

«Hai appena detto di *non* essere stanca.»

E la sua voce cambia appena di tono, come se all'improvviso si accorgesse che qualcosa non torna.

«Come ti trattano?»

«Sono fantastici.»

«E il bambino? Tommy? Tony? Toby?»

«Teddy. È dolcissimo. Ci divertiamo.»

Solo per un attimo penso di parlare a Russell della situazione con Anya, ma non so da dove iniziare. Se gli dico la verità, probabilmente penserà che ho ricominciato a farmi.

«Hai dei disturbi?» mi chiede.

«Disturbi di che tipo?»

«Vuoti di memoria? Dimentichi le cose?»

«No, non che io ricordi.»

«Dico sul serio, Quinn. Sarebbe normale, date le circostanze. Lo stress di un nuovo lavoro, nuove abitudini.»

«La mia memoria sta bene. Non ho più quei problemi da tanto tempo.»

«Bene, bene.» Adesso sento che sta digitando qualcosa al computer, inserendo alcune modifiche al mio programma di allenamenti. «I Maxwell hanno la piscina, giusto? E tu la puoi usare?»

«Certo.»

«Quanto è lunga più o meno?»

«Forse dieci metri...»

«Ti mando i link di alcuni video su YouTube. Sono esercizi di nuoto. Facili, un cross-training a basso impatto. Due o tre volte alla settimana, va bene?»

«Certo.»

Nel mio tono c'è ancora qualcosa che non gli piace. «E chiamami se ti serve qualcosa, okay? Non sono in Canada. Sono a quaranta minuti da lì.»

«Non preoccuparti, *coach*. Va tutto bene.»

6

A nuotare faccio abbastanza schifo. Quando ero piccola nel nostro quartiere c'era una piscina pubblica, ma l'estate diventava una specie di zoo, con centinaia di ragazzini che strillavano pressati l'uno contro l'altro in un metro d'acqua sporca. Nuotare era impossibile; c'era giusto lo spazio per fare il morto a galla. Mia madre si raccomandava che io e mia sorella non mettessimo la testa sott'acqua, perché aveva paura che ci prendessimo la congiuntivite.

Quindi non direi che non vedo l'ora di iniziare il nuovo programma di Russell. Quando finalmente vado in piscina, la sera dopo, sono le dieci passate. Con il buio il giardino dei Maxwell si trasforma in un posto strano. Siamo a due passi da Philadelphia, ma a quest'ora è come se fossimo in aperta campagna. L'unica luce è quella della luna, delle stelle e delle lampade alogene sul fondo della piscina. L'acqua stessa mette addosso una sensazione strana. La superficie brilla di un azzurro come al neon, tipo plasma radioattivo, e riflette strane ombre sul retro della casa.

È una serata tiepida ed è piacevole tuffarsi nell'acqua fresca. Quando però torno in superficie a prendere aria e apro gli occhi, sono pronta a giurare che il bosco si è spostato in avanti, come se in qualche modo, di soppiatto, gli alberi si fossero avvicinati. Perfino i grilli sembrano cantare più forte. So che è solo un'illusione, che il punto di vista appiattisce il mio senso della profondità, cancellando i sei metri d'erba tra la recinzione della piscina e la linea degli alberi. Ma è comunque inquietante.

Mi aggrappo al bordo della piscina e mi riscaldo con cinque minuti di esercizi per le gambe. Nella casa grande tutte le luci del pianoterra sono accese e riesco a vedere la cucina, ma non c'è traccia né di Ted né di Caroline. Probabilmente sono in soggiorno a leggere un libro con un bicchiere di vino, il modo in cui passano quasi tutte le serate.

Dopo essermi riscaldata, mi spingo via dalla parete e comincio con uno stile libero un po' imperfetto. Il mio obiettivo sono dieci vasche, andata e ritorno nel senso della lunghezza. A metà della terza però capisco che non posso farcela. Ho deltoidi e tricipiti in fiamme; l'intera parte superiore del corpo è terribilmente fuori forma. Perfino i polpacci si contraggono. Mi sforzo di finire la quarta vasca, a metà della quinta devo fermarmi. Mi aggrappo di nuovo alla parete della piscina, cercando di riprendere fiato.

Poi dal bosco arriva uno schiocco.

È il rumore di una persona che appoggia tutto il peso su un ramo secco e preme finché il legno si spezza. Mi volto verso gli alberi, socchiudo le palpebre e guardo nel buio, ma non vedo niente. Sento qualcosa però, o qualcuno: morbidi passi sulle foglie secche, nella direzione del mio cottage…

«Com'è l'acqua?»

Mi volto e vedo Ted che apre il cancelletto della piscina, senza camicia, con il costume indosso e un asciugamano sulla spalla. Fa esercizi in piscina per diverse sere alla settimana, ma non l'ho mai visto fuori così tardi. Mi avvicino alla scaletta e dico: «Stavo uscendo».

«Non ce n'è bisogno. C'è un sacco di spazio. Parti da laggiù e io parto da qui.»

Lancia l'asciugamano su una sedia, poi fa un passo avanti e si lascia cadere dal bordo della piscina, finendo in acqua senza battere ciglio. Dopo, al suo segnale, cominciamo a nuotare partendo dalle estremità opposte della piscina e seguendo linee parallele. In teoria dovremmo incrociarci al centro della vasca, ma Ted nuota a una velocità folle e in un attimo mi ha già doppiata. È in grandissima forma. Resta con la testa sott'acqua per quasi tutta la vasca, così non sono nemmeno sicura che respiri. Si muove come uno squalo, quasi senza fare rumore, mentre io agito le braccia come il passeggero di una nave da crociera che, ubriaco, è caduto fuoribordo. Prima di gettare la spugna, riesco a rimediare altre tre vasche. Ted continua per altre sei, poi si ferma accanto a me.

«Sei molto bravo» gli dico.

«Al liceo ero ancora meglio. Avevamo un allenatore incredibile.»

«Sono invidiosa. Io devo guardare i tutorial su YouTube.»

«Posso darti un consiglio non richiesto, allora? Respiri troppo. Devi respirare una bracciata sì e una no. Sempre a sinistra o a destra, dove ti viene più naturale.»

Mi incoraggia a provare, così mi stacco dal bordo e attraverso la piscina seguendo i suoi suggerimenti. I risultati sono istantanei. Respiro la metà e vado veloce il doppio.

«Meglio, no?»

«Molto meglio. Altri suggerimenti?»

«No, ti ho appena dato il mio consiglio migliore. Il nuoto è l'unico sport dove l'allenatore ti strilla contro perché respiri. Ma con la pratica migliorerai.»

«Grazie.»

Mi aggrappo alla scaletta ed esco, pronta a chiudere la serata. Il costume mi è salito sui fianchi e lo rimetto a posto, ma a quanto pare non abbastanza in fretta.

«Ehi, una tifosa dei Flyers» dice.

Si riferisce al piccolo tatuaggio che ho su un fianco. È il muso con gli occhi spalancati di Gritty, la mascotte pelosa arancione della squadra di hockey di Philadelphia. Ero stata molto attenta a tenerlo nascosto ai Maxwell, e sono arrabbiata con me stessa per l'errore.

«È stato uno sbaglio» gli dico. «Appena avrò i soldi me lo faccio togliere con il laser.»

«L'hockey però ti piace?»

Scuoto la testa. Non ho mai giocato. Non ho mai nemmeno visto una partita. Due anni fa però avevo fatto amicizia con un uomo più grande di me, un tifoso sfegatato che aveva accesso a certi farmaci. Isaac aveva trentotto anni, e negli anni settanta suo padre aveva giocato nei Flyers, aveva fatto un sacco di soldi ed era morto giovane, e Isaac un po' alla volta stava sperperando la sua fortuna. Io e un'altra ragazza vivevamo nel suo appartamento, dormivamo per terra e ogni tanto nel suo letto, e in pratica mi ero fatta quel tatuaggio per impressionarlo, nella speranza che pensasse che ero abbastanza figa da tenermi con sé. Il piano però era fallito. Dovetti aspettare cinque giorni prima di togliermi il cerotto, ma nel frattempo Isaac fu arrestato per detenzione di stupefacenti e il suo padrone di casa ci buttò tutti in mezzo a una strada.

Ted sta ancora aspettando una spiegazione.

«È stata una stupidaggine» gli dico. «Non ero lucida.»

«Be', non sei la sola. Anche Caroline ha un tatuaggio che vuole togliere. Al college ha attraversato una fase artistica.»

È una cosa carina da dire, ma non mi fa sentire meglio. Sono sicura che il tatuaggio di Caroline è estremamente di buon gusto. Sarà di sicuro una rosa o una mezzaluna, o un qualche ideogramma cinese dal significato profondo – di sicuro non è un mostro con gli occhi sgranati, una roba da squinternata. Chiedo a Ted dove lo nasconde, ma vengo interrotta da un altro schiocco.

Ci voltiamo entrambi verso il bosco.

«C'è qualcuno» gli dico. «L'ho sentito anche prima, tra gli alberi.»

«Sarà un coniglio» risponde lui.

Sentiamo un altro schiocco, poi il rumore di qualcosa che si agita in fretta, in preda al panico, un piccolo animale che corre nel bosco.

«*Quello* era un coniglio. Prima però, prima che arrivassi tu, il rumore era più forte. Sembrava una persona.»

«Sarà stato qualche adolescente. Questi boschi pullulano di liceali, ne sono certo.»

«La notte è ancora peggio. A volte sono a letto e sembra che siano proprio fuori dalla finestra.»

«Probabilmente non aiuta che Mitzi ti riempia la testa di strane storie.» Mi strizza l'occhio. «Caroline mi ha raccontato del vostro incontro.»

«È una persona interessante.»

«Io le starei alla larga, Mallory. Tutta quella faccenda delle letture dell'aura, estranei che parcheggiano sul suo vialetto, che bussano alla porta sul retro, che pagano in contanti... Per me c'è sotto qualcosa. Non mi fido di lei.»

Sento che Ted non ha passato molto tempo in compagnia dei sensitivi. Da piccola avevo una vicina, la signora Guber, che leggeva i tarocchi nel retrobottega della pizzeria. Era rimasta nella leggenda perché aveva predetto a una delle cameriere che avrebbe vinto centomila dollari al gratta e vinci. La consultavano anche per le proposte di matrimonio, per i fidanzati infedeli e altre faccende di cuore. Io e i miei amici l'avevamo soprannominata "l'Oracolo" e ci fidavamo di lei più che della prima pagina del *Philadelphia Inquirer*.

Non mi aspetto però che Ted capisca. Non ammetterebbe nemmeno l'esistenza della fata dei dentini. Qualche sera fa Teddy ha sputato un incisivo che gli dondolava e Ted ha preso il portafoglio e gli ha dato un dollaro: niente fanfara, niente mistero, niente infilarsi in camera in punta di piedi durante la notte per non essere scoperti.

«È innocua.»

«Secondo me spaccia» dice Ted. «Non posso provarlo, ma la tengo d'occhio. Devi stare attenta, okay?»

Alzo la mano destra. «Parola di scout.»

«Dico sul serio, Mallory.»

«Lo so. E lo apprezzo. Starò attenta.»

Apro il cancelletto della piscina, pronta ad andarmene, quando mi rendo conto che sta arrivando Caroline dal giardino, con ancora indosso gli abiti da lavoro e in mano un quaderno e una matita. «Mallory, aspetta. Hai ricevuto una telefonata ieri? Dalla scuola di Teddy?»

Mi rendo subito conto di aver commesso un errore. Ricordo la telefonata, e ricordo di avere scritto il numero della direttrice su un foglietto di carta. Poi però Teddy è entrato in cucina con quello strano disegno e devo essermi distratta.

«Sì, la direttrice» le dico. «Ho il messaggio nel cottage. Probabilmente è rimasto nei pantaloncini. Vado a prenderlo...»

Caroline scuote la testa. «Va bene così. Mi ha appena mandato un'e-mail. Però mi avrebbe fatto comodo saperlo ieri.»

«Lo so. Mi dispiace.»

«Se manchiamo una sola scadenza, Teddy perde il posto. In quella scuola hanno una lista d'attesa di trenta nomi.»

«Lo so, lo so...»

Mi interrompe. «Smettila di dire "Lo so". Se lo avessi saputo *davvero*, mi avresti dato quel messaggio. La prossima volta stai più attenta.»

Si gira e torna verso la casa, io sono sconvolta. È la prima volta che mi rimprovera sul serio. Ted si affretta a uscire dalla piscina e mi poggia una mano sulla spalla. «Non ti preoccupare.»

«Scusami, Ted, sono mortificata.»

«Ce l'ha con la scuola, non con te. Ci sommergono di moduli. Vaccini, allergie, profili comportamentali. Questa stupida domanda per l'asilo è più lunga della mia dichiarazione dei redditi.»

«Ero in buona fede» gli dico. «Ho preso nota del numero, però mi ha distratto una cosa che mi ha dato Teddy.» Sono così disperata per la voglia di sistemare tutto che inizio a descrivergli il disegno, ma Ted mi parla sopra. Sembra ansioso di rientrare. Vedo il profilo di Caroline dietro la porta scorrevole che ci guarda.

«Le passerà, non preoccuparti» commenta lui. «Domani lo avrà già dimenticato.»

Ha un tono rilassato, ma si allontana in fretta. Mentre attraversa il giardino, la sua sagoma si appiattisce in una silhouette, e quando raggiunge Caroline la cinge con un braccio. Lei allunga la mano verso l'interruttore, poi non vedo più niente.

Si alza una leggera brezza, e comincio a tremare. Mi avvolgo l'asciugamano intorno ai fianchi e torno al cottage. Chiudo la porta a chiave e metto il pigiama, quando sento di nuovo quei passi, passi leggeri sull'erba soffice, solo che stavolta sono proprio fuori dalla finestra. Tiro indietro le tende e cerco di sbirciare fuori, ma attraverso la zanzariera riesco a vedere solo quelle viscide falene contorcersi.

Un cervo, cerco di convincermi. *È solo un cervo.*

Chiudo le tende, spengo le luci e vado a letto, tirandomi le coperte fino al mento. Fuori quella cosa si sposta proprio dietro al mio letto, la sento dall'altra parte del muro che ispeziona il cottage, che ne segue il perimetro come alla ricerca di un modo per entrare. Stringo le dita e do un pugno contro il muro, sperando che un rumore bello forte spaventi la cosa e la mandi via.

Invece quella si accovaccia sotto al cottage, grattando la terra, infilandosi sotto al pavimento. Non so cosa potrebbe entrarci là sotto. Il cottage non può essere rialzato da terra più di una trentina di centimetri. Non è possibile che sia un cervo, ma sembra altrettanto grosso. Mi siedo sul letto e pesto i piedi per terra, inutilmente. «Via!» grido, sperando di spaventarlo.

La cosa invece va a cacciarsi ancora più in fondo, e contorcendosi punta al centro della stanza. Mi alzo e accendo le luci. Poi mi metto a quattro zampe e ascolto, cercando di seguire il rumore. Tiro indietro il tappeto e scopro un profilo squadrato ritagliato nelle assi, una botola abbastanza larga perché ci passi una persona. Non ci sono né cardini né maniglie, solo due aperture ovali che permettono di afferrare il pannello e alzarlo.

Se non fosse così tardi, e se Caroline non fosse già arrabbiata, forse potrei chiamare i Maxwell e chiedere aiuto. Ma sono decisa a risolvere il problema da sola. Vado in cucina e riempio d'acqua una caraffa di plastica. Questa cosa, qualunque cosa sia, non può essere grossa come sembra. So che i rumori possono ingannare, soprattutto al buio, soprattutto di notte. Mi inginocchio per terra e cerco di alzare il pannello, che però non si muove. Per tutta l'estate l'umidità ha gonfiato il legno, bloccandolo. Allora faccio forza su un lato, tirando con entrambe le mani, ignorando il dolore alle dita, il legno ora secco e tagliente che mi scava nella pelle morbida. Alla fine, con un forte schiocco e una nuvola di polvere grigia, la botola salta via dal pavimento come il tappo di una bottiglia di champagne. La prendo e la stringo al petto per usarla come scudo. Poi mi chino in avanti e sbircio dentro al buco.

È troppo buio per vedere qualcosa. Sotto la terra è arida e senza vita, come cenere dopo un falò. Il cottage è silenzioso. La creatura, qualunque cosa sia, è scomparsa. Non c'è niente da vedere, solo mucchietti di polvere grigia chiazzati di nero. Mi accorgo di aver trattenuto il respiro e lo butto fuori per il sollievo. Tutto il rumore fatto aprendo la botola deve aver spaventato la cosa.

Poi però la cenere si muove e le chiazze nere sbattono, e mi rendo conto che sto guardando proprio la cosa, che si alza sulle zampe posteriori per venirmi incontro, scoprendo brutti artigli rosa e denti lunghi e affilati. Grido, uno strillo in piena gola che squarcia la notte. Poi sbatto giù la botola e mi ci getto sopra, usando il mio corpo come una barricata. Picchio sui bordi con i pugni, cercando di costringere il legno imbarcato a tornare a posto, ma non entra più. Meno di un minuto dopo Caroline arriva al cottage e apre la porta con la sua chiave. Ha messo la vestaglia e Ted è dietro di lei, senza maglietta, solo con i pantaloni del pigiama. Sentono i rumori, la cosa che si agita sotto il pavimento.

«È un topo di fogna» dico, e sono così sollevata che siano lì e di non essere più da sola. «Il più grosso che abbia mai visto.»

Ted prende la caraffa con l'acqua e la porta fuori, mentre Caroline mi poggia una mano sulla spalla per calmarmi e mi assicura che andrà tutto bene. Insieme giriamo la botola di novanta gradi, così si incastra di nuovo, e poi la tengo ferma mentre lei ci pesta sopra con i piedi. Anche dopo che ha finito ho comunque paura a spostarmi, ho paura che salterà di nuovo via. Lei resta accanto a me e mi abbraccia stretta, finché dalla finestra aperta non sentiamo uno scroscio d'acqua.

Un attimo dopo Ted torna con la caraffa vuota. «Un opossum» dice, con un sorrisetto. «Non era un topo di fogna. Era piuttosto veloce, ma l'ho preso.»

«Che ci faceva sotto al cottage?»

«C'è un buco nel graticcio. Sulla parete a ovest. Sembra che un tratto sia marcito.» Caroline si acciglia e fa per dire qualcosa, ma Ted la precede. «Lo so, lo so. Domani lo aggiusto. Passerò da Home Depot.»

«Fallo subito, Ted, come prima cosa. Quell'animale ha spaventato a morte Mallory. E se l'avesse morsa? E se avesse avuto la rabbia?»

«Sto bene» le dico.

«Sta bene» mi fa eco Ted, ma Caroline non è convinta. Fissa la botola nel pavimento. «E se torna?»

Anche se è quasi mezzanotte, Caroline insiste perché Ted vada alla casa grande a prendere la cassetta degli attrezzi. Poi insiste perché inchiodi la botola al pavimento, così niente potrà forzarla per entrare nel cottage. Mentre aspettiamo che lui finisca, mette a bollire dell'acqua e prepara per tutti e tre un po' di camomilla, e dopo i Maxwell si trattengono qualche minuto più del necessario, giusto per assicurarsi che io sia calma, rilassata e al sicuro. Ci sediamo tutti e tre sul bordo del letto, parliamo e raccontiamo storie e alla fine scoppiamo a ridere, ed è come se Caroline non mi avesse mai sgridata per la telefonata della scuola.

7

Il giorno dopo è un quattro luglio caldo e afoso, e io mi costringo a fare una corsa più lunga, tredici chilometri in settantuno minuti. Nel tragitto di ritorno oltrepasso una casa che con Teddy abbiamo soprannominato Castello Fiorito. Si trova a tre isolati dai Maxwell, una gigantesca costruzione bianca con un vialetto a U e un giardino che esplode di fiori colorati: crisantemi, gerani, emerocallidi e molti altri. Scorgo alcune nuove fioriture arancioni che si arrampicano lungo un graticcio sul davanti, così faccio qualche passo sul vialetto per dare un'occhiata più da vicino. Quei fiori sono così strani, sembrano piccoli coni per deviare il traffico; faccio qualche foto con il telefono. Poi però la porta si apre ed esce un uomo. Con la coda dell'occhio noto che è in giacca e cravatta, e percepisco che è uscito per cacciarmi dalla sua proprietà e accusarmi di violazione di domicilio.

«Ehi!»

Torno sul marciapiede e gli rivolgo un cenno di scuse, ma è troppo tardi. Il tizio è già uscito e mi viene incontro.

«Mallory!» chiama. «Come stai?»

Solo allora mi rendo conto di averlo già visto. Abbiamo superato i trenta gradi, eppure Adrian sembra perfettamente a proprio agio nel suo completo grigio chiaro, neanche fosse un personaggio di *Ocean's 11*. Sotto la giacca indossa una camicia bianca inamidata e una cravatta blu. Ora che è senza berretto, vedo che ha una folta capigliatura bruna.

«Scusami» gli dico. «Non ti avevo riconosciuto.»

Guarda il proprio abito, come se avesse dimenticato di averlo indosso. «Oh, già! Stasera c'è una cosa. Al circolo del golf. Mio padre... riceverà un premio.»

«Abiti qui?»

«I miei genitori. Io sono venuto a passare l'estate.»

La porta si apre ed escono i suoi genitori, la madre alta ed elegante in un vestito blu, il padre con un classico smoking nero e gemelli d'argento. «Quello è "*el jefe*"?»

«L'anima della Lawn King. Ci occupiamo di metà dei prati del New Jersey meridionale. D'estate ha una squadra di otto uomini, ma ti giuro, Mallory, io sono l'unico a cui urla contro.»

I genitori si avvicinano a una BMW nera parcheggiata sul vialetto, Adrian però con un cenno li invita a raggiungerci, e io vorrei proprio che non lo avesse fatto. Avete presente le ragazze della pubblicità dei Tampax, che alla fine di un allenamento hanno la carnagione immacolata e i capelli pronti per la passerella? Ecco, dopo tredici chilometri con più di trenta gradi non sono per niente come loro. Ho la maglietta zuppa di sudore, i capelli tutti unti e sporchi, la fronte impiastrata di moscerini morti.

«Mallory, ti presento mia madre Sofia e mio padre Ignacio.» Prima di porgere loro la mano me l'asciugo sui pantaloncini. «Mallory fa la babysitter dai Maxwell. Quelli nuovi, a Edgewood. Hanno un bambino che si chiama Teddy.»

Sofia mi guarda con sospetto. È vestita così bene e ha un'acconciatura così perfetta che stento a credere che negli ultimi trent'anni abbia mai sudato. Ignacio invece mi saluta con un sorriso amichevole. «Devi essere un'atleta molto disciplinata, a correre con questa umidità!»

«Mallory corre con la Penn State» spiega Adrian. «È nella squadra di fondo.»

Mi ero dimenticata di quella bugia, e sono in imbarazzo. Se io e Adrian fossimo da soli confesserei tutto, per avere la coscienza pulita, adesso però non riesco a dire niente, non con i suoi genitori che mi fissano.

«Sono sicuro che sei più veloce di mio figlio» commenta Ignacio. «Per tosare l'erba di due giardini gli ci vuole un giorno intero!» Poi scoppia a ridere alla sua stessa battuta, mentre Adrian struscia i piedi per terra, imbarazzato.

«Umorismo da giardinieri. Mio padre si crede un comico.»

Ignacio sogghigna. «Fa ridere perché è vero!»

Sofia studia il mio aspetto, e sono convinta che riesca a guardarmi dentro. «A che anno sei?»

«L'ultimo. Ho quasi finito.»

«Anch'io!» dice Adrian. «Io vado alla Rutgers, a New Brunswick, e studio ingegneria. Tu in cosa ti laurei?»

Non ho idea di come rispondere alla domanda. Tutti i miei progetti per il college riguardavano esclusivamente allenatori, scout e borse di studio del governo. Non sono mai arrivata al punto di dover scegliere il resto del piano di studi. Economia? Legge? Biologia? Nessuna risposta mi sembra credibile, ma ora ci sto mettendo troppo: mi fissano tutti e bisogna che dica qualcosa, qualsiasi cosa...

«Insegnamento» spiego.

Sofia è scettica. «Intendi pedagogia?»

Scandisce la parola lentamente: *pe-da-go-gia*, come se sospettasse che la stia sentendo per la prima volta.

«Sì. Per i bambini piccoli.»

«Alle scuole elementari?»

«Esatto.»

Adrian è felicissimo. «Mia madre insegna al quarto anno! Anche lei ha studiato pedagogia!»

«Ma non mi dire!» È un bene che sia ancora paonazza per la corsa, perché di sicuro il viso mi sta andando a fuoco.

«È la professione più nobile» commenta Ignacio. «Hai fatto una splendida scelta, Mallory.»

A questo punto ho una voglia disperata di cambiare argomento e dire qualcosa – *qualunque cosa* – che non sia una bugia. «I vostri fiori sono molto belli» azzardo. «Quando corro passo tutti i giorni davanti a casa vostra, così posso guardarli.»

«Allora ti faccio la domanda da un milione di dollari» dice Ignacio. «Quali sono i tuoi preferiti?»

Adrian spiega che è un gioco che i suoi genitori fanno con chi viene a trovarli. «L'idea è che il tuo fiore preferito riveli qualcosa della tua personalità. Come un oroscopo.»

«Sono tutti bellissimi» dico.

Sofia non intende darmi tregua. «Ne devi scegliere uno. Quello che ti piace di più.»

Allora indico i fiori arancioni che sono appena sbocciati, quelli che si arrampicano sul graticcio. «Non so come si chiamino, però mi ricordano i coni per deviare il traffico.»

«Gelsomino della Virginia, o trombetta rampicante» mi spiega Adrian.

Ignacio sembra contento. «Nessuno sceglie mai le trombette rampicanti! Sono bei fiori, molto versatili, e hanno bisogno di poco. Bastano un po' di sole e d'acqua, poche semplici attenzioni, poi fanno tutto da soli. Sono molto indipendenti.»

«Sono pure una specie di erbaccia, però» aggiunge Sofia. «Piuttosto difficili da controllare.»

«Si chiama vitalità!» esclama Ignacio. «È una cosa buona!»

Adrian lancia un'occhiata disperata nella mia direzione – *Vedi cosa mi tocca sopportare?* – e sua madre rammenta a tutti che sono molto in ritardo e che devono andare. Allora ci affrettiamo a salutarci e a dire che siamo contenti di esserci conosciuti, e io torno a casa camminando.

Qualche attimo dopo la BMW nera mi passa accanto e Ignacio dà un colpetto di clacson mentre Sofia guarda avanti. Adrian mi saluta dal lunotto e io per un attimo rivedo il bambino che è stato, in macchina con i genitori sul sedile posteriore o in bicicletta lungo questi marciapiedi ombrosi e queste belle strade alberate, sue come per diritto di nascita. Sento che la sua è stata un'infanzia perfetta, che ha vissuto la vita senza nemmeno un rimpianto.

Non so come, ma sono arrivata a ventun anni senza aver mai avuto un vero ragazzo. Cioè, sono stata con degli uomini; quando sei una ragazza mediamente carina e tossicodipendente, esiste sempre un modo infallibile per trovare la droga, ma non ho mai avuto niente che somigliasse a una relazione normale.

Nella versione cinematografica della mia vita per Hallmark Channel, però, in una realtà alternativa che mi vede cresciuta a Spring Brook con due genitori gentili, istruiti e benestanti come Ted e Caroline, il mio ragazzo ideale sarebbe qualcuno che somiglia molto a Adrian. È carino, divertente, un gran lavoratore. E mentre cammino inizio a farmi dei calcoli in testa, cercando di capire quando saranno passate due settimane e tornerà a lavorare nel giardino dei Maxwell.

Spring Brook pullula di bambini, ma per ora non sono riuscita a presentare Teddy a nessuno. Alla fine del nostro isolato ci sono dei giardinetti molto grandi pieni di altalene, giostre e nanetti di cinque anni che urlano e strillano, ma Teddy non vuole avere niente a che fare con loro.

Un lunedì mattina ci ritroviamo seduti su una panchina a guardare un gruppo di bambini che "guidano" le loro macchinine giocattolo buttandole giù dallo scivolo. Esorto Teddy ad andare a giocare con loro e lui dice: «Io non ho una macchinina».

«Chiedi se te la prestano.»

«Non la voglio in prestito.»

Si accascia sulla panchina, scocciato.

«Teddy, per piacere.»

«Io gioco con te. Non con loro.»

«Ti servono amici della tua età. La scuola comincia tra due mesi.»

Ma non c'è verso di convincerlo. Passiamo il resto della mattinata in casa a giocare con i LEGO, poi lui pranza e va di sopra a fare il riposino. So che dovrei usare questo momento di pausa per riordinare la cucina, però faccio fatica a trovare l'energia. Ieri notte non ho dormito bene, perché i fuochi d'artificio per il quattro di luglio sono finiti tardi, e dopo aver discusso con Teddy mi sento sconfitta.

Decido di sdraiarmi per qualche minuto sul divano, e un attimo dopo ecco Teddy, in piedi accanto a me, che mi scuote.

«Ora possiamo andare a nuotare?»

Mi metto seduta e mi accorgo che nella stanza c'è una luce diversa. Sono quasi le tre. «Sì, certo, prendi il costume.»

Mi porge un disegno ed esce di corsa. È lo stesso bosco del disegno precedente, buio e fitto, solo che stavolta l'uomo sta buttando della terra con una pala dentro a una grossa buca, e il corpo di Anya giace scomposto sul fondo.

Teddy torna nel soggiorno con indosso il costume da bagno. «Pronta?»

«Aspetta, Teddy. Questo cos'è?»

«Cos'è cosa?»

«Chi è questa persona nella buca?»

«Anya.»

«E l'uomo chi è?»

«Non lo so.»

«La sta seppellendo?»

«In un bosco.»

«Perché?»

«Perché lui ha rubato la bambina di Anya» dice Teddy. «Posso avere un po' di anguria prima di nuotare?»

«Certo, Teddy, ma perché...»

È troppo tardi. È già saltellato fino in cucina e sta spalancando il frigorifero. Lo seguo e lo trovo in punta di piedi che cerca di arrivare al ripiano più alto, dove c'è un pezzo di anguria bella rossa e matura. Lo aiuto a portarla sul bancone e uso un coltello da chef per tagliarne una fetta. Teddy non aspetta nemmeno il piatto: la prende e inizia a mangiarla.

«Teddy-Bear, ascoltami, che altro ti ha detto Anya? Del disegno?»

Ha la bocca piena di anguria e un po' di succo rosso gli cola sul mento. «L'uomo ha scavato una buca perché così nessuno l'avrebbe trovata» risponde, con un'alzata di spalle. «Ma credo che sia riuscita a uscire.»

8

La sera l'intera famiglia va a cena fuori. Caroline invita anche me, io però le dico che devo allenarmi, poi perdo tempo nel cottage finché sento la sua auto uscire in retromarcia dal vialetto.

Quindi attraverso il prato verso la casa accanto.

Mitzi abita in uno degli edifici più piccoli dell'isolato, una casa a un solo piano con il tetto in metallo e gli avvolgibili abbassati su ogni finestra. Sembra proprio una casa del mio vecchio quartiere a South Philly, ma qui nella ricca Spring Brook è come un pugno nell'occhio. Le grondaie arrugginite cedono, dalle crepe del marciapiede spuntano erbacce, il prato cresce a chiazze e avrebbe proprio bisogno dell'aiuto della Lawn King. Caroline ha commentato più di una volta che non vede l'ora che Mitzi traslochi, così verrà un costruttore, spianerà la casa con un bulldozer e ricomincerà tutto da capo.

Attaccato alla porta d'ingresso c'è un biglietto scritto a mano: I CLIENTI SONO I BENVENUTI. PER FAVORE USATE LA PORTA SUL RETRO. Devo bussare tre volte prima che finalmente Mitzi risponda. Lascia la catenella agganciata e sbircia attraverso lo spiraglio. «Sì?»

«Sono Mallory. La vicina, ricordi?»

Sgancia la catenella e apre la porta. «Gesù, Giuseppe e Maria, mi hai fatto morire di paura!» Indossa un kimono viola e ha in mano una bomboletta di spray al peperoncino. «Che ti dice la testa? Venire a bussare così tardi...»

Sono le sette e qualche minuto, e più avanti lungo il marciapiede ci sono ancora delle bambine che giocano a campana. Le offro un piattino con qualche biscotto avvolto nella pellicola trasparente. «Io e Teddy abbiamo fatto i biscotti allo zenzero.»

Spalanca gli occhi. «Metto su il caffè.»

Mi prende per il polso e mi tira dentro al soggiorno buio, e devo sbattere le palpebre per abituarmi alla penombra. La casa è sporca. Nell'aria c'è odore di chiuso e una puzza che in parte sa di cannabis e in parte di spogliatoio del liceo. Divano e poltrone sono ancora avvolti nella plastica, ma sulle superfici vedo uno strato di sporco, come se nessuno le pulisse da mesi.

Mitzi mi accompagna in cucina, il retro della casa mi sembra un po' più gradevole. Gli avvolgibili sono tirati su e le finestre si affacciano sul bosco. Appese al soffitto dentro ad alcuni cesti ci sono delle piante di falangio, con lunghi viticci fronzuti che scendono dai bordi. I pensili e gli elettrodomestici arrivano dritti dagli anni ottanta e tutto mi sembra familiare e accogliente, come la cucina dei miei vicini a South Philly. Sul tavolo di formica sono stesi dei fogli di giornale, con sopra alcuni pezzi ben oliati di metallo scuro, che comprendono una molla, un otturatore e un mirino. Mi rendo conto che se qualcuno rimontasse quei pezzi nell'ordine giusto il risultato sarebbe una pistola.

«Mi hai beccato mentre la pulivo» spiega Mitzi, e con il braccio sposta tutto su un lato del tavolo, mescolando i pezzi. «Come lo prendi il caffè?»

«C'è del decaffeinato?»

«Bleah, no, quello mai. Sono solo sostanze chimiche. Stasera beviamo del caro vecchio Folgers.»

Non voglio dirle che sono in riabilitazione, così le spiego solo che sono molto sensibile alla caffeina. Mitzi mi assicura che una tazzina non mi farà niente e io penso che probabilmente è vero.

«Vorrei un po' di latte, se c'è.»

«Ho solo quello con la panna. Ha un gusto più pieno.»

Alla parete c'è un vecchio orologio Kit-Cat Klock, con il suo consueto sogghigno malizioso e la coda che dondola. Mitzi infila nella presa la spina di una decrepita Mr. Coffee e riempie d'acqua il serbatoio. «Come vanno le cose alla porta accanto? Il lavoro ti piace?»

«Tutto bene.»

«Quei due devono farti impazzire.»

«Sono in gamba.»

«A essere sincera non so perché quella donna insista a lavorare. Sono sicura che il marito guadagna bene. E si sa che l'ospedale dei veterani paga quasi niente. Allora perché non restare a casa? Chi sta cercando di impressionare?»

«Forse...»

«Certe donne non vogliono fare le mamme, secondo me. Vogliono dei bambini per fare delle belle foto da postare su Facebook. Ma come la mettiamo con la vera *esperienza* della maternità?»

«Be'...»

«Una cosa devo ammetterla: quel bambino è adorabile. Me lo potrei mangiare. Gli farei da babysitter gratis, se me lo chiedessero gentilmente, se mostrassero giusto un po' di normale cortesia. Ecco qual è il problema con i *millennials*! Sono cresciuti senza valori!»

Mentre aspettiamo il caffè, lei continua a parlare e condivide le sue frustrazioni per il Whole Foods Market (prezzi troppo esosi), le vittime del #meetoo (delle frignone che pensano che tutto gli sia dovuto) e l'ora legale (la Costituzione non ne parla). Comincio a credere che sia stato un errore andare a trovarla. Devo parlare con qualcuno, ma non sono sicura che Mitzi sia molto capace di ascoltare. Sto sviluppando una teoria sui disegni di Teddy, ma non voglio preoccupare Russell e di sicuro non voglio parlarne con i Maxwell: sono degli atei talmente convinti che so che non mi prenderebbero nemmeno in considerazione. Mitzi è la mia ultima speranza.

«Puoi dirmi qualcos'altro su Annie Barrett?»

Lei si blocca di colpo.

«Perché me lo chiedi?»

«Sono solo curiosa.»

«No, principessa, è una domanda precisa. E scusa se te lo dico, ma non sei molto convincente.»

Le faccio giurare di non dire niente, soprattutto ai Maxwell, e poggio sul tavolo gli ultimi disegni di Teddy.

«Teddy disegna cose strane. Dice che le idee gliele dà la sua amica immaginaria. Si chiama Anya e lo va a trovare in camera sua quando è da solo.»

Mitzi studia i disegni e le scende un'ombra sul volto. «E perché vuoi sapere di Annie Barrett?»

«Be', è solo che i nomi si somigliano parecchio: Anya e Annie. So che da piccoli è normale avere amici immaginari. Un sacco di bambini ce li hanno. Teddy però sostiene che sia Anya a dirgli cosa disegnare. Un uomo che trascina una donna nel bosco. Un uomo che seppellisce un corpo di donna. E poi Anya avrebbe detto a Teddy di dare questi disegni a me.»

Nella cucina scende il silenzio, il silenzio più lungo che abbia mai sperimentato in presenza di Mitzi. Sento solo il gorgoglio della Mr. Coffee e il regolare *swish-swish-swish* della coda del Kit-Cat. Mitzi osserva i disegni con attenzione, quasi volesse guardarci *attraverso*, oltre i tratti di matita, nelle fibre della carta. Non sono sicura che comprenda fino in fondo dove voglio arrivare, e allora glielo dico chiaro e tondo: «So che sembra folle, ma sto pensando che forse lo spirito di Anya è legato in qualche modo alla casa, al terreno. E forse sta cercando di comunicare usando Teddy».

Mitzi si alza, si avvicina alla caffettiera e riempie due tazze. Con mano tremante le riporta al tavolo. Ci verso un po' di latte con panna, bevo un sorso, ed è il caffè più forte e amaro che abbia mai bevuto. Ma lo bevo lo stesso. Non voglio che si offenda. Muoio dalla voglia che qualcuno ascolti la mia teoria e mi dica che non sono pazza.

«Ho letto delle cose a questo proposito» dice lei finalmente. «Storicamente i bambini sono sempre stati più ricettivi degli adulti verso la comunità degli spiriti. La mente di un bambino non ha tutte le barriere che innalziamo noi adulti.»

«Dunque… è possibile?»

«Dipende. Hai accennato qualcosa ai genitori?»

«Sono atei. Credono di…»

«Ah, lo so, credono di essere più intelligenti degli altri.»

«Voglio fare altre ricerche prima di parlargliene. Provare a unire i puntini. Forse c'è qualcosa in quei disegni che si sovrappone alla storia di Annie Barrett.» Mi chino sul tavolo, parlando più in fretta. Sento già la caffeina che risveglia il mio sistema nervoso centrale. I pensieri sono più nitidi, le pulsazioni aumentano. Il gusto amaro del caffè non mi dà più fastidio e ne butto giù un altro sorso. «Secondo Teddy, l'uomo nei disegni avrebbe rubato la bambina di Anya. Sai se Annie aveva figli?»

«Domanda molto interessante» dice Mitzi. «La risposta sarà più chiara se comincio dall'inizio.» Si accomoda sulla sedia e si mette in bocca un biscotto. «Ricorda, però: Annie Barrett morì prima che io nascessi. Queste sono storie che ho sentito crescendo, ma non posso garantire che siano vere.»

«D'accordo.» Un altro sorso di caffè. «Raccontami tutto.»

«Il primo proprietario della casa era un certo George Barrett. Lavorava a Gibbstown come ingegnere per l'azienda chimica DuPont. Aveva una moglie e tre figlie, e sua cugina Annie venne a vivere qui nel 1946, dopo la Seconda guerra mondiale. Si trasferì nel tuo cottage, che usava come studio-dependance. Aveva più o meno la tua età ed era molto bella, con lunghi capelli neri e un profilo mozzafiato. Tutti i soldati che tornavano dall'Europa perdevano la testa per lei, scordandosi le loro fidanzatine del liceo. Cominciano a ronzare intorno a casa di George notte e giorno, chiedendo di parlare con sua cugina. Annie però è una ragazza timida, silenziosa, riservata. Non va al cinema e nemmeno a ballare, e rifiuta tutti i loro inviti. E non va nemmeno in chiesa, e questo all'epoca è una cosa disdicevole. Resta nel suo cottage e dipinge. Oppure cammina per Hayden's Glen, in cerca di soggetti per i suoi schizzi. Così un po' alla volta l'intera cittadina si coalizza contro di lei. Si sparge la voce che sia una ragazza madre, che abbia dato in adozione il frutto della colpa e per la vergogna si sia trasferita a Spring Brook. Poi i pettegolezzi peggiorano. La gente dice che è una strega, che attira i mariti nel bosco per fare sesso con loro.» Mitzi ride per l'assurdità di quella idea. «Sono solo chiacchiere di donne, sai? Sono sicura che le mamme di tutto l'isolato dicono lo stesso di me!»

Beve un altro sorso di caffè e continua: «A ogni modo un giorno George Barrett va al cottage, bussa alla porta e nessuno risponde. Entra e c'è sangue dappertutto. Sul letto, sulle pareti. "Fino al soffitto" disse a mio padre. Nessun cadavere, però. Nessuna traccia di Annie. George chiama la polizia e l'intera cittadina perlustra il bosco, setacciando i sentieri, dragando il torrente, usando i cani, tutto quanto. Sai cosa trovano? Niente. È scomparsa. Fine della storia».

«Qualcun altro ha vissuto nel cottage dagli anni quaranta?»

Mitzi fa di no con la testa. «Secondo i miei genitori, George per poco non lo demolì. Per cancellare il ricordo della tragedia. Poi invece decise di trasformarlo in una rimessa per gli attrezzi. E come ti ho detto, da ragazzi, negli anni cinquanta e sessanta, lo chiamavamo "casa del diavolo". Avevamo tutti paura. Ma erano solo frottole, una leggenda locale. Io non ho mai visto niente che mettesse davvero paura.»

«E i proprietari successivi? Dopo la morte di George?»

«Be', dopo che George morì sua moglie vendette la casa a Butch e Bobbie Hercik. Sono stati i miei vicini per quarant'anni. Hanno costruito loro la piscina dove tu e Teddy andate a nuotare. Eravamo amici intimi, era bellissimo.»

«Avevano figli?»

«Tre femmine e due maschi, zero problemi. Ero molto amica di Bobbie. Se i suoi figli avessero disegnato gente morta, me lo avrebbe detto.» Mitzi beve un altro sorso di caffè. «Ovviamente avevano avuto il buon senso di lasciar perdere il cottage. Forse quando i Maxwell hanno ristrutturato hanno dato fastidio a qualcosa. Hanno liberato una specie di energia ostile.»

Mi immagino di andare da Ted e Caroline per avvertirli che hanno liberato uno spirito maligno. Sono abbastanza sicura che andrebbero subito sul portale Craigslist a cercare un'altra babysitter. E allora che farei, dove andrei? Mi salgono le pulsazioni, come un motore bloccato in folle, e mi porto una mano al petto.

Devo rilassarmi.

Devo calmarmi.

Devo smetterla di bere caffè.

«Posso usare il bagno?»

Mitzi punta un dito verso il soggiorno. «La prima porta a sinistra. Per accendere la luce devi tirare una cordicella. La vedrai.»

Il bagno è piccolo, angusto, c'è una vecchia vasca con piedini dietro a una tenda in vinile. Appena accendo la luce un pesciolino d'argento si mette a correre sulle piastrelle del pavimento e sparisce in una fessura nella malta. Mi chino sul lavandino, apro il rubinetto e mi schizzo un po' d'acqua fredda sul viso. I battiti rallentano. Allungo una mano verso gli asciugamani per gli ospiti, solo per scoprire che sono tutti coperti da un velo di polvere, come se nessuno li toccasse da anni. Dietro la porta c'è un accappatoio di spugna rosa, approfitto di una delle maniche per asciugarmi.

Poi apro l'armadietto dei farmaci per dare un'occhiata. Al liceo andavo sempre a curiosare nei bagni, e vi stupireste di cosa lasci in giro la gente, a portata di mano; sgraffignavo pasticche su pasticche, a volte flaconi interi, senza insospettire nessuno. E con il cuore in gola e le gambe che tremano mi sembra di essere tornata a quei tempi. L'armadietto di Mitzi è peggio di una farmacia, quattro mensole cariche di cotton fioc e batuffoli di ovatta, cerotti medicati e vaselina, pinzette, antiacidi e tubetti mezzi spremuti di miconazolo e pomata al cortisone. Ci sono poi una dozzina di flaconi per cui serve la ricetta, e trovo di tutto, da Lipitor e Synthroid a vari antibiotici. Poi, in fondo in fondo, ecco il mio vecchio amico ossicodone. Qualcosa mi diceva che lo avrei trovato. Di questi tempi quasi tutti ne hanno in casa un po', mezzo flacone rimasto lì dopo un piccolo intervento chirurgico. E se ne accorgono in pochi, se qualche compressa sparisce...

Apro il flacone e ci sbircio dentro: è vuoto. Poi sento Mitzi che dà un colpetto alla porta e per poco non butto tutto nel lavandino. «Non lasciare la leva quando tiri l'acqua, okay? Ho un problema con il galleggiante.»

«Certo» le dico. «Va bene.»

E all'improvviso sono furiosa con me stessa, perché ho ficcanasato, perché stavo per ricaderci. Mi sento come se Mitzi mi avesse colta con le mani nel sacco. Do la colpa al caffè: non avrei mai dovuto berlo. Rimetto a posto il flacone, apro il rubinetto e butto giù lunghi sorsi d'acqua fredda, sperando che diluiscano le tossine. Mi vergogno di me: sono pulita da diciannove mesi e mi metto a sbirciare nell'armadietto di una vecchia. Già, che mi dice la testa? Tiro l'acqua e tengo la leva finché è scesa tutta.

Quando torno in cucina, Mitzi mi aspetta seduta al tavolo con una tavoletta di legno coperta di lettere e numeri. Dev'essere una specie di tavola ouija, ma non è fatta di cartone come quelle che usavamo quando restavo a dormire dalle mie amiche. Questa è una bella tavoletta di acero, con incisi sopra dei simboli arcani. Sembra più un tagliere che un giocattolo.

«Ho pensato questo» dice Mitzi. «Se lo spirito di quella donna vuole dirti qualcosa, leviamo di mezzo gli intermediari. Scavalchiamo Teddy e contattiamo lei direttamente.»

«Come in una seduta spiritica?»

«Io preferisco chiamarla "evocazione". Non qui, però. Otterremo risultati migliori nel tuo cottage. Sei libera domani?»

«Devo badare a Teddy.»

«Giusto, è vero, dobbiamo coinvolgere Teddy. Lo spirito gli è molto vicino. Ci sono migliori possibilità di evocarlo se si unisce a noi.»

«Assolutamente no, Mitzi. Non posso.»

«Perché no?»

«I suoi genitori mi ucciderebbero.»

«Ci parlo io con loro.»

«No, no, no» le dico, e nella mia voce si deve percepire il panico. «Hai promesso che non avresti detto niente. Ti prego, Mitzi, non posso perdere questo lavoro.»

«Perché ti preoccupi tanto?»

Le racconto dell'elenco di regole il giorno del colloquio, di come sono stata assunta per seguire la scienza, non la religione né la superstizione. «Non posso portare Teddy a una seduta spiritica, non posso nemmeno dirgli "Dio ti benedica" quando starnutisce.»

Mitzi dà un colpetto ai disegni con un dito. «Queste immagini non sono normali, tesoro. In quella casa succede qualcosa di strano.»

Riprendo i fogli, me li metto in borsa e la ringrazio del caffè. Ho di nuovo le pulsazioni alte, le palpitazioni. Ringrazio

Mitzi del consiglio e apro la porta sul retro per andarmene. «Un'unica cosa: a loro non dire niente, okay? Voglio essere sicura che manterrai il segreto.»

Copre la tavoletta con un fodero di velluto nero. «Se cambi idea, l'offerta è sempre valida. E ti garantisco che lo farai.»

Per le otto sono di nuovo al cottage e alle quattro del mattino sono ancora sveglia. Non riesco a prendere sonno. Quel caffè è stato un grosso errore. Provo con i soliti trucchi – respiri profondi, un bicchiere di latte caldo –, una lunga doccia, ma non funziona niente. Le zanzare sono implacabili e l'unico modo per non sentirle è tirarmi il lenzuolo fin sopra la testa, lasciando i piedi scoperti. Sono così delusa di me stessa. Non riesco a credere di avere aperto quell'accidente di armadietto. Mi giro e rigiro, torno come un'ossessa a quei due minuti nel bagno di Mitzi, cerco di individuare il momento preciso in cui il mio cervello ha messo il pilota automatico. Credevo di riuscire a gestire la mia dipendenza, ma a quanto pare sono ancora "tutto-per-una-dose" Mallory, che cerca negli armadietti degli altri qualcosa per sballarsi.

Alle sette suona la sveglia; sono intontita e mi vergogno di me stessa, ma sono anche decisa a non ricaderci.

Basta con il caffè. Mai più.

Basta con l'ossessione per quei disegni.

E basta parlare di Annie Barrett.

Grazie al cielo quando arrivo alla casa grande c'è una crisi nuova di zecca a distrarmi. Le matite a carboncino preferite di Teddy non si trovano più da nessuna parte. Andiamo al negozio di articoli da disegno per comprarne un'altra scatola e appena torniamo a casa lui corre in camera per il riposino. Io sono ancora esausta perché non ho dormito, quindi mi sposto in soggiorno e crollo sul divano. Vorrei chiudere gli occhi solo per qualche minuto, e invece ancora una volta Teddy deve scuotermi per svegliarmi.

«Ti sei addormentata di nuovo!»

Mi alzo di scatto. «Scusami, Teddy-Bear.»

«Andiamo a nuotare?»

«Certamente. Cambiati.»

Mi sento un milione di volte meglio. Il pisolino è bastato a ricaricare le batterie, a riportarmi alla normalità. Teddy corre a mettersi il costume e vedo che ha lasciato sul tavolino un nuovo disegno, a faccia in giù. So che non dovrei toccarlo. Che se ne occupino suo padre o sua madre. Però non riesco a resistere. La curiosità ha la meglio. Giro il foglio e in pratica è l'ultima goccia che fa traboccare il vaso.

Lo so che ci sono molti tipi di genitori: quelli liberali, quelli conservatori, quelli atei, quelli religiosi, i genitori iperprotettivi e quelli stacanovisti e quelli davvero tossici. E so che tutti questi genitori possono avere idee radicalmente opposte sul modo migliore di crescere i figli. Quando guardo quel disegno, però, e vedo Anya con gli occhi chiusi e due mani strette intorno al collo, be', penso che quei genitori sarebbero tutti d'accordo sul fatto che c'è qualcosa di malato, no?

9

Caroline torna dal lavoro alle cinque e mezza e io resisto alla tentazione di tenderle di nuovo un'imboscata appena varca la soglia. È indaffarata, distratta, deve salutare il figlio e preparare la cena. Così, quando ci chiede della nostra giornata, mi limito a sorridere e a rispondere che è tutto a posto.

Vado a correre, ma sono ancora stanca per la notte in bianco e dopo mezz'ora getto la spugna. Passo davanti al Castello Fiorito, però non c'è traccia di Adrian o della sua famiglia. Torno a casa e mi faccio la doccia; scongelo un burrito al microonde e provo a lasciarmi coinvolgere da un film su Hallmark. Ma sono troppo distratta per concentrarmi. La mente continua a tornare all'ultimo disegno, a quelle mani strette intorno alla gola di Anya.

Aspetto le nove, per avere la certezza che Teddy stia dormendo in camera sua. Poi prendo gli ultimi tre disegni ed esco. Il vento mi porta un brusio di voci, riconosco due sagome sedute accanto alla piscina. Ted e Caroline indossano degli accappatoi bianchi e stanno bevendo una bottiglia di vino. Sembrano quelle coppie felici delle pubblicità delle crociere, è come se si fossero appena imbarcati per una settimana con la Royal Caribbean. Caroline appoggia la schiena contro Ted e lui le massaggia dolcemente le spalle.

«Solo un tuffo» le dice. «Così ti rilassi.»

«Sono già rilassata.»

«Allora andiamo di sopra?»

«E Teddy?»

«Teddy *cosa*? Dorme.»

Cammino piano sull'erba soffice ed elastica e sono già a metà strada quando con il tallone calpesto un irrigatore. Mi prendo una storta e cado sul coccige, poi sbatto con il gomito per terra e non riesco a evitarlo: grido di dolore.

Caroline e Ted arrivano di corsa. «Mallory? Tutto bene?» Reggo il gomito con la mano, e il dolore è così forte e improvviso che sono sicura di stare sanguinando. Quando sollevo le dita per guardare, comunque, vedo che la pelle è livida ma non lacera.

«Tutto bene. Sono solo inciampata.»

«Vieni sotto la luce» dice Ted. «Ce la fai ad alzarti?»

«Mi serve solo un attimo.»

Ted non aspetta. Fa scivolare un braccio dietro alle mie ginocchia, poi si alza e mi tiene in braccio come una bambina. Mi riporta sul cemento e mi abbassa delicatamente su una sdraio.

«Sto bene» dico. «Davvero.»

Caroline vuole lo stesso controllarmi il gomito. «Che facevi in giardino? Hai bisogno di qualcosa?»

«Niente che non possa aspettare.»

Per tutto il tempo sono riuscita a tenere stretti i tre disegni, e ora Caroline li vede. «Questi li ha fatti Teddy?»

A quel punto decido che non ho niente da perdere. «Mi ha chiesto di non mostrarveli. Io però sono convinta che dovreste vederli.»

Caroline esamina i disegni e impallidisce. Poi li mette bruscamente in mano al marito.

«È tutta colpa *tua*» dice.

Ted guarda il primo disegno e ride. «Oh, cielo. La stanno strangolando?»

«Sì, Ted, la stanno assassinando, e trascinano il suo corpo per il bosco, e mi domando da dove vengano delle idee così terribili al nostro dolce e caro bambino.»

Ted alza entrambe le mani, come se si arrendesse. «I fratelli Grimm» spiega. «Gli leggo una fiaba diversa ogni sera.»

«Non sono le versioni della Disney» mi spiega Caroline. «Le fiabe originali sono parecchio più violente. Sai quella scena di *Cenerentola* in cui la sorellastra cattiva si prova la scarpetta di cristallo? Nell'originale per indossarla si taglia un alluce. La scarpetta si riempie di sangue. È terrificante!»

«È un maschio, Caroline. I maschi adorano queste cose!»

«Non mi importa. Non è sano. Domani vado in biblioteca a prendere qualche libro della Disney, dove nessuno viene strangolato, nessuno viene assassinato: c'è solo sano divertimento a misura di bambino.»

Ted inclina la bottiglia sul bicchiere e si versa un bel po' di vino. «Ecco, *quella* è la mia idea di horror» commenta. «Ma io che c'entro? Io sono solo suo padre.»

«E io una psichiatra professionista.»

Mi guardano come se aspettassero solo che mi schieri e dichiari chi dei due ha ragione.

«Non credo proprio che questa sia una fiaba» dico. «Teddy mi ha detto che le idee le prende da Anya. Dice che è lei a dirgli cosa disegnare.»

«Ma certo» risponde Caroline. «Teddy sa bene che non approveremmo questi disegni. Sa che è sbagliato disegnare qualcuno che viene strangolato, ucciso e sepolto. Ma se Anya dice che va bene, allora può farlo. Così può arrivare a una sorta di dissonanza cognitiva.»

Ted annuisce, come se tutto ciò avesse senso, io invece non ho la minima idea di cosa significhi. Dissonanza cognitiva?

«Teddy sostiene di disegnare la storia di Anya. Dice che l'uomo nei disegni le ha rubato la bambina.»

«È un classico dei fratelli Grimm» spiega Ted. «In metà delle loro fiabe scompare qualche bambino. *Hansel e Gretel*, *Il pifferaio magico*, *Comare Morte*...»

«*Comare Morte*?» dice Caroline scuotendo la testa. «Ti prego, Ted. Quelle fiabe sono eccessive. La devi smettere.»

Ted dà un'altra occhiata ai disegni e alla fine si arrende davvero. «Okay, va bene. D'ora in poi gli leggo solo il Dr. Seuss o Richard Scarry. Ma quei disgraziati degli Orsi Berenstain no: qualche paletto lo devo mettere.» Cinge Caroline con un braccio e le stringe la spalla. «Hai vinto, tesoro, d'accordo?»

E si comporta come se il problema fosse risolto, come se ora dovessimo solo rientrare in casa e concludere la giornata. Io però temo che se non faccio la mia domanda adesso, potrei non avere un'altra occasione. «Ho pensato a un'altra possibilità» dico. «E se Anya fosse Annie Barrett?»

Caroline è confusa. «Chi?»

«La donna assassinata nel cottage. Negli anni quaranta. E se Teddy, durante il riposino, comunicasse con il suo spirito?»

Ted ride come se avessi raccontato una barzelletta, e Caroline gli lancia un altro sguardo adirato. «Sul serio? Vuoi dire tipo un fantasma?»

Ormai non si torna indietro. Devo spiegare la mia ipotesi: «I nomi si somigliano molto. Annie, Anya. Inoltre avete detto che a Teddy a Barcellona non piaceva disegnare. Appena siete tornati negli Stati Uniti però, quando siete venuti ad abitare *qui*, dove è scomparsa Annie Barrett, si è messo a disegnare come un pazzo. Sono parole tue, Caroline: "come un pazzo"».

«Volevo solo dire che ha una fervida immaginazione.»

«Ma parla con qualcuno. In camera sua. Ascolto da dietro la porta e sono conversazioni lunghe.»

Caroline socchiude le palpebre. «Senti anche i fantasmi? La voce triste e sinistra di Annie Barrett che spiega a mio figlio cosa disegnare?» Confesso di no, e Caroline reagisce come se questo dimostrasse qualcosa. «Perché parla da solo, Mallory. È segno di intelligenza. I bambini dotati lo fanno sempre.»

«E gli altri problemi?»

«Problemi? Teddy avrebbe dei problemi?»

«Bagna il letto. Indossa ogni giorno la stessa maglietta a righe. Si rifiuta di giocare con gli altri bambini. E adesso disegna una donna che viene assassinata. Se metti tutto assieme, Caroline, non saprei… Io sono preoccupata. Penso che dovreste parlare con un medico.»

«*Io* sono un medico» ribatte Caroline, e mi rendo conto troppo tardi di aver toccato un nervo scoperto.

Ted le prende il bicchiere e glielo riempie.

«Tieni, tesoro.»

Lei lo rifiuta con un cenno. «Sono perfettamente in grado di valutare la salute mentale di mio figlio.»

«Capisco che…»

«Davvero capisci? Perché non sembra.»

«Sono solo preoccupata. Teddy è un bambino così dolce, gentile, innocente. Questi disegni però è come se arrivassero da un'altra parte. Mi sembrano… sporchi. Impuri. Mitzi pensa…»

«Mitzi? Hai mostrato i disegni a Mitzi?»

«Lei crede che forse avete dato fastidio a qualcosa. Quando avete ristrutturato il cottage.»

«Hai parlato con *Mitzi* prima di venire da noi?»

«Perché sapevo che avreste reagito così!»

«Se intendi razionalmente, allora sì, hai ragione, non credo a una parola di quello che dice quella donna. E non dovresti farlo nemmeno tu. È fuori come un balcone, Mallory. È una drogata, una tossica di merda!»

Quelle parole restano sospese tra noi. Non ho mai sentito Caroline imprecare. Né l'ho mai sentita usare certe espressioni per descrivere un tossicodipendente.

«Guarda» dice Ted. «Noi apprezziamo la tua premura, Mallory.» Poggia una mano sul ginocchio della moglie. «Vero, tesoro? Noi crediamo molto in una comunicazione sincera.»

«Ma *non* intendiamo dare la colpa ai fantasmi se Teddy bagna il letto» dice Caroline. «Questo lo capisci, vero? Mi toglierebbero la licenza. Bagnare il letto è normale. Essere timidi è normale. Avere un'amica immaginaria è normale. E questi disegni…»

«Mamma?»

Ci voltiamo e vediamo Teddy immobile sul lato opposto della recinzione della piscina, con i pantaloni del pigiama da pompiere e il suo Godzilla di peluche. Non ho idea di quanto tempo sia che aspetta, o di quanto abbia sentito.

«Non riesco a dormire.»

«Torna in camera tua e riprova» dice Caroline.

«È tardi, ragazzo mio» commenta Ted.

Il figlio si guarda i piedi nudi. La luce dalla piscina gli avvolge il corpo di un tenebroso bagliore azzurro. Sembra ansioso, come se non volesse tornare in casa da solo.

«Vai» gli fa Caroline. «Vengo a trovarti tra venti minuti. Però devi provarci da solo.»

«Ah, giovanotto...» aggiunge Ted. «Basta con i disegni di Anya, okay? Metti paura a Mallory.»

Teddy si volta verso di me, mortificato, con gli occhi spalancati per come si sente tradito.

«No, no, no» provo a dirgli. «È tutto a...»

Ted alza i tre disegni. «Questi non li vuole vedere nessuno, Teddy. Mettono troppa paura. D'ora in avanti disegna cose piacevoli, d'accordo? Cavalli, girasoli...»

Teddy si volta e attraversa il giardino di corsa.

Caroline guarda il marito, accigliata. «Quella *non* era la cosa giusta da dire.»

Ted alza le spalle e beve un altro sorso di vino. «Doveva saperlo prima o poi. Tra due mesi inizia la scuola. Credi che i suoi insegnanti non avranno gli stessi timori?»

Caroline si alza. «Vado dentro.»

Mi alzo anch'io. «Caroline, scusami. Non volevo offenderti. Ero solo preoccupata.»

Lei non si ferma né si volta, continua solo a camminare verso casa. «Va tutto bene, Mallory. Buonanotte.»

È ovvio però che non va tutto bene. È ancora peggio dell'ultima volta che mi ha gridato contro. È così arrabbiata che non mi guarda nemmeno. E io mi metto a piangere: mi sento una sciocca, ma non riesco a evitarlo.

Perché ho dovuto nominare Mitzi?

Perché non sono riuscita a tenere la bocca chiusa?

Ted mi attira a sé e lascia che gli poggi la testa sul petto. «Ascolta, è tutto a posto, sei stata sincera. Quando si tratta di crescere dei bambini, la madre ha sempre ragione. Anche quando ha torto. Sai cosa voglio dire, no?»

«Sono solo preoccupata...»

«Lascia che sia Caroline a preoccuparsi. Lo farà a sufficienza per tutte e due. È molto protettiva verso Teddy, hai notato? Abbiamo lottato tanto per averlo. Una faticaccia. Credo che questo le abbia lasciato delle insicurezze. E adesso per giunta si è rimessa a lavorare: un altro motivo per sentirsi in colpa! Ogni volta che qualcosa va storto mia moglie ne fa una questione personale.»

Non ci avevo mai pensato, ma ciò che dice Ted mi convince. La mattina, quando Caroline esce di corsa per andare al lavoro, sembra sempre in colpa perché se ne va. Forse addirittura gelosa, perché sono io quella che resta a casa e fa i cupcake con Teddy. Ero così impegnata ad ammirare Caroline da non accorgermi che potesse essere invidiosa di me.

Sono riuscita a riprendere fiato e a smettere di piangere. Ted sembra ansioso di rientrare per vedere come sta sua moglie, ma prima che vada ho un'altra richiesta. Gli porgo i tre disegni, assolvendomi da ogni responsabilità. «Ti dispiace prendere questi? Così non devo vederli più.»

«Ma certo.» Ted piega i fogli a metà e poi li fa a pezzetti. «Ora non dovrai vederli più.»

10

Dormo male, e quando mi sveglio mi sento ancora peggio. Caroline Maxwell mi ha trattata meglio di quanto meriti: mi ha accolta nella sua casa, mi ha affidato suo figlio, mi ha dato tutto ciò di cui avevo bisogno per iniziare una nuova vita, e non sopporto che sia arrabbiata con me. Resto a letto a immaginare cento modi diversi per scusarmi. E alla fine non posso rimandare oltre. Devo alzarmi e affrontarla.

Quando arrivo alla casa grande, Teddy è sotto al tavolo della cucina, in pigiama, a giocare con le costruzioni. Caroline lava i piatti della colazione, mi offro di sostituirla. «Volevo dirti che mi dispiace.»

Chiude il rubinetto. «No, Mallory, dispiace a *me*. Avevo bevuto troppo e ho sbagliato a prendermela con te. È tutta la mattina che ci penso.» Mi attira in un abbraccio e ci scusiamo di nuovo entrambe contemporaneamente. Poi ridiamo, ancora all'unisono, e sento che andrà tutto bene.

«Sei sempre la benvenuta nella casa grande» mi rammenta. «Potresti prendere la camera accanto a quella di Teddy. Mi serve solo un giorno per sistemarla.»

Io però non voglio crearle altri problemi. «Il cottage è perfetto» le rispondo. «Adoro stare là fuori.»

«Okay, ma se cambi idea...»

Le tolgo di mano lo strofinaccio e accenno all'orologio del forno a microonde. Sono le 7:27 e so che a Caroline piace mettersi in viaggio entro le 7:35, prima che il traffico diventi insostenibile. «Lascia, finisco io» le dico. «Ti auguro una splendida giornata.»

Così Caroline esce per andare al lavoro e io mi metto all'opera. Non c'è molto da lavare in realtà, giusto qualche tazza, le scodelle dei cereali e i calici della sera prima. Dopo che ho caricato la lavastoviglie, mi metto a quattro zampe e striscio sotto al tavolo. Teddy ha usato i mattoncini per costruire una fattoria a due piani, e adesso la circonda con minuscoli animali di plastica.

«A cosa giochiamo?»

«Sono una famiglia. Vivono insieme.»

«Posso essere il maiale?»

Alza le spalle. «Se vuoi.»

Sposto in giro il maiale tra gli altri animali e gli faccio fare *bip-bip-bip* come se fosse un'auto. Di solito Teddy apprezza queste battute. Gli piace quando gli animali suonano il clacson come un camion o fischiano come un treno. Stamani però mi volta le spalle e basta. E ovviamente lo so cosa c'è che non va.

«Teddy, ascolta. Voglio parlarti di ieri sera. Penso che tuo padre mi abbia fraintesa. Perché io adoro *tutti* i tuoi disegni. Anche quelli con Anya. Ogni volta non vedo l'ora di averne uno nuovo.»

Teddy fa arrampicare un gatto di plastica sulla gamba del tavolo, come se salisse su un albero. Cerco di mettermi davanti a lui, per costringerlo al contatto visivo, ma lui si scansa. «Voglio che continui a mostrarmi i tuoi disegni, okay?»

«La mamma dice che non posso.»

«Io invece dico che puoi. Va bene così.»

«Dice che non stai bene, e che i disegni paurosi possono farti stare male di nuovo.»

Mi metto seduta così in fretta che sbatto la testa contro il tavolo. Il dolore è terribile, e per qualche attimo non riesco a muovermi. Stringo le palpebre e mi tocco il cuoio capelluto.

«Mallory?»

Apro gli occhi e capisco che ho finalmente la sua attenzione. Sembra impaurito. «Sto bene» lo rassicuro. «E ho bisogno che tu ascolti molto attentamente. Non puoi fare niente che possa farmi stare male. Non devi preoccuparti. Sto bene, al cento per cento.»

Teddy mi fa galoppare un cavallo sulla gamba e lo ferma sul ginocchio. «La tua testa sta bene?»

«La mia testa è perfetta» rispondo, anche se pulsa da morire e sento che già mi sta crescendo un bernoccolo. «Devo solo metterci qualcosa sopra.»

Resto ancora qualche minuto seduta al tavolo, con una busta piena di ghiaccio sulla testa. Ai miei piedi Teddy gioca con tutti gli animali della fattoria. Ogni creatura ha una diversa voce e personalità. Ci sono il signor Capra, un gran testardo, e mamma Gallina, a cui piace dare ordini, uno stallone nero coraggioso e un anatroccolo sciocco, per un totale di più di una dozzina di personaggi.

«Non voglio fare le faccende» dice il cavallo.

«Le regole sono regole» gli risponde mamma Gallina. «Tutti dobbiamo seguire le regole!»

«Non è giusto» si lamenta il signor Capra.

E continua così: la conversazione passa dalle faccende al pranzo a un tesoro sepolto nel bosco dietro alla rimessa. Sono colpita dalla capacità che ha Teddy di tenere a mente i diversi personaggi e le loro voci. Ma naturalmente è quello che Ted e Caroline hanno detto fin dall'inizio: il loro figlio ha una fervida immaginazione. Fine della storia.

Più tardi, nel pomeriggio, quando Teddy sale di sopra per il riposino, aspetto qualche minuto e lo seguo. Appoggio l'orecchio alla porta della sua camera e lo trovo già nel bel mezzo di una conversazione.

«... oppure potremmo costruire un fortino.»

«................»

«O giocare ad acchiapparello.»

«................»

«No, non posso. Non mi è permesso.»

«................................»

«Hanno detto di no.»

«..
....
....
....
........»

«Scusami, ma...»

«..
....
....
....»

«Non capisco.»

«..»

Poi ride, come se lei gli avesse proposto qualcosa di ridicolo. «Forse potremmo provare?»

«...
....»

«E come... Okay, va bene.»

«...
....»

«Ma fa freddo!»

Poi non parlano più, ma quando mi sforzo di capire cosa stia succedendo sento una specie di sussurro: il rumore di una matita che scorre sulla carta.

Disegna?

Ha ricominciato a disegnare?

Scendo in cucina, mi siedo al tavolo e aspetto.

Di solito il riposino dura meno di un'ora, ma Teddy stavolta si trattiene in camera sua il doppio del tempo. Quando alla fine torna in cucina, è a mani vuote.

Gli sorrido. «Eccolo!»

Sale su una sedia. «Ciao.»

«Oggi niente disegni?»

«Posso avere cracker e formaggio?»

«Certo.»

Vado al frigorifero e gliene preparo un piatto. «Allora, che hai fatto di sopra?»

«Posso avere un po' di latte?»

Gliene verso un bicchiere piccolo, poi metto tutto in tavola. Quando prende un cracker, vedo che ha i palmi e le dita macchiati di nero. «Forse dovresti lavarti le mani» gli suggerisco. «Sembra che ti sei sporcato con le matite.»

Corre al lavandino e si lava le mani senza fare commenti. Quindi torna al tavolo e si mette a mangiare cracker. «Vuoi giocare con i LEGO?»

Per qualche giorno le cose sono abbastanza normali. Io e Teddy passiamo il tempo con i LEGO e le marionette, il Play-Doh e gli Shrinky Dinks, i libri da colorare e i Tinkertoy e infiniti giri al supermercato. Con il cibo è coraggioso, avventuroso, adora assaggiare cibi strani ed esotici. Certi giorni andiamo da Wegmans e compriamo la *jicama* o il *kumquat*, giusto per assaggiarli.

È uno dei bambini più curiosi che abbia mai conosciuto, e adora sfidarmi con le domande più impensabili. Perché esistono le nuvole? Chi ha inventato i vestiti? Come funzionano le lumache? Ho sempre il telefono in mano e Wikipedia aperta. Un pomeriggio, in piscina, mi indica il petto e domanda perché ho dei piccoli rigonfiamenti che spuntano dal costume. Non ne faccio un affare di Stato. Gli dico solo che fanno parte del mio corpo e che con il freddo si ingrossano.

«Ce li hai pure tu» gli dico.

Ride. «No, io no!»

«Certo che sì! Ce li hanno tutti.»

Più tardi, quando mi sciacquo sotto la doccia esterna, lo sento che bussa alla porta di legno.

«Ehi, Mallory?»

«Sì?»

«La *vedi* la tua cosa da ragazza?»

«Che vuoi dire?»

«Se guardi giù. La vedi?»

«Non è facile da spiegare, Teddy. Non proprio.»

C'è una lunga pausa.

«E allora come fai a sapere che c'è?»

Sono contenta che ci sia una porta tra noi, così non può vedermi ridere. «Lo so e basta, Teddy. C'è, te lo assicuro.»

La sera parlo dell'episodio a Caroline, che invece di mettersi a ridere sembra allarmata. Il giorno dopo torna a casa con una catasta di libri illustrati con titoli come *Siamo fatti così* e *Da dove vengo?* Sono molto più espliciti di quelli che c'erano ai miei tempi. Spiegano nei dettagli il sesso anale, il *cunnilingus* e le identità non binarie. Con disegni a colori e tutto il resto. Mi azzardo a commentare che mi sembra un po' troppo per un bambino di cinque anni, ma Caroline non è d'accordo. Dice che si tratta dei fondamenti della biologia umana e vuole che Teddy sappia come stanno le cose il prima possibile, così non subirà le informazioni sbagliate da parte dei coetanei.

«Capisco, ma il *cunnilingus*? Ha cinque anni!»

Caroline sbircia il crocifisso che porto al collo, come se fosse *quello* il problema. «La prossima volta che ti fa certe domande, mandalo da me. Preferisco rispondere io.»

Provo ad assicurarle che sono perfettamente in grado di gestire gli interrogativi di Teddy, ma lei mi fa chiaramente capire che la conversazione è finita. Sta già aprendo i pensili della cucina e fa un gran baccano mentre raccoglie pentole e padelle per la cena. È la prima sera in cui non mi invita a rimanere a mangiare con loro.

I riposini di due ore sono sempre più frequenti, e non ho idea di come Teddy trascorra quel tempo. A volte mi trattengo fuori dalla porta e lo sento parlare da solo, strani frammenti di conversazioni senza senso. Oppure lo sento mentre appunta le matite o strappa i fogli dal suo blocco per gli schizzi rilegato a spirale. È chiaro che continua a disegnare e in qualche modo nasconde i suoi lavori a me e ai genitori.

Venerdì pomeriggio, dunque, decido di ficcare un po' il naso. Aspetto che Teddy vada a fare la numero due, perché so che così avrò dieci o quindici minuti buoni (resta sempre a lungo sulla tazza, a sfogliare albi illustrati). Appena lo sento chiudere a chiave la porta, corro al piano di sopra.

Camera sua è luminosa e soleggiata, e odora sempre un po' di pipì. Ci sono due grandi finestre che danno sul giardino posteriore: Caroline mi ha spiegato che devo lasciarle aperte tutto il giorno, anche con il condizionatore acceso, perché secondo lei aiuta a mandare via l'odore. Le pareti sono di un allegro azzurro cielo, decorate con poster di squali, dinosauri e personaggi del film *The LEGO Movie*. I mobili consistono in un letto, una piccola libreria e una cassettiera, quindi si potrebbe pensare che una perquisizione non richieda molto tempo. Io però sono piuttosto esperta di come si nascondono le cose. Il primo anno in cui mi sono fatta di ossicodone stavo ancora dai miei e avevo sparpagliato pasticche e quant'altro per tutta la camera, in posti dove a mia madre non sarebbe mai venuto in mente di guardare.

Tolgo il tappeto, tiro giù i libri, estraggo i cassetti e sbircio dappertutto. Scuoto le tende e salgo in piedi sul letto per ispezionare con cura le balze della mantovana. Passo al setaccio una montagna di animali di peluche ammucchiati in un angolo della camera: un delfino rosa, un malandato asino grigio, una dozzina di Ty Beanie Babies. Tolgo le lenzuola dal letto, cerco sotto il coprimaterasso e alla fine alzo il materasso vero e proprio dalla rete e lo capovolgo su un lato per vedere il pavimento.

«Mallory?» grida Teddy dal bagno. «Mi porti la carta igienica?»

«Un attimo!»

Non ho ancora finito. Devo guardare nell'armadio. Frugo tra tutti quegli adorabili completini che non riusciamo mai a convincere Teddy a indossare: belle camicie con colletto, pantaloni color cachi in miniatura, jeans firmati e minuscole cinture di pelle, per lui che avrà sessanta centimetri di girovita. Sullo scaffale più alto dell'armadio vedo tre giochi da tavolo – Cluedo, Topini in Trappola e Sorry! – e sono sicura di avere trovato il tesoro. Quindi apro le scatole e scuoto i tabelloni, ma ci sono solo le pedine e le carte da gioco. Niente disegni.

«Mallory? Mi hai sentito?»

Rimetto i giochi nell'armadio, chiudo le ante e mi assicuro che la stanza sia più o meno come l'ho trovata.

Prendo un rotolo di carta igienica dalla lavanderia e corro al bagno del pianoterra. «Tieni» gli dico. Apre giusto uno spiraglio della porta, quanto basta perché gli passi la carta.

«Dov'eri?» mi domanda.

«Mettevo in ordine.»

«Va bene.»

Chiude la porta e sento lo scatto della serratura.

Passo il fine settimana convinta di essere paranoica. Non ho prove che Teddy abbia ricominciato a disegnare. Quel fruscio in camera sua potrebbe essere qualsiasi cosa. Lo sporco sulle sue dita potrebbe essere la terra dopo le nostre attività di giardinaggio o la normale sporcizia di un bambino di cinque anni. Sembra che tutto il resto vada bene… Allora di che mi preoccupo?

Il lunedì mattina mi sveglia il rumore dei camion della nettezza urbana che percorrono lentamente Edgewood Street.

Vengono due volte alla settimana: il lunedì per i rifiuti riciclabili e il giovedì per l'indifferenziato. A un tratto mi viene in mente l'unico punto in cui non ho guardato: il cestino nello studio di Ted, al primo piano. Per scendere di sotto Teddy ci deve passare davanti. Per lui sarebbe facile gettare lì i disegni uscendo dalla camera.

Salto giù dal letto, grata per essermi addormentata in maglietta e pantaloncini, e attraverso il prato di corsa. L'erba è ancora umida della rugiada mattutina, e girando intorno alla casa per poco non scivolo. Il camion è a tre case dalla nostra, così ho appena un minuto. Corro in fondo al vialetto, dove Ted ogni domenica sera trascina i bidoni blu del riciclo: uno per vetro e metallo, l'altro per carta e cartone. Ci tuffo le mani dentro, tra le pubblicità e i resti delle bollette, i menù da asporto e gli estratti conto della carta di credito e un mucchio di cataloghi per corrispondenza: Title Nine, Lands End, L.L. Bean, Vermont County Store; ne arrivano a dozzine tutti i giorni.

Il camion della nettezza mi si ferma accanto, e un tizio magro con guanti da lavoro mi sorride. Ha un drago tatuato intorno al bicipite.

«Perso qualcosa?»

«No, no» gli dico. «Prendete pure tutto.»

Poi però alza il secchio e il contenuto si sposta, e così vedo una gigantesca palla di carta con i soliti bordi strappati dei disegni di Teddy.

«Aspetti!»

Mi porge il secchio per permettermi di prendere la palla. La porto lungo il vialetto fino al cottage.

Una volta entrata, metto a bollire l'acqua, mi preparo una tazza di tè e mi metto a studiare i disegni. È un po' come pelare una cipolla. Sono un totale di nove fogli e devo usare il palmo per spianarli. I primi non somigliano a niente. Sono solo scarabocchi. A mano a mano che li giro, però, il controllo del tratto e i dettagli aumentano. La composizione migliora. Ci sono luci e ombre. Sono come gli schizzi preparatori di uno strano *work in progress*; su alcuni fogli ci sono parecchi disegni, e molti sono incompiuti.

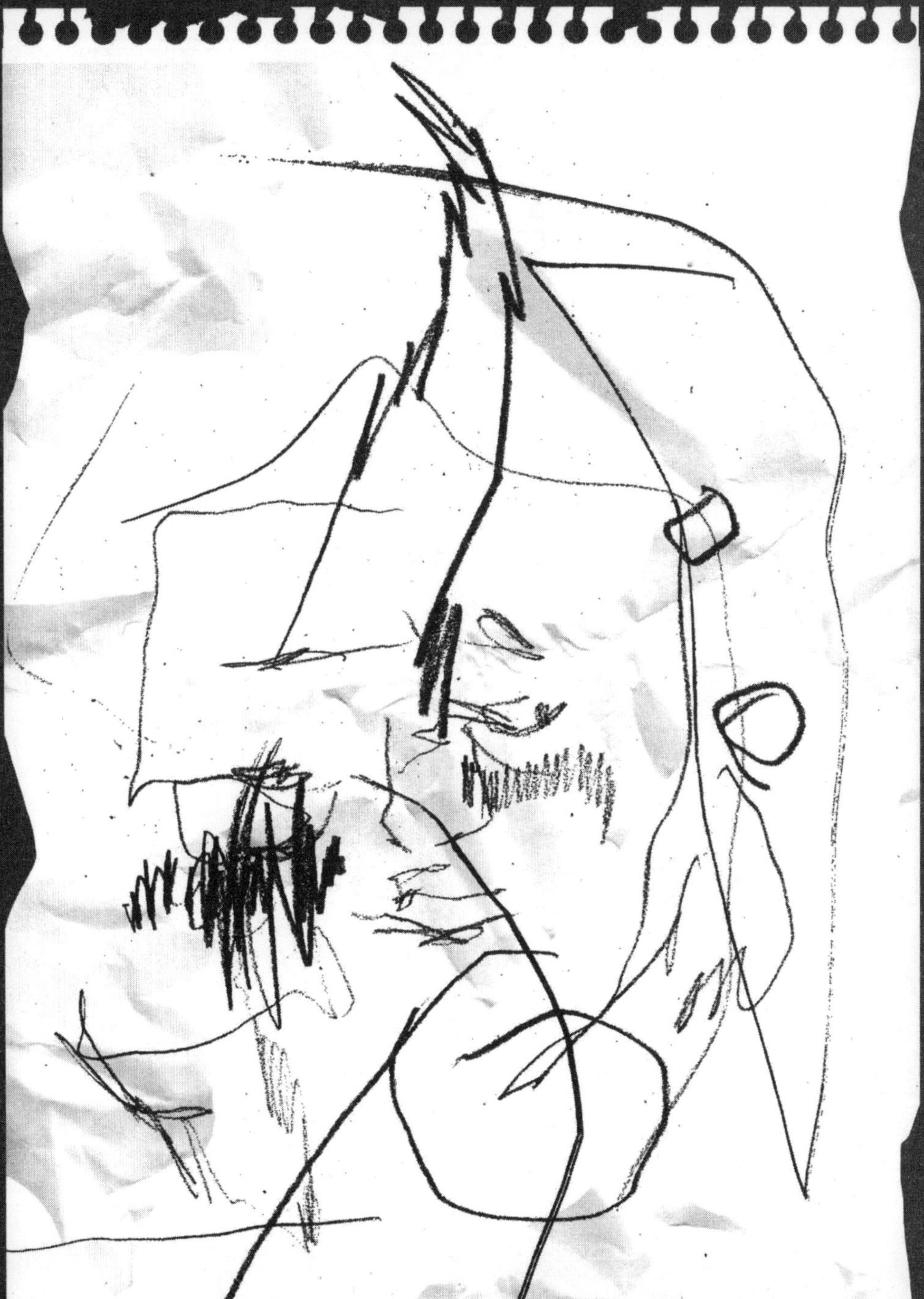

11

Mi dispiace, ma non è possibile che sia stato Teddy a fare quei disegni. Nemmeno la maggior parte degli adulti disegna così bene, figuriamoci un bambino di cinque anni che dorme con i peluche e sa contare solo fino a ventinove.

Come hanno fatto però a finire nel bidone del riciclo?

È stato Ted? Caroline?

I Maxwell studiano disegno nel tempo libero?

Le mie domande portano solo altre domande, e presto mi scopro a desiderare di non essere mai scesa dal letto. Avrei voluto lasciare che i camion dell'immondizia portassero via quegli indizi, così non mi sarei mai interrogata sul loro significato.

Il lunedì procedo quasi con il pilota automatico – LEGO, pasta al formaggio, riposino, piscina –, ma a sera sono pronta per delle ricerche serie. Faccio la doccia, mi lavo i capelli e metto uno dei migliori completi di Caroline, un vestito midi a fiorellini bianchi. Poi cammino per un miglio e arrivo a The Raconteur, la libreria indipendente di Spring Brook.

Resto molto sorpresa nel trovarla piena di gente di lunedì sera: un autore dei dintorni ha appena finito una lettura e l'atmosfera è allegra, come a una festa. La gente beve vino in bicchieri di plastica e mangia fette di torta in piattini usa e getta.

Devo sgomitare per arrivare nella sezione sulla cura dei figli, ma sono grata per tutte queste distrazioni: non voglio che un commesso si offra di aiutarmi a trovare qualcosa. Se sapessero cosa sto cercando, penserebbero che sono pazza.

Raccolgo qualche libro ed esco dalla porta sul retro in un ampio patio di mattoni, che appartiene a un caffè molto frequentato con lucine di Natale che occhieggiano qua e là tutto intorno. C'è un piccolo bar che vende snack e bibite, e un'adolescente molto seria seduta su uno sgabello che imbraccia una chitarra acustica, indossa una salopette e canta *Tears in Heaven*. Non riesco ad ascoltare questa canzone senza pensare alla veglia funebre di mia sorella: faceva parte di una playlist ripetuta in loop. Questo pezzo mi tende continue imboscate in supermarket e ristoranti, e anche dopo averla ascoltata mille volte riesce ancora a farmi piangere. La versione della ragazza però è più allegra di quella di Eric Clapton. Nella sua giovane età c'è qualcosa che in qualche modo le ridona speranza.

Mi avvicino al bar e ordino una tazza di tè e una pasta, ma mi rendo conto di non avere abbastanza mani per trasportare tutto. Inoltre i tavoli sono tutti occupati e nessuno sembra sul punto di alzarsi, così non riesco a credere alla mia fortuna quando vedo Adrian seduto da solo a un tavolino per due, a leggere un romanzo di *Star Wars*.

«Posso sedermi?»

È buffo: stavolta è *lui* che non riconosce *me*, non subito almeno, visto che indosso il bel vestito da cinquecento dollari di Caroline. «Ma certo! Assolutamente sì! Mallory! Come stai?»

«Non pensavo che sarebbe stato così affollato.»

«Qui è sempre pieno» dice Adrian. «È il terzo posto più frequentato di Spring Brook.»

«E quali sono gli altri due?»

«Al primo posto ovviamente c'è Cheesecake Factory. Al secondo la tavola calda di Wegmans.» Alza le spalle. «Non c'è molta vita notturna.»

La ragazza con la chitarra finisce *Tears in Heaven*, accolta da un tiepido battimano, Adrian invece applaude forte e a lungo, e lei ci lancia un'occhiata infastidita. «È mia cugina Gabriella» mi spiega. «Ha solo quindici anni, ci crederesti? È arrivata qui con la chitarra e le hanno offerto un lavoro.»

Gabriella si avvicina al microfono e dice che adesso passerà ai Beatles, poi inizia a eseguire una bella cover di *Blackbird*. Guardo il libro che sta leggendo Adrian. Sulla copertina si vede Chewbecca che a colpi di laser affronta un esercito di robot, e il titolo è stampato a grandi lettere d'argento: *La vendetta dello wookiee.*

«È bello?»

Adrian alza le spalle. «Non è un romanzo canonico, quindi si sono presi parecchie libertà. Però, se ti è piaciuto *La vendetta dello ewok*, questo lo adorerai.»

Non posso evitarlo: scoppio a ridere. «Sei proprio un bel tipo. Sembri un giardiniere, hai un'abbronzatura che nemmeno in Florida e le unghie sporche di terra. Però si scopre che sei un vero ragazzo da country club e *anche* un nerd di *Star Wars*.»

«Passo l'estate a estirpare erbacce. Una via di fuga mi serve.»

«Capisco. Io guardo Hallmark Channel per lo stesso motivo.»

«Sul serio?»

«Senza scherzi. Ho visto tutta le serie di *Murder, She Baked.* Ed è un'informazione che non condivido con molte persone, quindi mi aspetto che tu mantenga il segreto.»

Adrian si traccia una X sul cuore. «Sarò una tomba» dice. «E *tu* che stai leggendo?» Non devo rispondere, perché i miei libri sono sul tavolino e Adrian può vederne i titoli: *Psicologia infantile anormale* ed *Enciclopedia dei fenomeni soprannaturali.* «È così che ti rilassi dopo una lunga giornata come babysitter?»

«Se ti dicessi perché leggo questi libri, ci sono ottime probabilità che tu mi prenda per pazza.»

Adrian chiude *La vendetta dello wookiee* e lo mette da parte, riservandomi la sua completa attenzione. «Le mie storie preferite iniziano sempre con questa premessa» dice. «Raccontami tutto.»

«È davvero una lunga storia.»

«Non devo andare da nessuna parte.»

«Ti avverto. La libreria potrebbe chiudere prima che io abbia finito.»

«Comincia dall'inizio e non omettere alcun dettaglio» insiste. «Non si sa mai cosa potrebbe rivelarsi importante.»

Allora gli racconto del colloquio di lavoro con i Maxwell, del cottage, della mia routine giornaliera con Teddy. Descrivo l'evoluzione dei suoi disegni e le strane conversazioni che avvengono in camera sua. Gli racconto delle discussioni con Mitzi e con i Maxwell. Gli chiedo se conosce la storia di Annie Barrett e lui mi assicura che ogni ragazzo di Spring Brook conosce la storia di Annie Barrett. A quanto pare è lo spauracchio locale, sempre pronta ad approfittare dei bambini che si addentrano nel bosco quando fa buio.

Dopo quasi un'ora di chiacchiere (e dopo che sua cugina ha messo via la chitarra ed è tornata a casa, dopo che tutti i tavoli si sono svuotati e siamo rimasti solo noi due e il personale del caffè che rimette in ordine) infilo la mano nella borsa e tiro fuori la mia ultima scoperta: i disegni che ho recuperato dal cestino della carta.

Adrian li sfoglia stupito. «Mi stai dicendo che li ha disegnati Teddy? A cinque anni?»

«La carta è quella del suo blocco. E lo sento disegnare quando è in camera sua. Esce con le dita tutte macchiate. L'unica cosa che posso pensare è che...» e qui indico l'*Enciclopedia dei fenomeni soprannaturali* «... forse sta facendo da tramite per qualcuno. Forse per lo spirito di Annie Barrett.»

«Credi che Teddy sia posseduto?»

«No. Non è come nell'*Esorcista*. Annie non vuole dannargli l'anima né impadronirsi del suo corpo. Vuole solo la sua mano in prestito. Si serve di lui durante il riposino, quando è da solo in camera sua. Per il resto della giornata lo lascia in pace.»

Resto zitta, così Adrian può ridere o prendersi gioco di me, invece non dice niente, perciò gli riassumo il resto della mia teoria: «Annie Barrett è una brava artista. Sa disegnare. Questa però è la prima volta che disegna *con il braccio di qualcun altro*. Quindi i suoi primi lavori sono terribili. Poco più che scarabocchi. Ma dopo un paio di fogli migliora. Ha un maggiore controllo e fa più attenzione ai dettagli. La trama, il chiaroscuro. Impara a usare al meglio il suo nuovo strumento: la mano di Teddy».

«E allora questi come sono finiti nel cestino?»

«Forse ce li ha messi Anya. O forse Teddy. Non ne sono sicura. È diventato molto riservato sui suoi disegni.»

Adrian li sfoglia di nuovo, e stavolta li guarda più da vicino. Ne capovolge alcuni, cerca un significato più profondo negli scarabocchi. «Sai cosa mi ricordano? Quei disegni indovinello della rivista per bambini *Highlights* in cui l'autore nasconde qualcosa nello sfondo. Il tetto di una casa per esempio è in realtà uno stivale, o una pizza, o un bastone da hockey... Te li ricordi?»

Conosco gli indovinelli di cui parla; io e mia sorella li adoravamo, ma secondo me questi disegni sono più immediati. Indico quello con la donna che grida di dolore. «Secondo me è un autoritratto. Credo che Annie stia disegnando il racconto del suo assassinio.»

«Be', c'è solo un modo per esserne certi. Troviamo una foto della vera Annie Barrett. Confrontiamola con la donna del disegno. Vediamo se corrispondono.»

«Ho già guardato. In rete non c'è niente.»

«Be', per tua fortuna mia madre d'estate lavora alla biblioteca pubblica di Spring Brook. Hanno un archivio enorme sulla storia della cittadina. Un intero seminterrato pieno di materiale. Se qualcuno possiede una fotografia di Annie Barrett, quel qualcuno sono loro.»

«Glielo potresti chiedere? Le dispiacerebbe?»

«Stai scherzando? Lei vive per queste cose. È un'insegnante e fa la bibliotecaria part-time. Quando le dirò che fai delle ricerche sulla storia locale, diventerà la tua nuova migliore amica.»

Promette di chiederglielo domani mattina, e mi sento molto meglio adesso che ho condiviso i miei problemi. «Grazie, Adrian. Sono contenta che non pensi che sono pazza.»

Alza le spalle. «Credo che dobbiamo valutare ogni possibilità. "Se elimini l'impossibile, quello che rimane, per quanto improbabile, dev'essere la verità": questo è Spock in *Star Trek VI: Rotta verso l'ignoto*, ma se la ricicla da Sherlock Holmes.»

«Mio Dio» gli dico. «Sei veramente un nerd.»

Torniamo a casa a piedi con il buio e abbiamo i marciapiedi tutti per noi. Il quartiere sembra un posto sicuro, tranquillo, pacifico. Adrian fa da cicerone e mi indica le case dei più famigerati tra i suoi compagni di liceo, come "quello che ha fatto capottare il suv dei genitori" e "quella che ha dovuto cambiare scuola dopo un video scandaloso su TikTok". Ho la sensazione che a Spring Brook conosca tutti, che i suoi anni alle superiori siano stati come una serie patinata per teenager su Netflix, una di quelle stupide simil-soap dove tutti sono belli e il risultato di una partita di football può cambiarti la vita.

Poi indica una casa su un angolo e mi dice che là è cresciuta Tracy Bantam.

«Dovrei conoscerla?»

«La playmaker delle Lady Lions. La squadra di basket femminile della Penn State. Ho immaginato che vi conosceste.»

«La Penn State è enorme» gli dico. «Ha cinquantamila studenti.»

«Lo so, ma ho pensato che tutti gli atleti andassero alle stesse feste.»

Non gli rispondo subito. Mi sta offrendo l'occasione perfetta per uscirne pulita. Dovrei dirgli che è stato uno stupido scherzo, un gioco che faccio con gli estranei. Dirgli la verità prima che il nostro rapporto si spinga oltre. Credo che potrebbe capire.

Solo che non posso dirgli una parte della verità senza dirgliela tutta. Se confesso di non essere mai andata al college, dovrò spiegare come ho passato gli ultimi anni: non sono assolutamente pronta a farlo, non adesso, non mentre stiamo avendo una conversazione così piacevole. Allora cambio argomento.

Arriviamo al Castello Fiorito, ma Adrian dice di volermi accompagnare a casa e io non mi oppongo. Mi chiede da dove vengo e resta sorpreso quando scopre che sono cresciuta a South Philly e che dalla finestra della mia camera vedevo il Citizens Bank Park. «A sentirti non sembri una di Philadelphia.»

Gli faccio la mia migliore imitazione di Rocky Balboa: «Io non ce l'ho avuto, l'apice, mai! Tu almeno ce l'hai avuto!».

«Non è la voce. È come ti presenti. Sembri così positiva. Non sei disincantata come tutti gli altri.»

Oh, Adrian, penso. *Non ne hai la più pallida idea.*

Mi domanda: «I tuoi stanno ancora a South Philly?».

«Solo mia madre. Si sono separati quando ero piccola e mio padre si è trasferito a Houston. Lo conosco pochissimo.»

Ed è tutto vero, così le mie risposte mi sembrano abbastanza convincenti, poi però Adrian mi chiede se ho fratelli o sorelle.

«Una sorella. Beth.»

«Più grande o più piccola?»

«Più piccola. Ha tredici anni.»

«Viene alle tue gare?»

«Sempre. Sono tre ore di macchina ad andare e tre a tornare, e se gareggiamo in casa oltre a mia sorella viene anche mia madre.» Mi manca la voce, non so perché sto dicendo tutte queste cose. Voglio essere sincera con lui, avere un rapporto vero, e invece non faccio che aggiungere bugie a bugie.

Mentre cammino per questi marciapiedi illuminati dalla luna con questo giardiniere così dolce e così bello, è molto facile cedere alla fantasia. Il mio vero passato sembra lontano miliardi di chilometri.

Quando finalmente arriviamo a casa dei Maxwell, è buio pesto. Sono le dieci e mezza passate e saranno di sicuro tutti a letto. Seguiamo il viottolo lastricato che gira intorno alla casa e sul retro è ancora più buio, c'è solo la brillante luce azzurra della piscina a guidarci.

Adrian stringe le palpebre, scrutando tra gli alberi per distinguere il profilo del cottage. «Dov'è casa tua?»

Non lo vedo nemmeno io. «Da qualche parte in mezzo a quegli alberi. Ho lasciato accesa la luce in veranda, ma a quanto pare si è fulminata.»

«Mah… È strano.»

«Davvero?»

«Dopo tutto quello che mi hai raccontato? Non lo so.»

Attraversiamo il prato fino al cottage, e Adrian mi aspetta sull'erba mentre salgo i gradini e raggiungo la veranda. Provo ad aprire la porta, ma è chiusa con le mandate, così prendo le chiavi. All'improvviso sono grata che Caroline abbia insistito perché portassi con me la Vipertek. «Magari do un'occhiata dentro. Ti dispiace aspettare?»

«Nessun problema.»

Apro la porta, infilo una mano e aziono l'interruttore della lampadina in veranda: è proprio fulminata. La luce all'interno però funziona, e il cottage è proprio come l'ho lasciato. Niente in cucina, niente in bagno. Mi metto perfino in ginocchio per dare una sbirciata sotto il letto.

«Tutto bene?» mi chiede Adrian.

Torno fuori. «Tutto a posto. Mi serve solo una lampadina nuova.»

Adrian promette di chiamarmi quando avrà altre informazioni su Annie Barrett. Io lo guardo e aspetto che attraversi il giardino e giri intorno alla casa, scomparendo alla vista.

Quando mi volto per entrare nel cottage, sfioro con il piede un brutto sasso grigio, grosso più o meno come una palla da tennis. Abbasso lo sguardo e mi rendo conto che ci sono tre fogli di carta dal bordo sfrangiato, tenuti fermi da quel sasso. Dando le spalle alla porta del cottage, mi abbasso e li raccolgo.

Poi entro, chiudo a chiave la porta e mi siedo sul bordo del letto, girando i fogli uno per volta. Sono simili ai tre disegni che Ted Maxwell ha ridotto a brandelli, quelli che ha giurato che non avrei più rivisto. Solo che li ha fatti una mano diversa. Questi mostrano un tratto più scuro, sono più dettagliati. C'è molta matita, molto carboncino, tanto che la carta si è imbarcata. Un uomo scava una fossa. Una donna viene trascinata attraverso un bosco. E qualcuno guarda verso l'alto da una buca molto profonda.

12

La mattina dopo arrivo alla casa grande e trovo Teddy che mi aspetta vicino alle porte scorrevoli di vetro, con in mano un blocchetto e una matita. «Buongiorno e benvenuta nel mio ristorante» dice. «In quanti siete?»

«Solo io, *monsieur*.»

«Da questa parte.»

I suoi peluche sono seduti tutto intorno al tavolo della cucina. Mi accompagna al posto vuoto tra Godzilla e l'elefante blu. Tira fuori la sedia e mi porge un tovagliolo di carta. Sento Caroline al piano di sopra camminare avanti e indietro per camera sua. A quanto pare uscirà di nuovo in ritardo.

Teddy aspetta paziente al mio fianco, con la matita e il blocchetto, pronto a prendere il mio ordine. «Non abbiamo un vero menù» dice. «Ma possiamo prepararle tutto ciò che vuole.»

«In tal caso prendo le uova strapazzate. Con bacon e pancake e spaghetti e gelato.» Questo lo fa ridere, e allora sfrutto al massimo la battuta. «E carote, hamburger, tacos e anguria.»

È piegato in due dalle risate. Questo bambino riesce a farmi sentire come Kate McKinnon del *Saturday Night Live*, come se tutto ciò che faccio fosse uno spasso. «Come desidera!» dice, poi barcolla fino al baule dei giocattoli e mi riempie il piatto di cibo di plastica.

Il telefono fisso si mette a squillare e Caroline mi chiama dal piano di sopra: «Lascia scattare la segreteria, per piacere. Non ho tempo!».

Dopo tre squilli scatta la segreteria, e sento il messaggio che viene registrato: «Buongiorno! Sono Diana Farrell della Spring Brook Elementary...».

È il suo terzo messaggio in una settimana e Caroline piomba in cucina, affrettandosi a intercettarla prima che riagganci. «Salve, sono Caroline.» Mi lancia uno sguardo esasperato – *questo dannato sistema scolastico!* – e si porta il telefono in soggiorno. Nel frattempo Teddy mi serve il piatto carico di giocattoli: uova e spaghetti di plastica e diverse palline di gelato di plastica. Scuoto la testa e fingo di essere offesa. «Avevo ordinato anche il bacon, ne sono certa!»

Teddy ride, corre al baule dei giochi e torna con una fetta di bacon di plastica. Io cerco di origliare la telefonata di Caroline, ma non dice granché. È come con le conversazioni in camera di Teddy durante il riposino, in cui è l'altra persona a dire quasi tutto. Lei dice solo: «Certo, certo» e «Ovviamente» e «Ma no, grazie a *lei*».

Fingo di rimpinzarmi di cibo di plastica come un grasso maiale al trogolo. Sbuffo e stronfio parecchio, e Teddy si sganascia dal ridere. Caroline torna in cucina e mette a posto il cordless.

«Era la tua nuova direttrice» dice a Teddy. «Non vede l'ora di conoscerti!»

Poi lo abbraccia forte, lo bacia ed esce di corsa, perché sono già le 7:38 ed è molto in ritardo.

Dopo che ho finito di fare "colazione", pago il conto immaginario con soldi immaginari e chiedo a Teddy che cosa gli va di fare. Credo che abbia davvero voglia di immaginare cose, perché vuole giocare di nuovo alla Foresta Incantata.

Seguiamo la Strada di Mattoni Gialli e il Passo del Drago fino al Fiume del Re, poi ci arrampichiamo sui rami della Pianta di Fagioli Gigante finché arriviamo a tre metri da terra. In uno dei rami c'è un piccolo incavo e Teddy si mette d'impegno e lo riempie di sassolini e bastoncini appuntiti, un vero arsenale per proteggerci da un eventuale attacco dei folletti.

«I folletti non riescono ad arrampicarsi perché hanno le braccia troppo corte» spiega Teddy. «Allora noi possiamo nasconderci tra questi rami e tirargli i sassi.»

Passiamo la mattinata impegnati nelle nostre infinite invenzioni e improvvisazioni. Nella Foresta Incantata tutto è possibile e niente è proibito. Teddy si ferma sulle sponde del Fiume del Re e mi dice che dovrei berne l'acqua. Spiega che il fiume ha proprietà magiche che impediranno a chiunque di catturarci.

«Ne ho già diversi litri al cottage» gli dico. «Quando torniamo a casa facciamo a metà.»

«Perfetto!» esclama.

Poi scende saltellando lungo il sentiero, facendomi strada verso la prossima scoperta.

«Comunque» gli grido dietro «ho trovato i disegni che mi hai lasciato.»

Teddy mi restituisce lo sguardo e sorride, aspettando che dica dell'altro.

«I disegni che hai lasciato in veranda.»

«Dei folletti?»

«No, Teddy, i disegni di Anya che viene sepolta. Sono fatti davvero bene. Ti ha aiutato qualcuno?»

Adesso ha l'aria confusa, come se avessi bruscamente cambiato le regole del gioco senza dirglielo.

«Io non disegno più Anya.»

«Va tutto bene, non sono arrabbiata.»

«Ma non sono stato io.»

«Li hai lasciati sulla mia veranda. Sotto un sasso.»

Alza le mani, esasperato. «Non possiamo giocare alla Foresta Incantata come al solito? Per favore... Non mi piace in quest'altro modo.»

«Certo.»

Capisco che forse ho introdotto l'argomento al momento sbagliato. Dopo essere tornati a casa per pranzo, comunque, non voglio parlarne più. Preparo dei nuggets e una volta finito di mangiare Teddy va di sopra per il riposino. Aspetto un po', poi salgo e accosto l'orecchio alla porta della camera. Riesco a sentire bene il sussurro della matita sulla pagina, *scritch scritch scritch.*

Nel pomeriggio mi telefona Russell per invitarmi a cena. Sono ancora stanca per ieri sera, allora gli propongo di rimandare, ma lui dice che è in partenza per due settimane di vacanza, dunque può solo stasera. «Ho trovato un ristorante vicino a casa tua. Un Cheesecake Factory.»

Per poco non scoppio a ridere, perché Russell è un vero fanatico del cibo sano. Il suo regime alimentare prevede quasi esclusivamente verdure e proteine, senza zuccheri o carboidrati, e solo qualche cucchiaio ogni tanto di trucioli di carruba e miele biologico.

«Cheesecake? Dici sul serio?»

«Ho già prenotato. Per le sette e mezza.»

Così, dopo che Caroline è tornata a casa, faccio la doccia e mi metto un vestito. Mentre esco dal cottage sto per prendere il fascio degli ultimi disegni di Teddy, poi però esito e mi fermo sulla soglia. Dopo aver condiviso tutta la storia con Adrian alla libreria, so che mi servirebbe un'ora per parlare di tutto. Così decido di lasciare i disegni a casa. Voglio che Russell sia orgoglioso di me. Voglio dare l'impressione di essere una donna forte e capace che sta recuperando alla grande. Non voglio appesantirlo con tutte le mie preoccupazioni. Perciò lascio i disegni nel cassetto del comodino.

Il ristorante è grande, affollato e pulsa di energia: un tipico Cheesecake Factory. La cameriera mi accompagna a un tavolo dove Russell mi sta già aspettando. Indossa una tuta blu e le sue HOKA preferite, quelle che ha usato per la maratona di New York. «Eccola qui!» dice. Mi abbraccia, poi mi squadra. «Che ti è successo, Quinn? Sembri esausta.»

«Grazie, *coach*. Anche tu hai un aspetto magnifico.»

Ci accomodiamo e io ordino dell'acqua tonica.

«Dico sul serio» incalza. «Dormi bene?»

«È tutto sotto controllo. Il cottage di notte è un po' rumoroso, però me la cavo.»

«Lo hai detto ai Maxwell? Forse possono fare qualcosa.»

«Mi hanno offerto una stanza nella casa grande. Ma te l'ho detto, è tutto sotto controllo.»

«Non puoi allenarti se non sei riposata.»

«È stata solo una nottataccia. Lo giuro.»

Provo a cambiare argomento parlando del menù, che sotto ogni piatto riporta il conto delle calorie e altre informazioni.

«Hai visto la "pasta alla napoletana"? Sono duemilacinquecento calorie.»

Russell ordina un'insalata verde con pollo alla griglia e salsa vinaigrette a parte. Io prendo il Glamburger con contorno di patate dolci fritte. Parliamo un po' della sua imminente vacanza: due settimane a Las Vegas con la sua compagna Doreen, che fa la personal trainer alla palestra della YMCA dove va lui. Sento però che è ancora preoccupato. Dopo che abbiamo finito di mangiare, riporta la conversazione su di me.

«Allora, come va a Spring Brook? Come sono gli incontri dei Narcotici Anonimi?»

«Sono tutti vecchi decrepiti, Russell. Senza offesa.»

«Ci vai una volta alla settimana?»

«Non c'è bisogno. Sto rigando dritto.»

Capisco che la risposta non gli piace, ma non insiste.

«E le amicizie? Hai conosciuto qualcuno?»

«Ieri sera sono uscita con un ami...»

«Dove l'hai conosciuta?»

«Studia alla Rutgers, è *tornato* a casa per l'estate.»

Il mio sponsor stringe le palpebre, preoccupato. «È un po' presto per frequentare qualcuno, Quinn. Sei pulita da appena diciotto mesi.»

«Siamo solo amici.»

«E lo *sa* che adesso sei pulita?»

«Sì, Russell, è stato il nostro primo argomento di conversazione. Gli ho raccontato di quando per poco ho avuto un'overdose sul sedile posteriore di un Uber. Poi abbiamo parlato di quando dormivo in stazione.»

Alza le spalle, come se fossero cose assolutamente sensate di cui parlare. «Ho fatto da sponsor a molti ragazzi del college,

Mallory. I campus, con le confraternite e le gare a chi beve di più, sono terreni fertili per tossici.»

«Abbiamo passato una serata tranquilla in una libreria. Abbiamo bevuto acqua tonica e ascoltato un po' di musica. Poi mi ha riaccompagnata dai Maxwell. È stato piacevole.»

«La prossima volta che lo vedi dovresti raccontargli la verità. Fa parte della tua identità, Mallory, devi accettarla così com'è. Più aspetti e più diventa difficile.»

«È per questo che mi hai invitata qui? Per farmi la predica?»

«No, ti ho invitata qui perché Caroline mi ha telefonato. È preoccupata per te.»

Sono colta alla sprovvista. «Sul serio?»

«Ha detto che avevi cominciato alla grande, Quinn. Che eri un vulcano. Era davvero contenta del tuo lavoro. Negli ultimi giorni però ha notato un cambiamento. E ogni volta che sento queste parole...»

«Non ho ricominciato a farmi, Russell.»

«Bene, okay, ottimo.»

«Ti ha *detto* che mi faccio?»

«Ha detto che ti comporti in modo strano. Ti ha vista fuori alle sette del mattino a frugare nei bidoni dell'immondizia. Che accidenti significa?»

Mi rendo conto che Caroline deve avermi vista dalla finestra di camera sua. «Non significa niente. Avevo buttato via una cosa per sbaglio. La dovevo recuperare. Sai che storia...»

«Dice che parli di fantasmi. Credi che suo figlio sia posseduto?»

«No, non l'ho mai detto. Mi ha frainteso.»

«Dice che sei culo e camicia con una tossica che vive nella casa accanto.»

«Intendi Mitzi? Ci ho parlato due volte in quattro settimane. Per questo saremmo grandi amiche?»

Russell mi fa cenno di abbassare la voce. Benché la sala sia rumorosa e affollata, alcuni degli altri commensali si voltano e ci fissano. «Sono qui per aiutarti, d'accordo? C'è qualcosa di cui vuoi parlare?»

Ma glielo posso dire davvero? Posso davvero sintetizzare le mie preoccupazioni su Annie Barrett e parlargliene? No, non posso. Perché so che tutte le mie preoccupazioni sembrerebbero ridicole. E io voglio che il mio sponsor sia fiero di me.

«Parliamo del dessert. Stavo pensando alla Chocolate Hazelnut Cheesecake.»

Gli porgo un menù plastificato, ma non lo prende. «Non cambiare argomento. Questo lavoro ti serve. Se ti licenziano, non si torna a Safe Harbor. C'è una lista d'attesa infinita.»

«Non voglio tornare a Safe Harbor. Farò uno splendido lavoro, Caroline parlerà di me a tutte le vicine e alla fine dell'estate scommetto che mi terrà. Oppure andrò a lavorare per un'altra famiglia di Spring Brook. Il piano è questo.»

«E il padre? Com'è Ted?»

«In che senso?»

«È gentile?»

«Sì.»

«*Troppo* gentile? Magari allunga un po' le mani?»

«Sei serio?»

«Sai cosa intendo. A volte queste persone perdono di vista i confini. Oppure li vedono ma se ne fregano.»

Ripenso alla lezione di nuoto di due settimane fa, la sera in cui Ted mi ha fatto i complimenti per il tatuaggio. Mi sembra di ricordare che mi abbia messo una mano sulla spalla, ma non mi ha mica toccato il culo. «Tiene le mani a posto, Russell. È okay. Sono okay. Siamo tutti okay. Ora, per piacere, possiamo ordinare il dessert?»

Stavolta, anche se di malavoglia, accetta il menù. «Quale stavamo adocchiando?»

«Chocolate Hazelnut.»

Gira il menù per leggere le informazioni. «Millequattrocento calorie? Mi prendi in giro?»

«E novantadue grammi di zucchero.»

«Sant'Iddio, Quinn. Qui secondo me ogni settimana ci muore qualcuno. Gli viene un attacco di cuore mentre torna alla macchina. Dovrebbero tenere dei medici nel parcheggio, pronti a rianimare i clienti.»

La nostra cameriera vede che Russell sta leggendo il menù. È un'adolescente, sorridente e allegra. «A quanto pare qualcuno ha voglia di cheesecake!»

«Proprio per niente» dice lui. «Ma la mia amica sì, lei ne vuole un po'. Lei è sana e forte e ha tutta la vita davanti.»

Dopo il dessert Russell insiste per riaccompagnarmi dai Maxwell, così non dovrò attraversare l'autostrada con il buio. Quando ci fermiamo davanti alla casa, sono quasi le nove e mezza.

«Grazie per la cena» gli dico. «Ti auguro una splendida vacanza.»

Apro lo sportello dell'auto e Russell mi ferma. «Ascolta, sei sicura che vada tutto bene?»

«Quante altre volte me lo vuoi chiedere?»

«Dimmi solo perché tremi.»

Perché tremo? Perché sono nervosa. Ho paura di arrivare al cottage e trovare altri disegni in veranda: ecco perché tremo. Ma non ho intenzione di spiegare niente a Russell.

«Ho appena ingerito cinquanta grammi di grassi saturi. Il mio corpo sta per collassare.»

Sembra scettico. Questo è il classico dilemma dello sponsor: devi fidarti delle persone che segui, devi mostrare che credi in loro e hai una fiducia totale nel loro recupero. Quando iniziano a comportarsi in modo strano, però, quando si mettono a tremare in un'auto in una calda sera d'estate, devi fare il cattivo. Devi fare le domande difficili.

Apro il cruscotto, che è ancora pieno di test antidroga. «Me ne vuoi fare uno?»

«No, Mallory. Certo che no.»

«È evidente che sei preoccupato.»

«Lo sono, però mi fido di te. Quelli sono per altre persone.»

«Fammelo comunque. Così ti dimostro che sto bene.»

Sul pavimento davanti al sedile posteriore c'è una confezione di bicchieri di carta, così allungo la mano e ne afferro uno. Russell prende un test dal cassetto e scendiamo dall'auto. Più che altro voglio tornare a casa in compagnia. Ho paura di stare nel cottage da sola.

È di nuovo buio pesto. Non ho ancora cambiato la lampadina fulminata della veranda. «Dove stiamo andando?» domanda Russell. «Dov'è casa tua?»

Indico gli alberi. «Laggiù. La vedrai.»

Mentre ci avviciniamo inizio a distinguere la sagoma. Ho già le chiavi in mano e decido di provare la Vipertek, che fa una specie di crepitio illuminando il retro del cottage come un lampo.

«Gesù» dice Russell. «E quella che diavolo è?»

«Caroline mi ha regalato un dissuasore elettrico.»

«Non c'è criminalità a Spring Brook. Cosa te ne fai di un dissuasore elettrico?»

«È una mamma, Russell. Si preoccupa per tutto. Le ho promesso che l'avrei agganciato al portachiavi.»

La Vipertek ha una minuscola torcia LED, che uso per ispezionare la veranda: niente sassi e niente disegni. Apro la porta, accendo le luci e faccio entrare Russell nel cottage. Perlustra la stanza con lo sguardo; a quanto pare è contento di come l'ho sistemata. Ma è comunque uno sponsor esperto e so che sta anche cercando i segni di qualche guaio. «È davvero carino, Quinn. Hai fatto tutto da sola?»

«No, i Maxwell l'hanno ristrutturato prima che mi ci trasferissi.» Gli tolgo di mano il bicchiere di carta. «Dammi solo un minuto. Fai come se fossi a casa tua.»

Magari può sembrare una cosa schifosa, tornare a casa dopo una buona cena, fare pipì in un bicchiere di carta e passare il suddetto bicchiere a un caro amico perché possa analizzarne il contenuto. Eppure, se si segue un programma di recupero, ci si abitua in fretta. Dunque vado in bagno e faccio quello che devo. Poi mi lavo le mani e torno di là con il campione.

Russell mi aspetta con ansia. Visto che il soggiorno è anche la camera, credo sia un po' imbarazzato, come se avesse infranto qualche protocollo della deontologia dello sponsor. «Lo faccio solo perché ti sei offerta» mi rammenta. «Non sono preoccupato.»

«Lo so.»

Immerge le striscette del test nel bicchiere, tenendolo fermo finché non si imbeve, poi lo mette di traverso sul bicchiere mentre aspettiamo i risultati. Parla ancora della sua vacanza, della speranza di scendere sul fondo del Grand Canyon se le ginocchia lo aiutano. Non dobbiamo aspettare a lungo, però. Il test mostra una linea singola se negativo, una doppia se positivo, e i risultati negativi compaiono più in fretta.

«Assolutamente pulita, proprio come hai detto.»

Prende il bicchiere, va in bagno e versa l'urina nella tazza. Poi accartoccia il bicchiere e lo getta nel cestino insieme al test. Alla fine si lava le mani sotto l'acqua calda, con pazienza e metodo. «Sono orgoglioso di te, Quinn. Ti chiamo quando torno. Tra due settimane, okay?»

Dopo che se n'è andato chiudo a chiave la porta e mi metto il pigiama, piena di quella deliziosa cheesecake e piuttosto fiera di me. Ho lasciato il tablet in ricarica in cucina, e siccome è ancora presto penso che forse potrei guardare un film. Ma quando giro intorno al ripiano per recuperare il tablet, vedo proprio i disegni che avevo tanta paura di trovare: non sono bloccati da un sasso in veranda, ma fissati con le calamite al frigorifero.

Strappo via i disegni e le calamite cadono sul pavimento. I fogli sono caldi e umidi, come appena usciti da un forno. Li metto a faccia in giù sul ripiano, così non dovrò guardarli.

Poi faccio il giro del cottage e sbarro entrambe le finestre. Sarà una notte calda e afosa, probabilmente insonne, ma dopo questa scoperta non voglio correre rischi. Tolgo il tappeto e controllo la botola nel pavimento: è ancora inchiodata. Quindi sposto il letto e lo uso per barricare la porta. Se qualcuno proverà ad aprirla, sbatterà contro la pediera e io mi sveglierò.

Per come la vedo, ci sono tre possibili spiegazioni su come quei disegni siano finiti sul mio frigorifero.

#1. I Maxwell. Sono sicura che hanno la chiave del cottage. Immagino sia possibile che Ted o Caroline abbiano fatto quei disegni e che poi, mentre ero a cena con Russell, uno di loro sia entrato e li abbia lasciati sul frigorifero. Ma come mai? Non riesco a pensare a una sola ragione plausibile perché uno di loro abbia voluto farlo. Sono responsabile della sicurezza e del benessere di loro figlio. Perché vorrebbero manipolarmi così, farmi credere che sto impazzendo?

#2. Teddy. Forse quel dolce bambino di cinque anni ha sottratto la chiave di scorta ai genitori, è sgattaiolato fuori dalla sua camera, ha attraversato di soppiatto il giardino e ha portato i disegni nel cottage. Per credere a questa teoria, però, bisogna pure credere che Teddy soffra di una specie di sindrome del *savant* e sia passato in pochi giorni dai suoi pupazzetti a illustrazioni realistiche e tridimensionali con effetti di chiaroscuro estremamente convincenti.

#3. Anya. Non ho idea di cosa succeda in camera di Teddy durante il riposino, ma se davvero Anya lo controllasse, si impadronisse del suo corpo e usasse la sua mano per fare quei disegni? E poi in qualche modo li portasse nel cottage?

Lo so, lo so: sembra una follia.

Eppure, quando penso alle tre teorie, quando le metto a confronto, la spiegazione più impossibile mi sembra anche la più probabile.

E proprio mentre mi rigiro nel letto cercando disperatamente di addormentarmi, mi viene in mente un modo per dimostrare che ho ragione.

13

Il giorno dopo, a pranzo, scendo nel seminterrato dei Maxwell e mi metto ad aprire scatoloni. Ce ne sono tanti che loro non hanno ancora aperto, e me ne bastano tre per trovare quello che sto cercando. Sapevo che i Maxwell dovevano avere un baby monitor, e con mia grande gioia sembra un ultimo modello. Il trasmettitore ha una telecamera ad alta definizione con visore notturno a infrarossi e un obiettivo che può passare da normale a grandangolare. Il ricevitore ha lo schermo grande come un libro tascabile. Metto tutto in una scatola da scarpe e lo porto di sopra. Quando torno in cucina, trovo Teddy ad aspettarmi.

«Che ci facevi nel seminterrato?»

«Davo un'occhiata» gli dico. «Ti preparo dei ravioli.»

Aspetto che sia occupato a mangiare, quindi salgo di soppiatto in camera sua e cerco un posto in cui nascondere la telecamera. Mi sono resa conto che se voglio sapere da dove arrivano i disegni devo *vedere* da dove arrivano: devo vedere l'interno della camera durante il riposino.

Ma nascondere la telecamera non è facile. È grossa, ingombrante, difficile da occultare. Peggio ancora, deve stare attaccata a una spina. Trovo una soluzione nella montagna di peluche di Teddy: la seppellisco là dentro, con cura, in modo che l'obiettivo spunti tra Snoopy e Winnie the Pooh. Mi assicuro che sia collegata e pronta a trasmettere, poi bacio il crocifisso che porto appeso al collo, nella speranza che Teddy non noti niente di insolito.

Torno in cucina e mi siedo insieme a lui mentre finisce di mangiare. Oggi ha voglia di chiacchierare. Si lamenta perché deve andare dal barbiere: odia il barbiere, dice che vuole farsi crescere i capelli come il Leone Codardo, ma io lo ascolto a malapena. Sono troppo nervosa. Sto per avere le risposte a molte delle mie domande, eppure non sono sicura di essere pronta.

Dopo quelle che in apparenza sembrano ore, Teddy finisce di mangiare, così lo mando di sopra a fare il riposino. Poi corro in soggiorno e attacco il ricevitore. La stanza di Teddy è proprio sopra di me, perciò audio e video sono nitidi. La telecamera punta verso il letto e vedo gran parte del pavimento, i due posti dove è più probabile che si sieda a disegnare.

Sento la porta che si apre e si chiude. Teddy entra nell'inquadratura da destra, raggiunge la scrivania e prende la scatola delle matite e il blocco degli schizzi. Poi salta sopra il letto. Sento il tonfo morbido sul materasso attraverso il ricevitore e anche attraverso il soffitto sopra la mia testa, in stereofonia.

Teddy è seduto con la schiena contro la testiera, gambe piegate, e usa le ginocchia per sostenere il blocco. Sistema una fila di matite sul comodino accanto al letto. Poi prende un minuscolo temperamatite, uno di quelli che raccolgono i trucioli in un contenitore di plastica trasparente. Ci infila una matita e comincia a girare – *skritch, skritch, skritch* –, quindi la estrae, controlla la punta e decide che non è abbastanza acuminata. La rimette dentro – *skritch, skritch* –, decide che è pronta.

Distolgo lo sguardo per un attimo, quanto basta per bere un sorso d'acqua, e quando mi volto il video è disturbato, si blocca, salta dei fotogrammi, come se non riuscisse a restare sincronizzato con l'audio. Sento ancora il rumore del temperamatite, ma il video si è bloccato sull'immagine di Teddy che prende una matita.

Poi una parola, una sola parola, pronunciata quasi sottovoce, non più alta di un sussurro: «Ciao».

Segue un'interferenza. Il video scatta in avanti, si blocca di nuovo. L'immagine è confusa, a bassa risoluzione. Teddy ha alzato lo sguardo dal blocco e rivolge la sua attenzione alla porta della stanza, a qualcuno che sta proprio fuori dall'inquadratura.

«Preparo le matite» dice, poi ride. «Le matite? Per disegnare.»

C'è un sibilo più lungo, il rumore aumenta e diminuisce con un ritmo che mi ricorda quello del respiro. Qualcosa nel microfono gracchia e scoppietta e l'immagine scatta di nuovo in avanti: ora Teddy guarda direttamente l'obiettivo, la sua testa è due volte più grande. È come un'immagine riflessa negli specchi deformanti di un luna park; i lineamenti sono allungati fino a proporzioni impossibili, le braccia sono come due piccole pinne, ma il volto è enorme.

«Attenzione» sussurra. «Fai piano.»

Le interferenze aumentano. Provo ad abbassare il volume, ma la manopola non risponde: il rumore aumenta sempre di più, finché lo sento tutto intorno a me, come se uscisse dall'altoparlante e riempisse la stanza. Il video scatta in avanti ed ecco Teddy sdraiato sul materasso con le braccia distese, in preda alle convulsioni, e sento il letto che sbatte sul pavimento, *thump-thump-thump*.

Esco di corsa dal soggiorno, attraverso l'atrio, salgo le scale fino al primo piano, afferro la maniglia della camera di Teddy, però non gira: è bloccata, chiusa a chiave.

Oppure c'è qualcosa che la tiene chiusa.

«Teddy!»

Batto i pugni sulla porta. Poi faccio un passo indietro e le do un calcio come ho visto fare nei film, con l'unico risultato di farmi male al piede. Provo a dare una spallata e mi faccio talmente tanto male che crollo sul pavimento, stringendomi il braccio. Mi ricordo però che posso guardare nella stanza di Teddy: sotto la porta c'è una fessura di un centimetro e mezzo. Mi sdraio sul fianco, poggio la testa sul pavimento, chiudo un occhio e sbircio nella fessura e l'odore mi colpisce, forte: una botta tossica di ammoniaca concentrata che esce dalla stanza come da un tubo di scappamento. Mi riempie la bocca e rotolo via, tossendo e sul punto di soffocare, stringendomi la gola come se mi avessero spruzzato dello spray al peperoncino. Ho il volto inondato di lacrime. Il cuore mi batte a mille.

Sono sdraiata nel corridoio: mi tappo il naso e cerco di riprendermi, cerco di trovare abbastanza energia per sedermi. Sento il minuscolo meccanismo del pomello che scatta.

Mi alzo in fretta e spalanco la porta. Sono di nuovo colpita dalla puzza; è odore di urina, estremamente concentrato, e resta sospeso nell'aria come il vapore dopo una doccia. Tiro su la maglietta per coprirmi la bocca. Teddy non sembra disturbato dall'odore; non reagisce nemmeno alle mie grida. È seduto sul letto con il blocco in grembo e la matita nella mano destra. Lavora in fretta, tracciando spesse linee nere sulla pagina.

«Teddy!»

Non alza lo sguardo. Non sembra avermi sentita. La sua mano continua a muoversi, a ombreggiare la pagina, riempiendola di un cielo notturno senza stelle.

«Teddy, ascoltami, stai bene?»

Continua a ignorarmi. Mi avvicino al letto e calpesto uno dei suoi peluche, un cavallo che lascia andare un nitrito forte e stridulo.

«Teddy, guardami.» Gli metto una mano sulla spalla, lui finalmente mi guarda e vedo che ha gli occhi completamente bianchi. Le pupille gli si sono rovesciate nella testa. Le mani però continuano a muoversi, a disegnare alla cieca. Gli prendo il polso e sono stupita dal calore della sua pelle, dalla forza racchiusa nel suo braccio. Normalmente è sciolto e sembra una bambola di pezza. Spesso scherzando gli dico che ha le ossa vuote, perché è così leggero che posso alzarlo da terra e farlo girare in cerchio. Adesso invece c'è una strana energia che gli pulsa sotto la pelle; sembra che abbia i muscoli contratti come un piccolo pitbull pronto ad attaccare.

Poi gli occhi gli tornano a posto.

Sbatte le palpebre. «Mallory?»

«Che stai facendo?»

Si accorge di avere la matita in mano e la fa subito cadere. «Non lo so.»

«Stavi disegnando, Teddy. Ti guardavo. Tremavi tutto. Come se avessi le convulsioni.»

«Scusami...»

«Non devi scusarti. Non sono arrabbiata.»

Il labbro inferiore gli trema. «Ho detto scusami!»

«Raccontami cos'è successo!»

So che sto gridando, ma non posso farne a meno. Sono troppo sconvolta da quello che vedo. Ci sono due disegni per terra e un terzo ancora da finire sul blocco.

«Teddy, ascoltami. Chi è questa bambina?»
«Non lo so.»
«È la figlia di Anya?»
«Non lo so!»
«Perché disegni queste cose?»
«Non sono stato io, Mallory, lo giuro!»
«E allora perché sono in camera tua?»
Prende fiato. «Lo so che Anya non esiste davvero. So che non è veramente qui. A volte *sogno* che disegniamo insieme, ma quando mi sveglio non trovo mai niente.» Getta via il blocco, come se volesse negarne l'esistenza. «Non dovrebbero esserci questi disegni! Noi li *sogniamo* e basta!»
Allora capisco cosa succede: Anya porta i disegni fuori dalla stanza prima che Teddy si svegli, così non dovrà guardarli. Stavolta però sono arrivata io, interrompendo la solita procedura.
Per Teddy dev'essere troppo, perché scoppia a piangere, e io lo prendo tra le braccia e il suo corpo è di nuovo morbido e sciolto; è tornato un bambino normale. Mi rendo conto che gli sto chiedendo di spiegare qualcosa che non capisce. Gli sto chiedendo di spiegare l'impossibile.
Mette la mano destra nella mia, e vedo che ha le dita minuscole macchiate di matita. Lo tengo stretto, lo tranquillizzo e gli assicuro che andrà tutto bene.
Anche se in realtà non ne sono tanto sicura.
Perché so per certo che questo bambino è mancino.

14

La sera Adrian viene a trovarmi e insieme guardiamo di nuovo i disegni. In totale ce ne sono nove: i tre lasciati in veranda, i tre attaccati al frigorifero e i tre che ho raccolto oggi nella stanza di Teddy. Adrian continua a mescolare i fogli, come se cercasse di metterli nell'ordine giusto, come se ci fosse una sequenza magica in grado di rivelare una storia. Io però ci ho pensato tutto il pomeriggio e ancora non riesco a trovarci un senso.

È il crepuscolo, il sole è quasi tramontato. L'aria in giardino è grigia e c'è foschia. Il bosco è pieno di lucciole che si accendono e si spengono. Nella casa grande, dalle finestre della cucina, vedo Caroline caricare la lavastoviglie; sistema le stoviglie della cena mentre Ted al piano di sopra mette a letto il figlio.

Io e Adrian siamo seduti vicini sui gradini del cottage, così vicini che le nostre ginocchia quasi si sfiorano. Gli parlo del mio esperimento con il baby monitor, di come ho guardato Teddy che disegnava senza usare gli occhi né la mano dominante. Adrian avrebbe tutte le ragioni per dirmi che sono pazza – so che il mio racconto *sembra* folle –, perciò sono sollevata quando mi prende sul serio. Si avvicina i disegni al volto e tossisce. «Dio, quanto puzzano.»

«È l'odore della stanza di Teddy. Non sempre, ma a volte. Caroline dice che bagna il letto.»

«Non credo che sia pipì. L'estate scorsa abbiamo lavorato nella contea di Burlington. Vicino alle Pine Barrens. Un tale ci aveva assunto per ripulire un terreno vuoto. Un'area di duemila metri quadrati lasciata incolta, erbacce più alte della testa di un uomo, abbiamo dovuto letteralmente farci strada con un machete. E immondizia, così tanta immondizia da non crederci: vestiti usati, bottiglie di birra, birilli da bowling, le cose più strane che si possano immaginare. Ma la cosa peggiore che abbiamo trovato è stato un cervo morto. A metà luglio. Bisognava ripulire tutto, quindi ci è toccato mettere anche quello in un sacco e portarlo via. Non entrerò nei dettagli, Mallory, ma è stata un'esperienza terribile. Quello che non dimenticherò mai, però – lo senti sempre dire in tutti i film, ma è vero –, è quell'odore. Lo stesso di questi disegni.»

«Che cosa dovrei fare?»

«Non lo so.» Prende il fascio di fogli e li tiene a distanza, come se starci seduto troppo vicino non fosse sicuro. «Pensi che Teddy stia bene?»

«Non ne ho idea. È stato davvero strano. La pelle gli scottava. Quando l'ho toccato non sembrava più Teddy. Sembrava... qualcos'altro.»

«Lo hai detto ai suoi genitori?»

«Detto cosa? "Penso che vostro figlio sia posseduto dal fantasma di Annie Barrett?" Ci ho già provato. Hanno dato di matto.»

«Adesso però è diverso. Hai le prove. Tutti questi nuovi disegni. È come hai detto: Teddy non avrebbe potuto farli senza essere aiutato.»

«Ma non posso dimostrare che è stata Anya. Non posso dimostrare che entra di soppiatto nel cottage e li lascia sul frigorifero. Sembra una follia.»

«Questo non vuol dire che non sia vero.»

«Non conosci i genitori come me. Non mi crederanno. Devo continuare a cercare. Mi servono vere prove.»

Beviamo un'acqua tonica e ci dividiamo una grossa ciotola di popcorn al microonde, il meglio che sono riuscita a trovare senza preavviso. Mi sento inadeguata come padrona di casa, anche se sembra che Adrian non ci faccia troppo caso. Mi aggiorna sulla situazione della biblioteca di Spring Brook. Sua madre ha iniziato a spulciare gli archivi, ma non ha ancora trovato niente. «Dice che i documenti sono nel caos. Compravendite di terreni, vecchi quotidiani, non c'è niente che sia al suo posto. Secondo lei ci vorrà almeno un'altra settimana.»

«Non posso aspettare un'altra settimana, Adrian. Questa cosa, questo spirito o fantasma, qualunque cosa sia, entra nel mio cottage. Certe sere sento che mi guarda.»

«Cosa intendi?»

Non ho mai realmente trovato le parole adatte per descrivere quella sensazione, quello strano sfarfallio alla periferia dei sensi, accompagnato a volte da un rumore stridulo e acuto. Sono tentata di raccontargli dell'esperimento alla University of Pennsylvania, di chiedergli se ha mai sentito un termine come "percezione dello sguardo". Ma non voglio dire niente che possa portare la conversazione verso il mio passato. Gli ho raccontato troppe bugie; sono già in affanno a pensare al modo migliore per dirgli la verità.

«Ho un'idea» dice. «I miei genitori hanno un piccolo appartamento sopra il garage. Al momento non lo usa nessuno. Forse potresti stare con noi per qualche giorno. Lavorare qui, ma dormire in un posto sicuro finché non capiamo cosa succede.»

Provo a immaginarmi mentre spiego la situazione ai Maxwell, mentre dico a Teddy, un bambino di cinque anni, che mi trasferisco perché sono troppo impaurita per vivere dietro a casa sua.

«Non me ne vado. Mi hanno assunta per occuparmi di Teddy: resterò qui e mi occuperò di Teddy.»

«Allora fai dormire qui anche me.»

«Stai scherzando.»

«Sul pavimento. Niente cose strane, solo una misura di sicurezza.» Lo guardo; è quasi buio ma sono abbastanza sicura che sia arrossito. «Se il fantasma di Annie Barrett si intrufolerà nel cottage, inciamperà su di me, mi sveglierà e ci parleremo insieme.»

«Mi prendi in giro?»

«No, Mallory, cerco di aiutarti.»

«Non posso ospitare nessuno. È una delle regole della casa.»

Adrian abbassa la voce fino a un sussurro: «Mi alzo tutte le mattine alle cinque e mezza. Posso uscire di nascosto prima dell'alba. Prima che i Maxwell si sveglino. Non si accorgerebbero di niente».

Vorrei dirgli di sì. Vorrei continuare a parlare con Adrian fino a notte inoltrata. Non voglio che torni a casa, davvero.

L'unica cosa che mi frena è la verità. Adrian pensa ancora di stare aiutando la Mallory Quinn con una borsa di studio per l'atletica, quella che va al college.

Non sa che sono la Mallory Quinn ex tossica, un completo fallimento. Non sa che mia sorella è morta e che mia madre non mi vuole parlare, che ho perduto le due persone di cui più mi importava al mondo. E non posso dirglielo in alcun modo. Riesco a malapena ad ammetterlo a me stessa.

«Andiamo, Mallory. Di' di sì. Sono preoccupato per te.»

«Tu non sai niente di me.»

«E allora parlami. Dimmi. Cosa dovrei sapere?»

Ma ora non glielo posso dire, non quando ho bisogno più che mai del suo aiuto. Devo tenere nascosta la mia storia ancora per qualche giorno. Poi gli racconterò tutto, lo giuro.

Mi appoggia con delicatezza una mano sul ginocchio.

«Mi piaci, Mallory. Lascia che ti aiuti.»

Mi rendo conto che sta cercando il coraggio di farsi avanti. È passato tanto tempo dall'ultima volta che qualcuno ha tentato di baciarmi. E io *voglio* che mi baci, ma al tempo stesso non lo voglio, e allora resto seduta, immobile, bloccata, mentre lui si sposta lentamente verso di me.

In quel momento dall'altra parte del giardino, nella casa grande, la porta scorrevole si apre e Caroline esce con un libro, una bottiglia di vino e un calice.

Adrian si tira indietro e si schiarisce la gola.

«Be', si è fatto tardi.»

Mi alzo. «Già.»

Attraversiamo il giardino e giriamo intorno alla casa grande, seguendo il selciato fino al vialetto dei Maxwell. «Se cambi idea, la mia offerta è sempre valida» dice lui. «Anche se non penso che ci sia da preoccuparsi.»

«Perché no?»

«Be', questo… spirito o fantasma, qualsiasi cosa sia, l'hai mai visto?»

«No.»

«E lo hai mai sentito? Strani rumori, gemiti? Sussurri nel cuore della notte?»

«Mai.»

«Si impiccia delle tue cose? Fa cadere cornici dal muro, sbatte le porte, accende le luci?»

«No, niente del genere.»

«Esatto. Ha avuto molte occasioni di spaventarti. E allora... o non può o non vuole. Credo stia cercando di comunicare. Credo che arriveranno altri disegni, e una volta che li avremo tutti capiremo cosa sta cercando di dire.»

Ha ragione? Non ne ho idea. Però apprezzo la calma e la fiducia nella sua voce. Fa sembrare tutti i miei problemi assolutamente gestibili.

«Grazie, Adrian. Grazie perché mi credi.»

Mentre torno al cottage, Caroline mi chiama dal patio. «Ho visto che hai un nuovo amico. Spero di non averlo fatto scappare.»

La raggiungo, così non devo gridare. «È uno dei vostri giardinieri. Lavora per la Lawn King.»

«Oh, lo so, ho conosciuto Adrian alcune settimane fa. Appena prima che tu arrivassi. Teddy è rimasto davvero impressionato dal suo trattore.» Beve un sorso di vino. «È carino, Mallory. Che occhi!»

«Siamo solo amici.»

Alza le spalle. «Non sono affari miei. Da quassù però sembravate molto intimi.»

Mi sento arrossire. «Forse giusto *un po'* intimi?»

Chiude il libro e lo mette da parte, per incoraggiarmi a sedermi. «Che altro sappiamo di lui?»

Le spiego che abita a tre isolati, che lavora con il padre, che studia ingegneria alla Rutgers, a New Brunswick. «Gli piace leggere. L'ho incontrato per caso in libreria. E sembra che a Spring Brook conosca tutti.»

«E i segnali di pericolo? Quali sono i suoi difetti?»

«Per ora non sono sicura di averne trovati. È un fanatico di *Star Wars*… Insomma, non mi sorprenderei se partecipasse a quei raduni in costume.»

Caroline ride. «Se quello fosse il suo peggior difetto, mi travestirei da principessa Leila e gli salterei addosso. Quando lo rivedrai?»

«Non lo so.»

«Forse puoi fare tu la prossima mossa. Invitalo a casa. Potete fare un bagno in piscina, un picnic insieme. Sono sicura che a Teddy piacerebbe molto nuotare con lui.»

«Grazie» le rispondo. «Magari lo farò.»

Sediamo per qualche istante in un confortevole silenzio, godendoci la calma della sera, poi lei prende il libro che ha con sé, una vecchia edizione economica piena di orecchie e note. Sulla copertina c'è Eva, nuda, nel Paradiso Terrestre, che sta per agguantare la mela con il serpente che la guarda di nascosto.

«È la Bibbia?»

«No, è poesia. *Il paradiso perduto*. Al college mi piaceva molto, ora non riesco a leggerne neanche una pagina. Non ho più pazienza. È come se diventare madre avesse abbassato la mia soglia di attenzione.»

«Ho il primo libro di Harry Potter nel cottage. L'ho preso in biblioteca per leggerlo a Teddy, se vuoi te lo presto.»

Caroline sorride come se avessi detto qualcosa di buffo. «Credo che rientrerò. Si è fatto tardi. Buonanotte, Mallory.»

Entra in casa e io mi incammino verso il cottage. Ancora una volta sento dei passi ad Hayden's Glen, altri cervi o adolescenti ubriachi o gente morta, chi lo sa, ma il rumore non mi spaventa più.

Perché ho deciso che Adrian ha ragione.
Non devo avere paura di Anya.
Non sta cercando di farmi del male.
Non sta cercando di spaventarmi.
Sta cercando di dirmi qualcosa.
E credo sia il momento di levare di mezzo gli intermediari.

15

La mattina dopo dico a Teddy che Adrian verrà a pranzo da noi e faremo una festa in piscina, così ci mettiamo a preparare un picnic che è un vero banchetto: sandwich con pollo alla griglia, pasta fredda, macedonia di frutta e limonata. Teddy porta tutto in piscina, orgoglioso, e io apro gli ombrelloni del patio così possiamo mangiare all'ombra.

Ho già informato Adrian del piano, e lui ha accettato di fare da babysitter a Teddy mentre io e Mitzi tentiamo di usare la tavoletta per le sedute spiritiche. Arriva a mezzogiorno in punto, con il costume da bagno e una maglietta rossa degli Scarlet Knights, e Teddy gli corre incontro per salutarlo. Anche se è alto poco più di un metro, chissà come è riuscito ad aprire il cancelletto a prova di bambino. Quindi si finge cameriere, dà il benvenuto a Adrian nel nostro "ristorante" e lo accompagna al tavolo.

Lui si meraviglia per ciò che abbiamo preparato. «Vorrei restare qui a mangiare tutto il giorno! *El jefe* però mi concede solo un'ora. Dopo verrà a cercarmi, e non sarà piacevole per nessuno.»

«Mangeremo in fretta, per poter nuotare» gli dice Teddy. «Poi possiamo giocare a Marco Polo!»

Faccio a Adrian una marea di raccomandazioni. Gli ricordo più volte che Teddy deve mettere i braccioli, che per lui l'acqua è troppo profonda anche dov'è più bassa. Sono troppo nervosa per mangiare. Continuo a gettare occhiate al cottage, dove Mitzi sta lavorando già da un'ora per approntare la nostra "evocazione". Non è sicura che funzioni. In circostanze ideali, dice, Teddy dovrebbe sedere insieme a noi alla tavoletta. Concorda però sul fatto che averlo a una ventina di metri di distanza potrebbe già essere sufficiente, e del resto è l'unica opportunità che sono disposta a contemplare.

Teddy ha voglia di nuotare, così mangia solo mezzo sandwich e dice che non ha più fame. Adrian sa che sono pronta a cominciare, perciò mangia in fretta e poi alza Teddy da terra con un braccio solo.

«Sei pronto, Mr. T?»

Teddy strilla, fuori di sé dalla gioia.

E adesso viene il bello: «Teddy, ti dispiace se Adrian resta con te per un po'? Devo fare una cosa nel cottage».

Come mi aspettavo, Teddy è al settimo cielo. Corre sul cemento intorno alla piscina, sventolando le braccia come un forsennato, assolutamente euforico perché Adrian – Adrian! – gli farà da babysitter.

«Per favore, stai attento. Non perderlo di vista. Nemmeno per un secondo. Se gli succede qualcosa...»

«Andrà tutto bene» promette Adrian. «Ma più che altro sono preoccupato per te. È la prima volta che usi una tavoletta ouija?»

«La prima volta dopo le scuole medie.»

«Stai attenta, promesso? Grida se ti serve qualcosa.»

Scuoto la testa. «Non avvicinarti al cottage. Anche se ci senti gridare. Non voglio che Teddy sappia cosa stiamo facendo. Se lo dice ai genitori, quelli sclerano di nuovo.»

«Ma se c'è un problema?»

«Mitzi dice che di queste sedute ne ha già fatte un centinaio. Sostiene che sono assolutamente sicure.»

«E se si sbagliasse?»

Gli assicuro che andrà tutto bene, ma non sono certa di essere convincente. Mitzi oggi mi ha già telefonato sei volte per avvertirmi di alcune importanti precauzioni e restrizioni. Mi ha proibito di mettere gioielli o profumi. Niente trucco, cappelli o sciarpe, e niente scarpe aperte. A ogni conversazione sembrava sempre più sconvolta. Mi ha spiegato che usa il THC per "sbloccare" la sua rete neurale, e io temo che tutta quella cannabis l'abbia resa paranoica.

Teddy torna di corsa nella nostra direzione, va a sbattere contro le ginocchia di Adrian e per poco non lo fa cadere in piscina. «Sei pronto? Ora possiamo nuotare?»

«Divertitevi!» dico. «Torno tra un attimo.»

Quando arrivo al cottage, Mitzi ha ultimato i preparativi. Sul ripiano della cucina c'è una pila di testi di consultazione e alle finestre sono appesi dei pesanti teli neri per non far entrare la luce del sole. Non appena apro la porta d'ingresso, sbattendo le palpebre per abituarmi alla penombra, la sorprendo a guardare fuori Adrian che si toglie la maglietta. «Ehi, ehi, ehi. Ma dove l'hai trovato quello splendido Scarlet Knight?»

Non sembra riconoscerlo senza l'attrezzatura da giardiniere, e non capisce che è lo stesso uomo che solo poche settimane fa ha praticamente tacciato di stupratore.

«Abita da queste parti.»

«E ti fidi a lasciargli il bambino? Non ci disturberà?»

«Andrà tutto bene.»

Chiudo la porta, ed è come sigillarmi dentro a una tomba. L'aria è impregnata dell'odore di legno della salvia che brucia. Mitzi spiega che ridurrà le interferenze da parte di spiriti poco amichevoli. In giro per la stanza ha sistemato una mezza dozzina di candele votive, per darci luce a sufficienza. C'è un drappo di stoffa nera sul tavolo della cucina con la tavoletta di legno poggiata al centro, circondata da un anello di minuscoli cristalli. «Sale marino» mi spiega. «Una precauzione eccessiva, ma visto che per te è la prima volta, meglio non correre rischi.»

Prima di iniziare, mi chiede se può rivedere i disegni che ho ricevuto. Ormai ne ho una bella collezione; questa mattina presto mi sono svegliata e ne ho trovati altri tre sul pavimento del cottage, come se li avessero fatti scivolare sotto la porta d'ingresso.

Mitzi sembra particolarmente turbata dall'ultimo disegno, dal profilo della donna. Indica la sagoma all'orizzonte.

«Chi è questa persona che va verso di lei?»

«A me sembra che si stia allontanando.»

Mitzi è scossa da un brivido, poi alza le spalle. «Credo che dovremmo semplicemente chiedere. Sei pronta?»

«Non lo so.»

«Devi andare in bagno?»

«No.»

«Hai spento il telefono?»

«Sì.»

«Allora sei pronta.»

Ci sediamo alle estremità opposte del tavolo. Tra noi c'è una terza sedia, lasciata libera per Anya. Nel buio del cottage mi sento come se mi fossi lasciata Spring Brook alle spalle. O piuttosto mi sembra di essere allo stesso tempo dentro e fuori Spring Brook. L'aria è diversa; più densa, più difficile da respirare. Sento Teddy che ride, Adrian che grida «Tuffo a bomba!» e gli schizzi d'acqua nella piscina, ma sono tutti rumori leggermente distorti, come se li ascoltassi con una cattiva connessione telefonica.

Mitzi sistema un puntatore a forma di cuore al centro della tavoletta e mi invita a poggiare le dita su un lato. Sotto il puntatore ci sono tre minuscole rotelle in ottone; basta il minimo tocco a spingerlo via da me. «Stai ferma, meglio non spingere» mi spiega. «Lasciamo fare a questo arnese.»

Fletto le dita, cercando di rilassarle. «Scusa.»

Mitzi poggia le mani sul lato opposto del puntatore. Poi chiude gli occhi.

«Okay, Mallory. Adesso inizierò l'evocazione. Entrerò in contatto con lei. Quando avremo instaurato un buon rapporto, ti lascerò fare le tue domande. Per adesso chiudi gli occhi e rilassati. Fai dei bei respiri per purificarti: dentro attraverso il naso e fuori dalla bocca.»

Sono nervosa e un po' imbarazzata, ma la voce di Mitzi è rassicurante. Mi sorprendo a imitarla, a riprodurne la postura, il ritmo del respiro. L'incenso mi rilassa i muscoli e placa i pensieri. Tutte le mie preoccupazioni quotidiane – Teddy, i Maxwell, la corsa, restare sobria – cominciano a svanire.

«Benvenuti, spiriti» dichiara Mitzi, e io scatto all'indietro, sorpresa dal volume della sua voce. «Questo è uno spazio sicuro. Accogliamo la vostra presenza. Vi invitiamo a unirvi a noi in conversazione.»

Fuori dal cottage sento ancora i rumori della piscina, Teddy che scalcia e schizza l'acqua dappertutto. Poi però mi concentro di più e riesco a escluderli. Rilasso le dita, mantenendo il contatto con il puntatore senza esercitare alcuna pressione.

«Annie Barrett: vogliamo parlare con Annie Barrett» continua Mitzi. «Sei qui, Annie? Puoi sentirci?»

Più resto su quella sedia di legno duro, più sono consapevole di tutti i punti di contatto del mio corpo: il sedile sotto al sedere, lo schienale contro le scapole. Osservo il puntatore, aspettando il minimo segno di movimento. La salvia che brucia scoppietta e sfrigola.

«E Anya? È presente qualcuno che si chiama Anya? Riesci a sentirci, Anya?»

Ho le palpebre pesanti e mi concedo di abbassarle. Mi sembra di essere ipnotizzata, è come se avessi raggiunto gli ultimi istanti al termine di una giornata, come quando sono sdraiata nel tepore del letto sotto a una coperta comoda, pronta ad abbandonarmi al sonno.

«Sei qui, Anya? Sei disposta a parlare con noi?»

Nessuna risposta.

Non ascolto più i rumori in sottofondo. Sento solo il respiro faticoso di Mitzi.

«Permettici di aiutarti, Anya. Per favore. Stiamo ascoltando.»

Poi qualcosa mi sfiora la nuca. Come se una persona fosse passata dietro alla mia sedia. Mi volto e non c'è nessuno, ma quando guardo di nuovo la tavoletta ouija avverto qualcuno dietro di me, che mi si china addosso. Lunghi capelli morbidi mi scendono sulla guancia e mi sfiorano la spalla. Un peso invisibile mi spinge la mano, una pressione delicata eppure insistente, che spinge in avanti il puntatore. Una delle rotelle cigola appena, come il verso di un topolino.

«Benvenuto, spirito!» dice Mitzi sorridendo, e capisco che non ha idea di cosa stia succedendo; è evidente che non vede né sente quello che ho dietro. «Grazie per avere risposto alla nostra chiamata!»

Un alito caldo mi fa il solletico alla nuca, mi viene la pelle d'oca. Sento una pressione più forte sulla mano e sul polso, che guida il puntatore sulla tavoletta disegnando cerchi ampi e lenti.

«Anya?» domanda Mitzi. «Stiamo parlando con Anya?»

Sulla tavoletta ci sono stampati un alfabeto standard e i numeri da zero a nove, e agli angoli superiori ci sono le parole SI e NO. Guardo passiva, come fossi soltanto una spettatrice, mentre il puntatore si ferma per un attimo sulla lettera *I*, per poi spostarsi sulla *G* e sulla *E*. Mitzi tiene quattro dita sul puntatore, ma nella mano libera ha una matita per trascrivere i risultati su un blocco: *I-G-E*? Ha la fronte imperlata di sudore. Mi guarda e scuote la testa, imperterrita.

«Parla pure lentamente, spirito» dice. «Abbiamo tutto il tempo. Vogliamo capirti. Sei Anya?»

Il puntatore passa sulla *N*, poi sulla *X* e infine sulla *O*.

«Ti stai chinando troppo» sussurra Mitzi infastidita, e capisco che sta parlando con me.

«Come?»

«Sul tavolo. Stai spingendo, Mallory.»

«Non sono *io*.»

«Appoggiati allo schienale. Stai dritta.»

Sono troppo impaurita per discutere con lei, per dirle la verità. Non voglio interrompere qualsiasi cosa stia succedendo.

«Spirito, accoglieremo il tuo messaggio! Accoglieremo qualunque informazione tu voglia condividere.»

Sento una pressione più forte sulla mano e il puntatore si sposta in fretta girando sulla tavoletta, fermandosi su una successione confusa di lettere, come se la comunicazione con lo spirito fosse disturbata: *L-V-A-J-X-S*. Mitzi trascrive ancora tutto, ma sembra sempre più irritata. Il risultato appare come una semplice accozzaglia di lettere.

Il puntatore di legno pulsa di energia, come il cuore di un piccolo animale impaurito che batte all'impazzata. Vola sulla tavoletta e Mitzi riesce a stento a seguirlo, trascrivendo le lettere con una mano sola. L'aria è così pesante che si soffoca; ho le lacrime agli occhi e non so perché il rilevatore di fumo non scatta. Poi Mitzi solleva le dita, ma il puntatore continua a muoversi. La mia mano lo spinge sulla tavoletta; vola oltre il bordo del tavolo e finisce rumorosamente sul pavimento. Mitzi si alza, furibonda. «Lo sapevo! Stavi spingendo! Per tutto questo tempo spingevi!»

Non sento più la pressione sulla mano e all'improvviso esco dalla trance. La stanza torna a fuoco. È mezzogiorno e tre quarti di un mercoledì e sento Adrian in giardino che conta: «Sei, sette...». Mitzi mi fulmina con lo sguardo.

«È stata Anya. Non sono stata io.»

«Ti guardavo, Mallory. Ti ho vista!»

«Otto!»

«Era Anya a muovermi la mano. Mi stava guidando.»

«Non siamo a un pigiama party, non è un gioco. Con queste cose io ci vivo, e le prendo molto sul serio.»

«Nove!»

«Mi hai fatto perdere tempo. Mi hai fatto sprecare tutta la giornata!»

All'improvviso sbatto le palpebre contro la luce del giorno. La porta del cottage si è spalancata e in veranda c'è il piccolo Teddy che sbircia nel buio. Si porta un dito alle labbra e ci fa cenno di fare silenzio. In giardino Adrian esclama: «Dieci! Arrivo!».

Teddy si infila dentro e piano piano chiude la porta. Poi si guarda intorno, meravigliato per le candele votive e le finestre oscurate e il tavolo con il cerchio di sale marino. «A cosa giocate?»

«Tesoro, questa è una tavoletta per chiamare gli spiriti» dice Mitzi, invitandolo a guardare più da vicino. «Nelle mani giuste è uno strumento che permette di comunicare con i morti.»

Teddy mi guarda in cerca di conferme, come se non riuscisse a credere che Mitzi stia dicendo la verità. «Davvero?»

«No, no, no.» Sono già scesa dalla sedia e lo sto accompagnando verso la porta. «È solo un giocattolo. Solo un gioco.» L'ultima cosa di cui ho bisogno è che Teddy racconti ai genitori di una seduta spiritica. «Stiamo solo facendo finta. Non è reale.»

«È *molto* reale» ribatte Mitzi. «Se rispetti il suo potere. Se la prendi sul serio.»

Apro la porta e vedo Adrian dalla parte opposta del giardino che cerca Teddy tra gli alberi lungo Hayden's Glen. «Quaggiù» gli grido.

Si mette a correre e Teddy mi sfreccia tra le gambe, scattando sull'erba, ancora impegnato nella partita a nascondino.

«Mi dispiace» si scusa Adrian. «Gli avevo detto di non allontanarsi dalla piscina. Spero che non abbia rovinato niente.»

«Era già tutto rovinato» risponde Mitzi. Sta riponendo le sue cose, spegnendo le candele e raccogliendo i bruciatori per l'incenso. «Non ci sono spiriti nel cottage. Non ci sono mai stati. È solo una storia che si è inventata perché voleva un po' di attenzioni.»

«Non è vero!»

«Ho usato almeno cento volte questa tavoletta. Non si è mai comportata così.»

«Ti giuro che...»

«Giuralo al tuo Scarlet Knight qui, okay? Piangi sulla sua spalla e magari sarà dispiaciuto per te. Ma non chiedermi di perdere altro tempo.»

Caccia i libri nella borsa e mi passa accanto in tutta fretta; per poco non inciampa mentre scende i gradini del cottage.

«Che cosa è successo?» domanda Adrian.

«Anya era qui, Adrian. Dentro il cottage. Te lo giuro, la sentivo sopra di me. Che mi spostava il braccio. Ma le lettere non volevano dire niente. Nessuna parola. Poi nel bel mezzo della seduta Mitzi ha perso il controllo. Ha iniziato a gridarmi contro.»

Guardiamo dalla veranda mentre Mitzi attraversa il prato barcollando, gira a sinistra e poi si sposta con troppa enfasi verso destra, incapace di mantenere una linea retta.

«Sta bene?» chiede Adrian.

«Be', è strafatta, ma immagino che faccia parte della procedura.» Teddy, affranto, attraversa il giardino. Sembra comprendere che è successo qualcosa di brutto, che i grandi sono scossi. Con voce piena di speranza domanda: «Nessuno vuole giocare a nascondino?».

Adrian si scusa e spiega che deve andare. «Devo tornare, altrimenti *el jefe* perderà le staffe.»

«Ci gioco io» dico a Teddy. «Dacci solo un minuto.»

È chiaro che questa non è la risposta che desiderava. Scarpina per il giardino fino al patio, deluso da entrambi.

«Stai bene?» mi chiede Adrian.

«Sto bene. Spero solo che Teddy non dica niente ai genitori...»

Ma sono praticamente sicura che lo farà.

16

Dopo la festa in piscina Teddy sale in camera sua per il riposino e io resto di sotto in soggiorno. Forse non voglio sapere cosa sta facendo lassù. Forse le cose andranno meglio per me se smetto di fare troppe domande.

Nel pomeriggio facciamo una lunga passeggiata nella Foresta Incantata. Seguiamo la Strada di Mattoni Gialli fino al Passo del Drago e poi al Fiume del Re, e provo a inventarmi una nuova storia sulla principessa Mallory e il principe Teddy. Il principe Teddy però vuole solo parlare della tavoletta per gli spiriti. Servono le pile? Come trova le persone morte? Si possono trovare *tutti* i morti? Si può trovare anche Abraham Lincoln? Continuo a rispondere «Non lo so» e spero che così perda interesse. E invece mi domanda quanto costa una tavoletta per gli spiriti, e se è possibile fabbricarne una.

Alla solita ora Caroline torna a casa dal lavoro e io vado a fare una lunga corsa, contenta di allontanarmi e scaricare un po' di stress. Sono quasi le sette quando torno al cottage, Ted e Caroline mi aspettano in veranda. Appena li guardo in faccia capisco che sanno tutto.

«È andato bene l'allenamento?» chiede Ted. Ha un tono leggero, come se fosse deciso a mantenere un'atmosfera piacevole.

«Niente male. Quasi quindici chilometri.»

«Sul serio? Notevole.»

A Caroline però non interessano i convenevoli. «C'è qualcosa che dovresti dirci?»

Mi sembra di essere stata portata a forza nell'ufficio del preside e costretta a svuotarmi le tasche. Non mi viene in mente altro che fare la gnorri: «Che c'è che non va?».

Mi mette in mano un foglio di carta. «Prima di cena ho trovato questo disegno. Teddy non voleva mostrarmelo. Ha tentato di nasconderlo. Io però ho insistito. Adesso guarda questa immagine e dimmi perché non dovremmo licenziarti all'istante.»

Ted le poggia una mano sul braccio. «Non esageriamo.»

«Non trattarmi con supponenza, Ted. Noi paghiamo Mallory perché badi a nostro figlio. E lei lo ha lasciato da solo con il giardiniere. Per andare a giocare con la tavoletta ouija. Con quella tossicomane che abita nella casa accanto. In cosa starei esagerando?»

Il disegno non somiglia affatto a quelli oscuri e sinistri che ho trovato in veranda e sul frigorifero. Sono i vecchi pupazzetti di Teddy: io e una donna arrabbiata, che ovviamente è Mitzi, intorno a un rettangolo coperto di lettere e numeri.

BX03
A
14011

«Lo *sapevo*!»

Caroline stringe le palpebre. «Sapevi cosa?»

«Anya era lì! Alla seduta! Mitzi mi ha accusata di spingere il puntatore, ma in realtà è stata Anya! Era *lei* a muoverlo. Teddy l'ha vista. Il disegno lo prova!»

Caroline è allibita. Si volta verso Ted, che alza le mani e ci supplica di calmarci. «Facciamo tutti un bel respiro, d'accordo? Cerchiamo di capire di cosa stiamo parlando.»

Ovviamente però sono confusi. Non hanno visto tutto quello che ho visto io. Non mi crederanno mai se non vedono i disegni. Apro la porta del cottage e li invito a seguirmi dentro. Prendo il fascio dei fogli e li sistemo uno accanto all'altro sul letto. «Guardate. Riconoscete la carta, giusto? È quella del blocco di Teddy. Lunedì scorso ho trovato i primi tre in veranda. Ho chiesto a Teddy e lui mi ha detto che non c'entrava nulla. La sera dopo sono andata a cena con Russell. Avevo chiuso a chiave la porta. Ma quando sono tornata c'erano altri tre disegni attaccati al frigorifero. Così ho nascosto una telecamera in camera di Teddy...»

«Hai fatto *cosa*?» sbotta Caroline.

«Il baby monitor. Era nel vostro seminterrato. Ho messo la telecamera in camera sua durante il riposino e l'ho guardato disegnare.» Indico i tre fogli successivi. «L'ho guardato mentre disegnava questi. Usava la mano destra.»

Caroline scuote la testa. «Scusa, Mallory, ma parliamo di un bambino di cinque anni. Siamo tutti d'accordo che Teddy è molto dotato, ma non è assolutamente capace di...»

«Voi non mi capite. Teddy non ha fatto quei disegni. È stata Anya. Lo spirito di Annie Barrett. Viene a trovare Teddy quando è in camera sua. Lo usa come una marionetta. Non so come, ma controlla il suo corpo, ed è lei che fa i disegni e me li porta al cottage. Perché vuole dirmi qualcosa.»

«Mallory, rallenta» dice Ted.

«Abbiamo provato con la seduta perché Anya lasciasse in pace Teddy. Volevo comunicare con lei. Direttamente. Tenere Teddy fuori. Qualcosa però è andato storto. Non ha funzionato.»

Mi fermo per versarmi un bicchiere d'acqua e buttarlo giù. «So che sembra una follia. Qui però ci sono tutte le prove che vi servono. Guardate questi disegni. Sono collegati, raccontano una storia. Aiutatemi a capire qual è, vi prego.»

Caroline si lascia cadere su una sedia e seppellisce il volto tra le mani. Ted riesce a rimanere composto, come se fosse deciso a risolvere la conversazione. «Vogliamo aiutarti, Mallory. Sono contento che tu sia aperta e sincera con noi. Prima di provare a capire questi disegni, però, dobbiamo essere d'accordo su un paio di cose, okay? E la principale è che i fantasmi non esistono.»

«Non potete provarlo.»

«Perché è impossibile provare qualcosa che non c'è! Guardala da un altro punto di vista: non hai prove che il fantasma di Annie Barrett sia reale.»

«Questi disegni sono una prova! È la carta del blocco di Teddy. Se non li ha fatti lui, e se Annie non li ha portati al cottage per magia, come ci sono arrivati?»

Vedo che l'attenzione di Caroline si è spostata sul comodino, dove tengo il telefono, il tablet, la Bibbia e il blocco per gli schizzi che Teddy mi ha dato un mese fa, quando ho iniziato a lavorare per i Maxwell.

«Oh, andiamo» le dico. «Credi che sia *io* a disegnarli?»

«Non l'ho mai detto» risponde Caroline. Però sento lavorare la sua mente, sento che sta valutando quella teoria.

Dopotutto avevo spesso dei vuoti di memoria, no?

La settimana scorsa è sparita una scatola di matite di Teddy, no?

«Chiediamo a vostro figlio» propongo. «Lui non mentirà.»

Basta un minuto per attraversare il giardino e salire in camera di Teddy. Si è già lavato i denti e messo il pigiama da pompiere. È sul pavimento, accanto al letto, sta costruendo una casa con i mattoncini e ne riempie le stanze di animali di plastica. Non lo abbiamo mai affrontato in questo modo, tutti e tre in camera sua, stressati e su di giri. Capisce subito che c'è qualcosa che non va.

Ted si avvicina al letto e lo spettina. «Ehi, giovanotto.»

«Dobbiamo farti una domanda importante» gli spiega Caroline. «E abbiamo bisogno che tu ci dica la verità.» Prende i disegni e li sparge sul pavimento. «Questi li hai fatti tu?»

Scuote la testa. «No.»

«Non *ricorda* di averli fatti» le dico. «Perché entra in una specie di trance. Come un sonno crepuscolare.»

Caroline si inginocchia accanto a suo figlio e inizia a giocare con una capretta di plastica, cercando di mantenere un tono leggero. «Ti ha aiutato Anya a fare questi disegni? Ti ha detto lei cosa disegnare?»

Fisso Teddy, cercando di stabilire un contatto visivo, ma non vuole guardarmi. «Lo so che Anya non è reale» dice ai genitori. «Anya è solo un'amica immaginaria. Anya non potrebbe disegnare niente.»

«Certo che no» commenta Caroline. Poi gli mette un braccio intorno alle spalle e lo stringe a sé. «Hai assolutamente ragione, tesoro.»

A un tratto penso che sto impazzendo. È come se stessimo tutti ignorando volontariamente l'ovvio, come se all'improvviso avessimo tutti deciso che due più due fa cinque.

«Ma lo sentite quest'odore, o no? Guardatevi intorno. Le finestre sono aperte, l'aria condizionata è accesa, le lenzuola sono pulite, le ho lavate io oggi, le lavo tutti i giorni, ma qui c'è sempre cattivo odore. Come di zolfo, di ammoniaca.» Caroline mi lancia uno sguardo di avvertimento, però non capisce quale sia il punto. «Non è colpa di Teddy! È Anya! È il suo odore! È l'odore della decomposizione, è...»

«Basta» mi dice Ted. «Basta parlare, okay? Comprendiamo che sei scossa. Ti ascoltiamo, va bene? Ma se dobbiamo risolvere questo problema, dobbiamo basarci sui fatti. Su delle verità assolute. Voglio essere sincero con te, Mallory: in questa stanza non sento alcun odore. Credo che nella stanza di Teddy ci sia un buon odore.»

«Anch'io» dice Caroline. «Nell'odore di questa stanza non c'è niente che non vada.»

Adesso sono sicura di stare impazzendo.

Penso che Teddy sia la mia unica speranza, ma ancora non riesco a costringerlo a guardarmi. «Andiamo, Teddy, ne abbiamo parlato. Conosci quest'odore; me lo hai detto tu che era Anya.»

Scuote la testa, si morde il labbro inferiore e all'improvviso scoppia in lacrime. «Lo so che non è reale» dice alla madre. «Lo so che è finta. So che è solo immaginazione.»

Caroline lo abbraccia. «Ma certo» lo rassicura provando a consolarlo, poi si volta verso di me. «Credo che ora dovresti andare.»

«Aspetta...»

«No. Abbiamo già parlato abbastanza. Teddy deve andare a letto e tu devi tornare al cottage.»

E malgrado le lacrime di Teddy capisco che probabilmente ha ragione, che non posso fare altro per lui. Raccolgo i disegni ed esco dalla stanza. Ted mi segue al pianoterra.

«Vi sta mentendo» gli dico. «Vi dice quello che volete sentire, così non si metterà nei guai. Ma non ci crede. Evitava di guardarmi.»

«Forse aveva paura di guardarti» ribatte Ted. «Forse aveva paura che ti arrabbiassi se diceva la verità.»

«E ora che succede? Tu e Caroline mi licenzierete?»

«No, Mallory, certo che no. Credo che ci prenderemo la notte per darci una calmata. Per tentare di schiarirci le idee. Sei d'accordo?»

Se sono d'accordo? Non lo so. Non credo di volermi schiarire le idee. Sono ancora convinta di avere ragione e che loro siano nel torto: ho trovato gran parte dei pezzi del puzzle e adesso devo solo sistemarli nell'ordine giusto.

Ted mi prende tra le braccia.

«Ascolta, Mallory: qui sei al sicuro. Non corri alcun pericolo. Non permetterò che ti succeda niente di male.»

Sono ancora sudata dopo la corsa – sono sicura di avere un odore terribile –, ma Ted mi attira a sé e mi liscia i capelli sulla nuca con una mano. Qualche attimo dopo passa da volermi consolare a qualcosa di più strano; sento il suo alito caldo che mi sfiora il collo, sento ogni centimetro del suo corpo premuto contro di me e non sono sicura di come liberarmi dalla sua stretta.

Poi però sentiamo Caroline percorrere a grandi passi il corridoio. Ted scatta in avanti e io mi sposto nella direzione opposta, scivolando dalla porta sul retro per non dover rivedere sua moglie.

Non so cosa sia appena successo, ma credo che Ted abbia ragione.

Qualcuno ha proprio bisogno di prendersi la notte per darsi una calmata.

17

Quanto torno al cottage trovo sul telefono un messaggio di Adrian, solo due parole: *buone notizie*. Lo richiamo e lui risponde al primo squillo.

«La biblioteca ha trovato qualcosa.»

«Qualcosa come una fotografia di Annie Barrett?»

«Meglio. Un libro sui suoi quadri.» Sento altre voci in sottofondo, uomini e donne che ridono, come se si trovasse in un bar.

«Vuoi che ci vediamo?»

«Sì, ma ho bisogno che venga tu qui. A casa dei miei genitori. Hanno gente a cena e ho promesso di mangiare con i loro amici. Però se vieni tu mi potrò liberare.»

Sono ancora vestita in abbigliamento da corsa, non ho fatto stretching e dopo tutti quei chilometri sto impazzendo dalla fame e dalla sete, ma gli dico che sarò lì nel giro di mezz'ora. Un giorno senza stretching non mi ucciderà.

Trangugio un altro bicchiere d'acqua, mi preparo in fretta un sandwich e corro a farmi la doccia. Tre minuti dopo metto uno dei vestiti più carini di Caroline, un miniabito verde menta con un motivo a fiorellini bianchi. Poi mi precipito al Castello Fiorito.

Invece dei suoi genitori viene ad aprire direttamente Adrian, e sono sollevata. È vestito casual, da country club: una polo rosa infilata in un paio di pantaloni cachi con la cintura.

«Tempismo perfetto» commenta. «Abbiamo appena servito il dessert.» Poi si avvicina e sussurra: «A ogni modo i miei genitori vogliono sapere perché siamo tanto interessati ad Annie Barrett. Allora gli ho detto che hai trovato degli schizzi nel cottage, nascosti sotto le assi del pavimento. Ho detto che stai cercando di scoprire se li ha fatti Annie. Una piccola bugia innocente mi sembrava più semplice della verità».

«Capisco» dico, ed è vero, più di quanto lui possa immaginare.

Il Castello Fiorito è molto più grande della casa dei Maxwell, ma dentro sembra più piccolo, più caldo e più intimo. Tutte le stanze sono arredate in *mission style*: le pareti sono adorne di ritratti di famiglia e mappe del Centro e Sud America, e sembra che la sua famiglia abiti lì da anni. Passiamo accanto a un pianoforte verticale e a un armadietto delle curiosità pieno di oggetti in ceramica, e a ogni finestra ci sono piante verdi piene di foglie. Vorrei soffermarmi su ogni cosa, ma Adrian entra in una sala da pranzo molto rumorosa con una dozzina di persone di mezza età. Sono tutti riuniti attorno a un tavolo coperto di bicchieri di vino e piattini per il dessert. Ci sono cinque conversazioni diverse che si svolgono in contemporanea, e nessuno si accorge che siamo arrivati finché Adrian non fa dei cenni con le mani per attirare l'attenzione.

«Vi presento Mallory» dice. «Lavora come tata per l'estate, per una famiglia di Edgewood Street.»

A capotavola Ignacio alza il bicchiere per fare un brindisi, versandosi del vino rosso sulla mano e sul polso. «Ed è un'atleta della Big Ten! Fa le gare di fondo per la Penn State!»

Gli ospiti reagiscono come se fossi Serena Williams fresca dell'ultima vittoria a Wimbledon. La madre di Adrian, Sofia, fa il giro del tavolo con una bottiglia di Malbec, riempiendo i bicchieri, e mi poggia sulla spalla una mano solidale. «Perdona mio marito» dice. «È un po' *achispado.*»

«Vuol dire "brillo"» traduce Adrian, poi punta il dito in giro per la sala da pranzo presentandomi a tutti. Sono troppi nomi perché possa ricordarli: ci sono il capo dei pompieri di Spring Brook, una coppia lesbica che gestisce il panificio della città e una coppia di vicini che abitano nello stesso isolato.

«Immagino che tu sia venuta per quel libro della biblioteca» dice Sofia.

«Sì, ma non voglio interrompere...»

«Ma figurati, conosco queste persone da trent'anni. Non abbiamo più niente da dirci!» I suoi amici ridono, e Sofia prende una cartellina dal ripiano della cucina. «Andiamo a parlare in giardino.»

Apre una porta scorrevole di vetro e io la seguo dietro alla casa, nel giardino più stravagante che abbia mai visto. Siamo a metà luglio ed è tutto in fiore: ortensie azzurre, zinnie scarlatte, emerocallidi gialle e una serie di fiori esotici che non ho mai visto prima. Ci sono panchine e viottoli in pietra e archi coperti di campanule viola; vasche per uccelli e altri viottoli di mattoni e file di girasoli più alti di me. Al centro di tutto c'è un gazebo in legno di cedro con un tavolo e alcune sedie, che guarda su un laghetto con le carpe koi con una cascata che scroscia lenta. Vorrei avere più tempo per ammirare ogni cosa:

mi sembra di essere a Disneyland, ma capisco che per Adrian e Sofia è solo il loro giardino sul retro, niente di che.

Ci spostiamo sotto al gazebo e Adrian usa un'app sul telefono per rendere più brillanti le luci appese al soffitto. Poi ci sediamo tutti e Sofia attacca a parlare.

«È una ricerca complessa. La prima sfida è che la storia è molto vecchia, dunque in rete non si trova nulla. La seconda sfida è che Annie Barrett è morta subito dopo la Seconda guerra mondiale, e così tutti i giornali parlavano ancora soltanto dell'Europa.»

«E i giornali locali?» domando. «Spring Brook non aveva quotidiani?»

«L'*Herald*» risponde lei annuendo. «Lo hanno pubblicato dal 1910 al 1991, ma i microfilm sono andati perduti nell'incendio del magazzino. Sono andati in fumo.» Fa un gesto – *puf* – e noto un minuscolo tatuaggio sull'avambraccio sinistro: una rosa a gambo lungo, elegante e di buon gusto, ma sono comunque sorpresa. «Ho controllato se in biblioteca avessimo ancora delle copie cartacee, ma non ho avuto fortuna. Non c'è niente prima del 1963. Allora ho creduto di essere in un vicolo cieco, poi un collega mi ha indicato lo scaffale degli autori locali. In genere ogni volta che qualcuno in città pubblica un libro ne ordiniamo una copia. Per gentilezza. Per lo più sono gialli o libri di memorie, ma a volte si occupano di storia locale. E ho trovato questo.»

Prende un libriccino che ha nel fascicolo, più simile a un opuscolo in realtà: una trentina di pagine con la copertina rigida rilegate con grosse graffe industriali arrugginite. Il frontespizio sembra scritto con una vecchia macchina da scrivere manuale:

OPERE COMPLETE
DI ANNE C. BARRETT
(1927-1948)

«Non era nel catalogo» continua Sofia. «In cinquant'anni non credo che questo libro sia mai circolato.»

Lo accosto al viso. Ha un odore pungente, di muffa, come se le pagine fossero marcite. «Perché è così piccolo?»

«Suo cugino volle pubblicarlo a sue spese. Una tiratura limitata, solo per amici e familiari, credo che uno di loro ne abbia donata una copia alla biblioteca. Sulla prima pagina c'è una nota di George Barrett.»

La copertina è vecchia e fragile, come una buccia secca, pronta a sgretolarmisi tra le dita. L'apro con attenzione e comincio a leggere:

Nel marzo del 1946 mia cugina Anne Catherine Barrett lasciò l'Europa per iniziare una nuova vita negli Stati Uniti. Come gesto di carità cristiana io e mia moglie Jean invitammo "Annie" a venire a stare con la nostra famiglia. Io e Jean non abbiamo fratelli, e non vedevamo l'ora di avere un altro parente adulto in casa nostra, qualcuno che ci aiutasse a crescere le nostre tre figlie piccole. Quando arrivò negli Stati Uniti, Annie aveva appena diciannove anni. Era molto bella, ma come molte giovani donne anche molto sciocca. Io e Jean ci sforzammo in ogni modo di introdurla nella comunità di Spring Brook. Io sono consigliere comunale e sono anche diacono alla parrocchia di St. Mark. Mia moglie Jean è molto attiva nel Woman's Club. I nostri amici più intimi accolsero mia cugina nella comunità con gentilezza e premura, invitandola spesso, ma Annie non accettava mai.

Stava sempre da sola e diceva di essere un'artista. Passava il tempo libero a dipingere nel suo cottage o a passeggiare a piedi nudi nel bosco dietro a casa nostra. A volte la notavo mentre se ne stava a quattro zampe, come un animale, a guardare da vicino i bruchi o ad annusare i fiori.

Jean mise insieme un breve elenco di incombenze quotidiane da farle svolgere in cambio di vitto e alloggio. Quasi ogni giorno quelle incombenze restavano da svolgere. Annie non mostrava alcun interesse a far parte della nostra famiglia, della nostra comunità, né tantomeno del grande esperimento americano.

Io ero spesso in disaccordo con Annie e le sue scelte. Le facevo notare sovente che si stava comportando in modo irresponsabile, o addirittura immorale, e che tutte le sue decisioni sbagliate le si sarebbero ritorte contro. Non ricavo alcuna soddisfazione dal sapere che le circostanze mi hanno dato ragione.

Il 9 dicembre 1948 mia cugina fu aggredita e portata via dal piccolo cottage per gli ospiti sul retro della nostra proprietà. Mentre scrivo queste parole, quasi un anno dopo, Annie viene considerata morta dalla polizia locale, e temo che il suo corpo sia stato sepolto da qualche parte nei centoventi ettari dietro casa mia.

In seguito a questa tragedia molti vicini a Spring Brook ci hanno offerto le loro preghiere e la loro vicinanza. Ho compilato questo libro in segno di apprezzamento per il loro sostegno. Malgrado le divergenze con mia cugina, sono sempre stato convinto che avesse dentro di sé una scintilla creativa, e questa raccolta vuole essere un modo per ricordare i suoi piccoli successi. Ho raccolto qui tutti i dipinti lasciati da Anne Catherine Barrett al tempo della sua scomparsa. Ove possibile, ho incluso titoli e date. Che questi quadri restino come tributo a un'esistenza triste e tragica, conclusasi troppo presto.

George Barrett
Novembre 1949
Spring Brook, New Jersey

Mi metto a girare le pagine. Il libro è pieno di fotografie sfocate in bianco e nero dei quadri di Annie. Quadri intitolati *Narcisi* o *Tulipani* con rettangoli sinuosi che non somigliano affatto a dei fiori. E un altro intitolato *Volpe*, con una serie di linee che attraversano la pagina in diagonale. Nell'intero libro non c'è nulla di lontanamente realistico, solo forme astratte, chiazze e grumi di pittura, come se qualcuno si fosse divertito a centrifugare i colori.

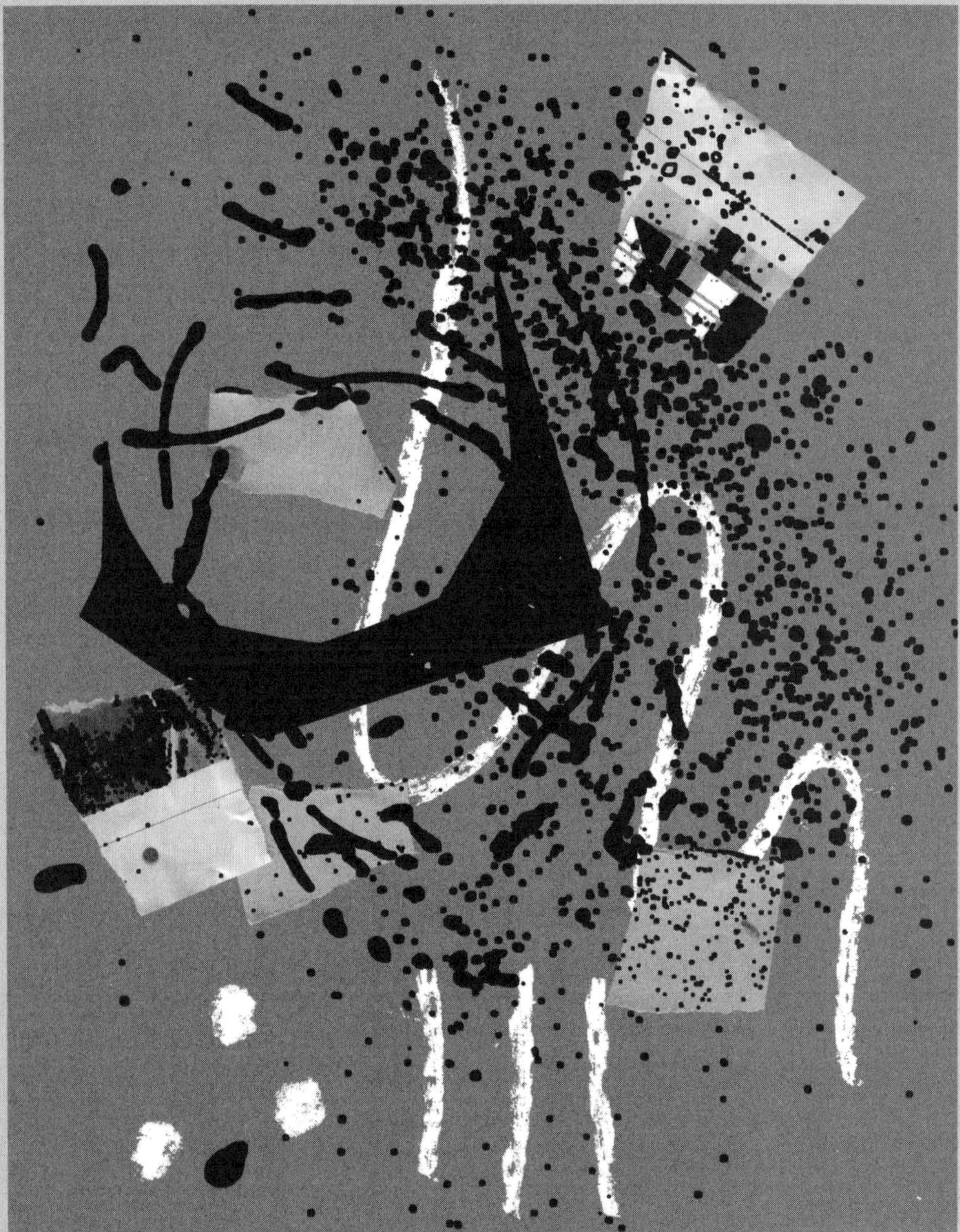

È una delusione enorme. «Questi disegni non somigliano per niente a quelli nel cottage.»

«Dipingere è una cosa, disegnare un'altra» commenta Sofia. «Alcuni artisti usano stili diversi per finalità diverse. Oppure mischiano le cose. Uno dei miei artisti preferiti, Gerhard Richter, si è spostato per tutta la carriera tra opere molto astratte e altre molto realistiche. Forse ad Annie piacevano entrambi gli stili.»

«Se è vero, però, questo libro non ci dà nessuna risposta.»

«Ah, aspetta...» continua Sofia. «Devo mostrarti ancora una cosa. Ieri ho telefonato in tribunale, perché è là che vengono archiviati i testamenti. Sono documenti pubblici, tutti possono consultarli. Rimarresti stupita dalle cose che la gente è disposta a condividere dopo la morte.» Apre la cartellina ed estrae un paio di fotografie sfocate. «Non mi aspettavo che Annie Barrett avesse fatto testamento, perché è morta troppo giovane, ma ho trovato il testamento di George Barrett. È deceduto nel 1974 e ha lasciato tutto a sua moglie Jean. Ed è qui che le cose diventano davvero interessanti. Dopo la pensione Jean andò in Florida, dove rimase fino alla morte, nel 1991. Quando se ne andò, lasciò gran parte dei suoi beni alle figlie. Lasciò però anche cinquantamila dollari a una nipote, Dolores Jean Campbell di Akron, Ohio. Ora, sai perché lo trovo sorprendente?»

Capisco subito perché il libro è una tale rivelazione. «Perché Jean e George non avevano fratelli. George lo scrive nell'introduzione.»

«Esattamente! E allora chi è questa misteriosa nipote, da dove arriva? Mi sono chiesta: e se Jean *considerasse* questa ragazza come una nipote, ma in realtà fosse figlia di una cugina? E se fosse la conseguenza del comportamento "irresponsabile" e "immorale" di Annie? Mi domando se, forse, non ci sia qualcos'altro che George non dice. Forse Jean si sentiva in obbligo a occuparsi della ragazza.»

Faccio due conti mentalmente. «Se Dolores è nata nel 1948, non sarebbe poi così vecchia. Potrebbe essere ancora viva.»

«Potrebbe, in effetti.» Sofia spinge un rettangolino di carta sul tavolo. Sopra ci sono un nome, *Dolores Jean Campbell*, e un numero di telefono di dieci cifre. «Questo è il prefisso di Akron, Ohio. Sta in una residenza per anziani che si chiama Rest Haven.»

«Le ha parlato?»

«E negarti il brivido di chiamare tu questo numero? Niente affatto, Mallory. Ma sono curiosa di sapere chi risponderà al telefono. Mi piacerebbe sapere cosa scoprirai.»

«Grazie. È fantastico.»

Dall'interno della casa arriva un rumore di vetri rotti, seguito da uno scroscio di risate. Sofia lancia un'occhiata al figlio. «Mi sa che tuo padre ha ricominciato a raccontare barzellette sporche. Sarà meglio che rientri, prima che mi metta in imbarazzo.» Si alza. «Però ripetimi perché vi interessa tutto questo.»

«Mallory ha trovato dei disegni nel cottage» dice Adrian. «Nascosti sotto il pavimento. Ne abbiamo già parlato.»

Sofia ride. «*Mijo*, eri già un pessimo bugiardo a quattro anni, adesso sei perfino peggio. Questa mattina mi hai detto che Mallory ha trovato i disegni dentro un armadio a muro.»

«Sotto il pavimento... di un armadio a muro» insiste Adrian.

Sofia mi lancia uno sguardo che significa: *Non è incredibile questo ragazzo?* «Se non me lo volete dire, va bene. Io però suggerisco a entrambi di fare attenzione. Se iniziate a ficcare il naso in segreti di famiglia, qualcuno ve lo potrebbe mordere.»

Sono tentata di telefonare subito a Dolores, ma è tardi; sono quasi le dieci e Adrian suggerisce che otterrò risultati migliori di mattina. «Probabilmente dorme.»

So che ha ragione, sono solo impaziente. Mi servono informazioni, e mi servono in fretta. Gli parlo del mio ultimo confronto con i Maxwell. «Ho mostrato loro i disegni di Anya. Ho spiegato come continuino a spuntare nel cottage. Loro però non mi credono, Adrian. Certo che non mi credono! Sembra una follia. So che sembra una follia. Caroline ha fatto intendere che forse sono *io* a fare i disegni, come se mi fossi inventata tutta la storia per un po' di attenzioni.»

«Le dimostreremo che stai dicendo la verità» risponde Adrian. «Prima però dovremmo rientrare e mangiare qualche *churro*.»

«Perché?»

«Perché sono buonissimi e ti faranno dimenticare tutti i tuoi problemi. Fidati.»

Torniamo in casa e scopriamo che la cena ha premuto l'acceleratore. Dallo stereo esce una playlist "top 40", tutti si sono spostati in soggiorno e Ignacio sembra più *achispado* che mai. Sta mostrando come si fa il *paso doble*, un ballo che sostiene di aver padroneggiato in gioventù, e Sofia lo asseconda in maniera sorprendente, sventolando la gonna e lasciandosi condurre. Gli ospiti applaudono e fanno il tifo e Adrian scuote la testa, imbarazzato ed esasperato. «Succede ogni volta che invitano qualcuno» dice. «Mio padre è un tale mattatore.»

Prendiamo due lattine di acqua tonica dal frigorifero. Poi Adrian riempie un piatto di *churros*, li cosparge di cioccolato e mi porta fuori per una passeggiata in giardino. Dice che suo padre ci lavora da trent'anni e che è la sua Versailles personale.

«Cos'è Versailles?»

«Il palazzo reale, in Francia...»

Sembra sorpreso che non ne abbia mai sentito parlare, ma cosa volete che vi dica? A South Philly non è che parliamo molto dei reali di Francia. Comunque non voglio sembrare un'idiota, così accumulo altre bugie.

«Oh, *Versailles*» dico, ridendo. «Non avevo capito.»

Passeggiamo per i viottoli e Adrian mi mostra tutti i segreti del giardino: la famiglia di cardinali rossi che ha fatto il nido sull'albero di amarene. Una piccola alcova dove raccogliersi in preghiera, con un tempietto alla Vergine Maria. E una panchina di legno sulla sponda del laghetto con le carpe koi, accanto alla cascata. Ci fermiamo e dividiamo i *churros* con i pesci. Ce ne saranno sette o otto, che galleggiano a bocca aperta sul pelo dell'acqua.

«Questo è un posto davvero speciale.»

Adrian alza le spalle. «Sarei più contento con una piscina. Come quella dei Maxwell.»

«No, è meglio così. Sei fortunato.»

Sento la sua mano sulla vita, e quando mi volto per guardarlo mi bacia. Le sue labbra hanno un buon sapore, di cannella e cioccolato, e voglio attirarlo più vicino, voglio baciarlo di nuovo.

Prima però devo dirgli la verità.

Gli metto una mano sul petto.

«Aspetta.»

Si ferma.

Mi guarda negli occhi e aspetta.

Mi dispiace, ma non so come dirglielo. La scena è troppo perfetta: tutte queste lucine che sfarfallano, la musica della cascata e il profumo dei fiori che mi dà alla testa; è un altro momento perfetto che non posso rovinare.

Perché è ovvio che ho superato il punto di non ritorno. Mentire a Adrian era già abbastanza brutto. Adesso però ho mentito ai suoi genitori e perfino agli amici dei suoi genitori. Quando queste persone sapranno la verità, non mi accetteranno mai. Il mio rapporto con Adrian non ha alcuna possibilità. Siamo come una delle bolle di sapone di Teddy quando gioca: magica, allegra, più leggera dell'aria... e destinata a scoppiare.

Capisce che c'è qualcosa che non va e si allontana.

«Scusami. Credo di avere frainteso il momento. Ma se parlo abbastanza a lungo e abbastanza in fretta, possiamo comportarci come se non fosse successo niente, va bene?» Si alza, con l'aria confusa. «In garage abbiamo un tavolo da ping-pong. Ti va di giocare?»

Gli prendo la mano e lo riporto sulla panchina. Stavolta sono io a baciarlo. Gli metto la mano sul cuore e mi chino verso di lui, perché non abbia dubbi su come mi sento.

«No» gli dico. «Voglio restare qui.»

Alla fine però me ne devo andare.

La cena finisce intorno alle dieci e mezza. Dalla panchina all'ombra del giardino sentiamo le portiere che sbattono, i motori che si avviano e gli ospiti che escono dal grande vialetto circolare.

Io e Adrian restiamo in giardino fino a dopo mezzanotte. Alla fine tutte le luci della casa si spengono e sembra che i genitori siano andati a dormire. Decido che probabilmente dovrei andare anch'io.

Adrian si offre di accompagnarmi a casa. Gli dico che non è necessario, sono solo pochi isolati, ma lui insiste.

«Qui non siamo a South Philly, Mallory. Di notte le strade di Spring Brook sono pericolose.»

«Ho un dissuasore elettrico agganciato al portachiavi.»

«Non ti servirebbe a niente contro una mamma ubriaca al volante di un minivan. Mi sentirei molto meglio se ti accompagnassi a casa.»

Nel quartiere c'è silenzio. Le strade sono deserte, le case buie. Appena usciamo dal giardino mi sembra che un incantesimo si sia spezzato. Quando vediamo la casa dei Maxwell, mi tornano in mente tutti i miei problemi e mi ricordo della persona che sono davvero. E ancora una volta mi sento spinta a essere sincera. Forse non riesco a trovare il coraggio di raccontargli tutto, non stasera, non ancora. Però voglio dire almeno una cosa che sia vera.

«È tanto tempo che non ho un ragazzo.»

Alza le spalle. «Io non ce l'ho *mai* avuto un ragazzo.»

«Sto solo dicendo che non dovremmo correre. Finché non ci conosciamo meglio. Facciamo le cose con calma.»

«Che fai domani sera?»

«Dico sul serio, Adrian. Potresti scoprire cose di me che non ti piacciono.»

Mi prende la mano e la stringe. «Voglio scoprire tutto di te. Voglio laurearmi su Mallory Quinn, imparare tutto quello che posso.»

Oh, tu non hai idea, penso. *Non hai davvero la più pallida idea.*

Mi chiede se ho mai mangiato da Bridget Foy, il suo ristorante preferito in tutta Philadelphia. Gli dico che non vado a

Philadelphia da sei settimane e che non ho alcuna fretta di tornarci. «E allora Princeton? La cittadina, non l'università. Hanno un buon posto dove mangiare *tapas*. Ti piacciono le *tapas*? Prenoto un tavolo?»

A questo punto abbiamo attraversato il giardino dei Maxwell e siamo fuori dal cottage; ovviamente gli dico di sì e aggiungo che posso essere pronta per le cinque e mezza.

Poi ci baciamo di nuovo e se chiudo gli occhi è facile fingere di essere di nuovo nei giardini del Castello Fiorito, di essere Mallory Quinn la superstar dell'atletica, con un futuro promettente e nessuna preoccupazione al mondo. Sono appoggiata al muro del cottage. Adrian mi tiene una mano tra i capelli e muove l'altra lungo la mia gamba, me la fa scivolare sotto al vestito, e non so come dirgli la verità, proprio no.

«Questo non vuol dire fare le cose con calma» gli dico. «Adesso devi tornare a casa.»

Toglie le mani dal mio corpo e fa un passo indietro, con un respiro profondo. «Torno domani.»

«Alle cinque e mezza» rispondo.

«A domani allora. Buonanotte, Mallory.»

Resto in veranda e lo guardo attraversare il giardino e svanire nel buio della notte, e so che devo dirgli la verità. Decido che lo farò domani sera, a cena a Princeton. Così anche se è arrabbiato non potrà lasciarmi lì, sarà comunque costretto a riaccompagnarmi a casa. E in quel momento, forse, potrò convincerlo a darmi una seconda possibilità.

Quindi apro la porta del cottage, accendo la luce e trovo Ted Maxwell sul mio letto.

18

Si mette seduto, riparandosi gli occhi dalla luce. «Gesù, Caroline, puoi spegnere?» La sua voce è un'ottava più alta del normale, impastata di sonno.

Non mi sposto dalla soglia.

«Sono Mallory.»

Sbircia tra le dita e sembra sorpreso di ritrovarsi nel cottage, sul mio letto, tra le mie lenzuola. «Oh, Gesù. Oh, cazzo. Scusami.» Tira fuori le gambe e cerca di alzarsi, ma immediatamente perde l'equilibrio. Si appoggia al muro per non cadere e aspetta che la stanza smetta di girare. È così ubriaco che non sembra accorgersi di non avere i pantaloni, di essere rannicchiato contro il muro in una polo e un paio di boxer neri. Stesi sul letto ci sono un paio di pantaloni grigi, come se li avesse tolti subito prima di infilarsi dentro.

«Non è come sembra» dice.

Ciò che sembra è che Ted stia per essere perquisito dalla polizia, con le gambe divaricate e i palmi appoggiati al muro.

«Forse dovrei chiamare Caroline?»

«No! Dio, no.» Si volta verso di me. «Ho solo bisogno che tu... Oh Gesù, oh no.» Torna a guardare il muro e si raddrizza. «Puoi portarmi un po' d'acqua?»

Entro nel cottage e chiudo la porta. Vado al lavandino e riempio uno dei bicchieri di plastica che uso per Teddy. Sopra ci sono stampati pinguini e orsi polari. Lo porto a Ted e sento puzza di alcol; sa di scotch e sudore rancido. Beve il bicchiere d'un fiato, versandosi gran parte dell'acqua sul collo e sul petto. Allora glielo riempio di nuovo, e stavolta riesce a farsi finire in bocca quasi tutto il contenuto. Il suo corpo però è sempre ancorato al muro, come se non fosse ancora pronto ad affrontare la forza di gravità.

«Ted, perché non resti qui? Vado io nella casa grande. Posso dormire sul divano.»

«No, no, no. Devo tornare.»

«Credo proprio che dovrei chiamare Caroline.»

«Adesso sto meglio. L'acqua mi aiuta. Guarda.»

Si mette dritto e fa un passo verso di me barcollando. Poi allunga le braccia e le agita, alla disperata ricerca di aiuto. Gli prendo la mano e lo accompagno ai piedi del letto. Si lascia cadere sul materasso, senza lasciarmi la mano finché non mi siedo accanto a lui.

«Cinque minuti» promette. «Mi sento già meglio.»

«Vuoi altra acqua?»

«No, non vorrei vomitare.»

«Che ne dici di un'aspirina?»

Sto cercando una scusa per alzarmi e allontanarmi, così vado in bagno e torno con tre aspirine per bambini. Le metto sul palmo sudato di Ted e lui da bravo le sbriciola tra i denti.

«Io e Caroline abbiamo litigato. Avevo bisogno di un po' di spazio, di stare un po' da solo per schiarirmi le idee. Ho visto che avevi la luce spenta. Ho immaginato che fossi uscita. Non volevo addormentarmi.»

«Capisco» gli dico, anche se in realtà non è così: non ho idea del perché sia finito nel mio letto.

«Ma certo che capisci. Sei una persona molto empatica. È per questo che sei una madre tanto brava.»

«Non sono ancora una madre.»

«*Saresti* una madre tanto brava. Sei gentile, premurosa, e metteresti il tuo bambino al primo posto. Non ci vuole una laurea per capirlo! Quello è un vestito di Caroline?»

Mi sento i suoi occhi su tutto il corpo e mi sposto dietro al ripiano della cucina, contenta di mettere una barriera tra noi. «Il mese scorso mi ha dato dei vestiti.»

«Scarti. Abiti usati. Meriti di meglio, Mallory.» Farfuglia qualcosa che non capisco, tranne alla fine: «Sei rimasta bloccata in questo posto di merda, mentre là fuori c'è il mondo intero».

«A me piace qui. Mi piace Spring Brook.»

«Perché non sei mai stata altrove. Se avessi viaggiato, se fossi stata a Whidbey Island, capiresti.»

«Dov'è?»

Spiega che fa parte di una catena di isole nel Pacifico del nord-ovest. «Quand'ero al college ci ho passato un'estate. La più bella della mia vita. Lavoravo in un ranch, stavo tutto il giorno sotto al sole e la sera rimanevo seduto sulla spiaggia a bere vino. Niente televisione, niente dispositivi elettronici. Solo brava gente e natura e i panorami più belli che abbia mai visto.»

Poi nota i pantaloni sopra il letto. Sembra realizzare che sono i suoi, che dovrebbe averli sulle gambe. Li scuote e se li abbassa fino ai piedi, ma subito gli cadono a terra. Capisco che dovrò aiutarlo. Mi inginocchio davanti a lui, tenendoglieli aperti perché possa infilarli, prima una gamba e poi l'altra. Li tira su oltre le anche, poi mi fissa. «Ti giuro, Mallory, se tu vedessi lo stretto di Puget, dimenticheresti Spring Brook in cinque minuti. Ti renderesti conto che Spring Brook è davvero un posto di merda, una trappola.»

In realtà non sto ascoltando nulla di quello che dice. Quando cresci a South Philly, incontri un sacco di ubriaconi e impari che quasi tutte le loro parole sono prive di senso. Niente di tutto questo significa qualcosa.

«Spring Brook è bella. E tu hai una vita meravigliosa. Una bella famiglia, una bella moglie.»

«Dorme in camera degli ospiti. Non vuole nemmeno toccarmi.»

Ted farfuglia di nuovo e si guarda i pantaloni, così per me è facile fingere di non averlo sentito.

«Hai una bella casa» continuo.

«L'ha comprata lei. Non io. È l'ultimo posto al mondo dove sceglierei di vivere.»

«Che cosa intendi?»

«Il padre di Caroline era molto ricco. Potremmo permetterci di vivere dovunque. Manhattan, San Francisco, dovunque. Lei però voleva Spring Brook, e allora eccoci a Spring Brook.» Parla come se non avesse avuto alcuna voce in capitolo. «Non fraintendermi, Mallory. È una brava persona. Ha un cuore grande. E farebbe qualsiasi cosa per il bene di Teddy. Ma non è questa la vita che desideravo. Non ho mai voluto niente di tutto questo.»

«Ti porto altra acqua?»

Scuote la testa, come se non cogliessi un punto essenziale. «Non ti sto chiedendo di prenderti cura di me. Sto dicendo che *io* mi prenderei cura di *te*.»

«Capisco. E ci penserò. Adesso però dovrei riportarti a casa. Probabilmente Caroline è preoccupata.»

Ted è sempre più sconclusionato; dice qualcosa sul lago Seneca e sui vigneti e sullo scappare via da tutto. Riesce a stare in piedi senza il mio aiuto, poi si tira su i pantaloni e li abbottona. «Questi dovremmo bruciarli.»

«Domani» gli dico. «Li bruciamo domani.»

«Non nel cottage, però.» Indica il rilevatore di fumo sulla parete. «L'impianto elettrico è ancora quello originale ed è molto delicato. Molto fragile. Non tentare di riparare niente da sola. Chiama sempre me.»

Apro la porta del cottage e Ted barcolla in veranda. In qualche modo riesce a scendere i tre gradini fino al prato senza inciampare, poi scompare nel buio, diretto verso la casa grande.

«Buonanotte» gli dico.

«Vedremo» risponde.

Chiudo a chiave la porta del cottage. Noto un fazzoletto di carta appallottolato sul comodino. Lo prendo con un tovagliolo e lo spingo in fondo al cestino dell'immondizia. Poi tolgo coperte e lenzuola e scopro tre dei miei reggiseni. Non so come siano finiti lì, e non voglio saperlo. Domani metterò tutto in lavatrice e proverò a dimenticare questa storia.

Visto che non possiedo altre lenzuola, devo stendere gli asciugamani da bagno sopra il materasso e sdraiarmici sopra. Non è scomodo come sembra. Mi basta chiudere gli occhi per ritrovarmi nei bei giardini del Castello Fiorito, con la sua dolce cascata e il buon profumo degli archi pieni di fiori. Niente può rovinarmi questa serata: non la discussione con Caroline sulla seduta spiritica, né certo l'avere scoperto Ted nel mio cottage. Prima di addormentarmi chiedo perdono a Dio per le bugie raccontate a Adrian. Prego che mi aiuti a trovare le parole giuste per dirgli la verità. Prego che Adrian riesca a vedere al di là delle cose terribili che ho fatto, che mi veda come la persona che sono adesso, e non come il disastro che ero una volta.

19

La mattina dopo vado alla casa grande e trovo Caroline e Ted seduti nell'angolo per la colazione, pronti per andare al lavoro. Caroline sta bevendo tè, Ted invece sorseggia caffè nero. Si fissano, impietriti dal silenzio. Capisco che mi stanno aspettando.

«Ti unisci a noi?» mi chiede Caroline. «Ted vorrebbe dirti qualcosa.»

Ted ha un aspetto orribile. Chiaramente ha i postumi della sbornia. Dovrebbe essere di sopra, a letto. Oppure in ginocchio in bagno, chino sulla tazza. «Voglio scusarmi per il mio comportamento di ieri sera. È stato del tutto inaccettabile e...»

«Ted, va tutto bene. Me ne sono già dimenticata.»

Caroline scuote la testa. «No, Mallory, non fingeremo che non sia successo niente. Dobbiamo comprendere a fondo gli eventi di ieri sera.»

Ted annuisce e continua, da bravo, come se stesse recitando una dichiarazione imparata a memoria. «Mi sono comportato in modo arrogante e irrispettoso. Mi vergogno molto, e mi sto guardando dentro per capire come mai abbia deciso di abusare del mio privilegio.»

«Scuse accettate» dico. «Non devi aggiungere altro. Mi sentirei meglio se andassimo avanti, okay?»

Ted guarda Caroline, lei alza le spalle. Bene.

«Grazie per aver capito, Mallory. Prometto che non accadrà più.»

Si alza e prende la valigetta, poi si incammina barcollando verso l'atrio. Qualche attimo dopo sento la porta d'ingresso che sbatte e il rumore del motore della sua auto che si avvia sul vialetto.

«Ha paura che tu ci faccia causa» spiega Caroline. «Per favore, puoi raccontarmi cosa è successo? Con parole tue?»

«Caroline, te lo giuro. Non è successo niente. Ieri sera sono andata a casa di Adrian. I suoi genitori davano una festa. Sono tornata dopo mezzanotte e ho trovato Ted nel cottage. Era ubriaco. Mi ha detto che avevate litigato e che gli serviva un posto tranquillo dove calmarsi.»

«Credevo che fosse di sotto. A dormire sul divano.»

«Appena sono rientrata ha detto che gli dispiaceva e se n'è andato. Tutto qui.»

«Ti ha raccontato del nostro litigio?»

«No, ha solo detto che sei una brava persona. Con un grande cuore. Che faresti qualsiasi cosa per la vostra famiglia.»

«E...?»

«E basta. Non diceva cose molto sensate. Ha parlato di un'isola dove ha passato un'estate ai tempi del college...»

«"A lavorare sotto al sole e dormire sotto le stelle"» commenta Caroline, e capisco che sta facendo il verso al marito, lo prende in giro con gentilezza. «Ogni volta che si ubriaca parla di Whidbey Island.»

«Non importa. Gli ho dato un po' d'acqua e delle aspirine per bambini, ho aperto la porta e se n'è andato. Fine della storia.»

Mi studia come se cercasse qualche altro indizio. «Farti la prossima domanda mi imbarazza, ma visto che tecnicamente sei una mia dipendente mi sento obbligata. Ci ha provato con te?»

«No. Per niente.»

O meglio, forse potrei accennare al fatto che si è tolto i pantaloni, ha saccheggiato il mio cassetto della biancheria e poi ha fatto Dio sa cosa nel mio letto prima che arrivassi. Ma a che servirebbe? La povera Caroline è già molto triste, e Ted si è scusato. Non vedo perché trascinare oltre questa storia. Di sicuro non lascerò il lavoro per quello che è successo.

«Caroline, te lo giuro, non mi ha minimamente sfiorata. Non si è nemmeno avvicinato.»

Butta fuori un sospiro lungo e profondo. «Ted quest'estate ha compiuto cinquantatré anni. Sono certa che hai sentito parlare della crisi di mezza età. Cominciano a mettere in discussione tutte le scelte che hanno fatto. E per giunta lui ha problemi al lavoro, il che incide parecchio sul suo ego. Sperava di assumere altri dipendenti in autunno, ma adesso è tutto molto in dubbio.»

«Quanto è grande l'azienda?»

Mi guarda in modo strano. «Fosse per lui avrebbe quaranta dipendenti, ma per ora è da solo. È una ditta individuale.»

Solo Ted? Io immaginavo che lavorasse in un grattacielo del centro direzionale, con segretarie e computer ultimo modello e vetrate alte fino al soffitto che si affacciano su Rittenhouse Square. «Mi ha detto che lavora con Cracker Barrel. E Yankee Candle. Grossi clienti.»

«Ci ha fatto dei colloqui» spiega Caroline. «Fa il giro delle aziende e si offre di gestire i loro siti Internet. Le piattaforme di e-commerce. Però è difficile assicurarsi quei pesci grossi quando lavori da solo.»

«Mi ha parlato di colleghi. Persone che ha chiamato Mike e Ed. Mi ha detto che pranzano insieme.»

«Certo, perché usano lo stesso spazio per il coworking. Uno di quei posti dove la gente affitta le scrivanie di mese in mese. Perché Ted deve avere un indirizzo in città dove ricevere la posta. Buona parte del suo lavoro consiste nel fare bella impressione. Cercare di apparire più importante di quanto è davvero. È stato molto stressato quest'estate, e ieri sera credo che tu abbia visto le prime crepe nella facciata.»

La voce le si inceppa. Capisco che è preoccupata non solo per Ted, ma anche per il loro matrimonio, per la loro famiglia. E davvero non ho idea di cosa dirle. Sono sollevata nel sentire i passi di Teddy che scende le scale. Caroline si irrigidisce e si asciuga gli occhi con un tovagliolo.

Teddy entra in cucina con un iPad. Fa scorrere il dito sullo schermo, che reagisce con una cacofonia di esplosioni fortissime.

«Ehilà, Teddy-Bear! Che hai lì?»

Non alza gli occhi dallo schermo. «La mamma me lo ha dato ieri sera. Era di papà, adesso è mio.» Prende uno dei suoi bicchieri di plastica e lo riempie d'acqua al lavandino. Senza una parola di spiegazioni porta bicchiere e iPad in soggiorno.

«Teddy per un po' smetterà di disegnare» spiega Caroline. «Alla luce degli ultimi avvenimenti, secondo noi gli servono interessi nuovi. Nell'App Store ci sono tante applicazioni istruttive. Giochi matematici, giochi per imparare a leggere e a parlare bene, perfino per le lingue straniere.» Attraversa la cucina e apre un pensile sopra al frigorifero, ben oltre la portata di Teddy. «Ho raccolto matite, pastelli e pennarelli e ho messo tutto quassù. Teddy è così euforico per l'iPad che credo non se ne sia nemmeno accorto.»

So che la prima regola della babysitter è non contraddire mai la madre, ma non posso fare a meno di pensare che sia un errore. Teddy provava veramente gioia nel disegnare e penso che sia sbagliato privarlo di questo privilegio. Peggio ancora, penso che stia succedendo per colpa mia, perché non ho tenuto la bocca chiusa su Annie Barrett.

Caroline si accorge della mia delusione. «È un esperimento. Solo per un paio di giorni. Forse può aiutarci a capire cosa sta succedendo.» Chiude lo sportello del pensile, come a dire che la questione è chiusa. «Ma dimmi di questa festa a casa di Adrian. Ti sei divertita?»

«Molto.» Credo di essere contenta di cambiare argomento, perché è da quando mi sono svegliata che penso al nostro appuntamento. «Stasera usciamo. Vuole portarmi a Princeton. Un ristorante dove fanno *tapas*.»

«Oh, sono dei posti così romantici.»

«Passa a prendermi alle cinque e mezza.»

«Allora proverò a tornare presto. Per darti un po' più di tempo per prepararti.» Poi guarda l'orologio. «Accidenti, sarà meglio che vada. Sono così contenta per te, Mallory! Ti divertirai tantissimo stasera!»

Dopo che Caroline se n'è andata, trovo Teddy seduto in soggiorno, ipnotizzato da una partita ad *Angry Birds*. Usa l'indice per tendere e far scattare una gigantesca fionda; lancia uccellini colorati contro una serie di strutture in legno e acciaio occupate da maiali. A ogni nuovo assalto c'è una cacofonia di strida, esplosioni, scoppi e fischi. Mi siedo davanti a lui e batto le mani. «Allora, che facciamo stamani? Una passeggiata nella Foresta Incantata? O una bella torta?»

Alza le spalle, scorrendo il dito con foga. «Non me ne importa.»

Uno degli uccelli manca il bersaglio e Teddy si acciglia, deluso dall'insuccesso. Si china più vicino allo schermo, quasi cercasse di sparirci dentro.

«Andiamo, Teddy. Metti via quel gioco.»

«Non ho finito.»

«La mamma dice che è per il riposino. Non vuole che lo usi tutta la mattina.»

Si volta, coprendo il tablet con il corpo. «Solo un altro livello.»

«Quanto è lungo un livello?»

Viene fuori che "solo un altro livello" significa una buona mezz'ora. Dopo che ha finito, Teddy mi implora di mettere in carica l'iPad, così avrà abbastanza batteria per dopo.

Passiamo la mattinata a camminare per la Foresta Incantata. Cerco di inventarmi una nuova avventura per il principe Teddy e la principessa Mallory, ma Teddy vuole parlare solo delle regole di *Angry Birds*. Gli uccelli gialli sono i migliori per attaccare le strutture in legno. Quelli neri possono distruggere le pareti in cemento. Quelli bianchi accelerano dopo che hanno sganciato le uova, che poi sono delle bombe. Non è una vera conversazione; sta solo citando una serie di dati e fatti, come se cercasse di mettere ordine nella sua testa.

Noto uno scintillio metallico tra il fogliame e mi inginocchio per investigare. È la metà inferiore di una freccia; la metà superiore, quella con le piume, manca: sono rimasti soltanto il fusto in alluminio e la punta a piramide.

«Questa è una freccia magica» dico a Teddy. «Serve per uccidere i folletti.»

«Che bello» dice Teddy. «Poi c'è l'uccello verde, che vola come un boomerang. Quando attacca fa il doppio dei danni. Per questo mi piace usarlo per primo.»

Gli propongo di andare fino alla Pianta di Fagioli Gigante e aggiungere la freccia al nostro arsenale. Lui acconsente, ma non sembra troppo convinto. È come se stesse solo prendendo tempo, come se aspettasse la fine della mattinata per tornare a casa.

Per pranzo mi offro di cucinargli tutto ciò che vuole, ma Teddy dice che non gliene importa, così preparo del semplice formaggio grigliato. Mentre divora il sandwich, gli rammento che non deve per forza usare l'iPad durante il riposino. Suggerisco che potrebbe essere divertente giocare con i LEGO o altre costruzioni o gli animali della fattoria. Mi guarda come se stessi cercando di truffarlo, come se cercassi di sottrargli con l'inganno un privilegio che è suo di diritto.

«Grazie, ma preferisco giocare al mio gioco» risponde.

Si porta il tablet in camera. Qualche minuto dopo salgo le scale fino al piano di sopra e accosto l'orecchio alla porta: niente sussurri, niente mezze conversazioni. Solo qualche risata ogni tanto, e il verso degli uccelli, il rumore della fionda e delle strutture che crollano. Teddy sembra pieno di gioia, ma qualcosa in quella sua felicità mi rattrista. Di colpo, come per lo scatto di un interruttore, mi sembra che qualcosa di magico sia finito.

Scendo di sotto, prendo il telefono e faccio il numero della Rest Haven, la residenza per anziani. Alla reception dico che vorrei parlare con una delle loro ospiti, Dolores Jean Campbell. Il telefono squilla parecchie volte prima che scatti l'annuncio preimpostato della segreteria.

«Ehm, salve, mi chiamo Mallory Quinn. Non ci conosciamo, però credo che forse potrebbe aiutarmi.»

Capisco di non avere idea di come spiegarle ciò che voglio chiederle. Avrei dovuto inventarmi qualcosa prima di telefonare, adesso invece è troppo tardi e devo improvvisare.

«Mi domandavo se sua madre per caso si chiamasse Annie Barrett. Di Spring Brook, New Jersey. Perché in questo caso mi piacerebbe davvero parlare con lei. Potrebbe richiamarmi, per piacere?»

Lascio il mio numero e quando concludo la telefonata mi sento come in un vicolo cieco. Sono convinta che non la sentirò mai.

Sparecchio la tavola e faccio il giro della cucina con una spugna insaponata, pulendo i ripiani e cercando di rendermi utile. Mi sento più vulnerabile che mai nel mio lavoro. È come se ogni giorno portasse con sé dei nuovi motivi perché Caroline mi sostituisca. Così mi impegno a svolgere incarichi non previsti dal mio contratto. Spazzo e lavo i pavimenti, pulisco perfino l'interno del microonde. Apro il tostapane e svuoto il vassoio delle briciole. Infilo una mano sotto al lavandino e riempio il serbatoio del sapone liquido, poi salgo su una sedia e spolvero la ventola appesa al soffitto.

Tutte queste faccende mi fanno sentire meglio, ma non sono sicura che Caroline le noterà. Decido che mi serve un progetto più articolato e ambizioso, qualcosa di cui non potrebbe non accorgersi. Mi sposto in soggiorno, mi sdraio sul divano e passo in rassegna tutte le opzioni, finché mi viene l'idea perfetta: porterò Teddy al supermercato, compreremo da mangiare e prepareremo una cena a sorpresa per i suoi genitori. La lascerò a riscaldare nel forno, così appena torneranno a casa troveranno tutto pronto. E apparecchierò pure, così non dovranno alzare un dito. Potranno entrare in casa, sedersi davanti a del buon cibo ed essere grati che io faccia parte della loro famiglia.

Prima che possa dar seguito a quest'idea, però, prima che possa sedermi e fare la lista della spesa, mi addormento.

Non so come sia possibile. Non sono particolarmente stanca. Volevo solo far riposare un attimo gli occhi. Il ricordo successivo è che sogno un luogo della mia infanzia, un piccolo parco divertimenti a conduzione familiare che si chiamava Storybook Land. Lo avevano costruito negli anni cinquanta ispirandosi alle fiabe classiche e ai racconti di Mamma Oca. I ragazzini potevano arrampicarsi su una gigantesca pianta di fagioli o andare a trovare i tre porcellini o salutare dalla finestra la vecchia signora che viveva in una scarpa, un pupazzo meccanico dagli occhi sbarrati che si muoveva cigolando.

Nel mio sogno passo con Teddy accanto alla giostra; lui è incredibilmente eccitato e mi implora di tenergli matite e pastelli per poterci salire. Me ne vuota tra le mani una scatola intera, più di quanti io ne riesca a tenere, così mi cadono intorno ai piedi. Provo a cacciarmeli in tasca, perché non posso assolutamente reggerli tutti. Ma quando li ho raccolti, Teddy è sparito. Si è smarrito tra la folla. Il mio sogno si è trasformato in un incubo.

Mi metto a correre per il parco, prendendo a spintoni gli altri genitori, gridando il nome di Teddy e cercandolo dappertutto. Storybook Land è pieno di bambini di cinque anni che da dietro si somigliano tutti: chiunque tra loro potrebbe essere Teddy, non lo trovo da nessuna parte. Fermo qualche genitore implorando aiuto – *vi prego, vi prego, aiutatemi* –, e quelli sono allibiti. «Questa è una *tua* responsabilità» mi dicono. «Perché dovremmo aiutarti?»

Non ho altra scelta che chiamare i Maxwell. Non voglio che sappiano cosa è successo, ma è un'emergenza. Tiro fuori il cellulare e faccio il numero di Caroline, quando all'improvviso... lo vedo! Dalla parte opposta del parco, seduto sui gradini del cottage di Cappuccetto Rosso. Mi faccio strada a gomitate in mezzo alla folla, cercando di muovermi il più in fretta possibile. Quando arrivo al cottage però quel bambino non è più Teddy. È mia sorella Beth! Indossa una maglietta gialla, dei jeans scoloriti e un paio di Vans a scacchi bianchi e neri.

Le corro incontro, la abbraccio e la sollevo da terra. Non riesco a credere che sia qui, che sia viva! La stringo così forte che si mette a ridere, e la luce del sole le fa brillare l'apparecchio per i denti. «Credevo che fossi morta! Credevo di averti uccisa!»

«Non dire cretinate» risponde; il mio sogno è talmente realistico che riesco addirittura a sentire il suo odore. Profuma di cocco e ananas, come le bombette da bagno alla *piña colada* che lei e le sue amiche compravano sempre da Lush, il negozio di costosissimi saponi al King of Prussia Mall.

Spiega che l'incidente è stato solo un malinteso e che per tutto questo tempo mi sono incolpata per niente.

«Sicura di stare bene?»

«Sì, Mal, per la centesima volta, sto benissimo. Ora possiamo andare sul Balloon Bounce?»

«Sì, Beth, sì! Qualsiasi cosa! Tutto quello che vuoi!»

Poi però Teddy torna, mi tira il braccio, mi scuote dolcemente per svegliarmi. Apro gli occhi e mi ritrovo sdraiata sul divano del soggiorno mentre lui mi porge l'iPad.

«Si è spento di nuovo.»

Sono certa che si sbaglia. A pranzo l'ho messo in carica e la batteria era arrivata al cento per cento. Quando mi metto seduta, però, mi accorgo che nel soggiorno c'è poca luce; il sole non entra più dalle finestre che si affacciano a nord. L'orologio sulla mensola del camino dice che sono le 17:17, ma non può essere vero, è impossibile.

Prendo il telefono e ho la conferma che sono le 17:23.

Ho dormito quattro ore.

E i Maxwell torneranno a casa da un momento all'altro.

«Teddy, che è successo? Perché non mi hai svegliato?»

«Sono arrivato al trentesimo livello» dice con orgoglio. «Ho sbloccato otto nuove carte!»

Ho le mani tutte sporche. Dita e palmi sono macchiati di fuliggine, sono neri come se avessi scavato delle buche in giardino. Ho un mozzicone di matita consumato in grembo e altre matite e pennarelli e pastelli sparsi sul pavimento, tutti gli attrezzi da disegno che Caroline aveva messo via in cucina.

Teddy si guarda intorno, con gli occhi spalancati dalla meraviglia.

«Mamma si arrabbierà tanto.»

Guardo dove guarda lui e vedo che le pareti sono tutte coperte di schizzi: molti, moltissimi schizzi, tutti molto dettagliati, che vanno dal pavimento al soffitto.

«Teddy, perché lo hai fatto?»

«Io? *Io* non ho fatto niente!»

Ma certo che no. Non avrebbe potuto! Non è abbastanza alto! E non è lui che ha le mani tutte sporche di carboncino e grafite. Attraverso la stanza per guardare più da vicino. Sono disegni di Anya, non ho dubbi. Sono ovunque, riempiono gli spazi vuoti tra finestre, termostati e interruttori.

«Mallory, stai bene?»

Mi tira per l'orlo della maglietta. No, non sto bene.

Non sto bene *per niente.*

«Teddy, ascoltami. Dobbiamo sistemare questa cosa prima che mamma e papà tornino a casa. Hai delle gomme in camera tua? Delle grosse gomme da cancellare?»

Guarda tutte le matite, i carboncini, i pastelli e i pennarelli sul pavimento. «Questo era tutto quello che avevo. Ma non devo usarli più. Non finché capiremo come stanno le cose.»

Comunque è troppo tardi. Sento un'auto che imbocca il vialetto. Guardo fuori e vedo non solo Ted e Caroline, ma anche Adrian. Sta parcheggiando il pick-up dell'azienda davanti a casa. A quest'ora dovrei essere pronta per il mio appuntamento, per la mia cena a Princeton, con uno dei vestiti estivi di Caroline.

«Vai di sopra, Teddy.»

«Perché?»

«Perché non voglio che resti qui.»

«Perché?»

«Vuoi andare di sopra, per favore? Te lo chiedo per favore.» Sul tavolino c'è un cavetto, glielo passo. «Vai a mettere in carica l'iPad in camera tua.»

«Okay, va bene.»

Prende l'iPad e il cavetto ed esce di corsa dal soggiorno, come se pensasse di averla fatta franca. Sento i suoi piedini che corrono in camera, di sopra.

Poi il rumore della porta d'ingresso che si apre, il lieve fruscio del paraspiffero che scorre sulle piastrelle del pavimento. Sento Caroline che parla con Adrian, che lo accoglie in casa loro. «Dove andrete a cena?»

«In un posto molto buono dove fanno *tapas*» dice. «Hanno delle *patatas bravas* incredibili.»

«Mmmm, e che sono?» domanda Ted.

«Signor Maxwell, sono le migliori patate fritte che si possano assaggiare, glielo garantisco.»

So che devo intercettarli e in qualche modo prepararli a quello che ho fatto. Entro in cucina e Caroline chiede a Adrian se vuole qualcosa da bere. Il pensile sopra al frigorifero è ancora aperto, svuotato del suo contenuto, ma Caroline per ora non se n'è accorta.

Adrian è così bello che quasi toglie il fiato. Sembra appena uscito dalla doccia. Ha i capelli un po' umidi ed è elegante nei suoi jeans scuri con una camicia bianca inamidata. Nessuno mi vede entrare in cucina finché non annuncio la mia presenza.

«È successo qualcosa.»

Caroline mi fissa. «Mallory?»

«Che hai sulle mani?» mi chiede Ted.

Adrian mi corre accanto. «Stai bene?»

So che lui è la mia unica speranza.

È l'unico che *potrebbe* credermi.

«Vi sembrerà una follia, ma giuro che sto dicendo la verità. Dopo che Teddy è andato di sopra per il riposino, ho iniziato a sentirmi stanca. Mi sono sdraiata sul divano per riposare e ho pensato di chiudere gli occhi per qualche minuto. Poi, non so come – non so come! –, lo spirito di Anya si è impossessato del mio corpo.»

Caroline spalanca gli occhi e mi fissa. «Cosa?»

«Lo so. So che sembra una follia. Ma mentre dormivo mi ha fatto tirare fuori matite, pastelli e pennarelli.» Indico il pensile vuoto sopra al frigorifero. «E visto che le avete portato via la carta, mi ha fatto disegnare sui muri. Non è riuscita a impossessarsi di Teddy, e allora si è impossessata di me.»

Adrian mi cinge i fianchi con un braccio. «Ehi, è tutto okay. Ora sei al sicuro. Adesso risolviamo tutto.»

Caroline mi spinge via e corre in soggiorno. Tutti la seguiamo. Inspira bruscamente, fissando incredula le pareti.

«Dov'è Teddy?»

«In camera sua. Sta bene.»

Caroline guarda il marito. Lui corre di sopra.

Provo a raccontare a Caroline gli eventi del pomeriggio. «È salito in camera all'una. Per il riposino. Gli ho fatto prendere l'iPad, proprio come avevi detto. È sceso di sotto solo dieci minuti fa. Proprio quando siete tornati.»

«Quattro ore?» domanda.

Mostro la mano destra a Adrian, tutta coperta di grafite e carboncino e vesciche. «Io sono mancina, proprio come Teddy. Non avrei potuto farlo da sola. Sono come i disegni nel cottage.»

«Sì, esattamente! Lo stile è identico!» Tira fuori il telefono e fa il giro della stanza, fotografando le varie scene. «La prima cosa che dovremmo fare è confrontarli con gli altri. Vedere come si collocano nella sequenza.»

«No» risponde Caroline. «La prima cosa che faremo è un test antidroga. Adesso. O chiamo la polizia.»

Adrian la fissa con gli occhi sbarrati. «Un test antidroga?»

«Non posso credere di averti lasciata sola con nostro figlio. Non posso credere di essermi fidata di te! Che cazzo mi ha detto la testa?»

«Non prendo niente» le dico. Provo a parlare piano, come se fosse possibile, chissà come, avere questa conversazione in privato. Come se Adrian non fosse lì ad ascoltarci. «Te lo giuro, Caroline, sono pulita.»

«Allora non avrai problemi a fare il test. Quando hai cominciato a lavorare qui avevi accettato di sottoporti a un test ogni settimana. Anzi, l'avevi proposto tu. In un giorno a nostra scelta.» Mi prende il polso e cerca dei segni sul braccio. «Credo che avremmo dovuto iniziare molto tempo fa.»

Ted torna di sotto, e gli basta un'occhiata per assicurare a Caroline che Teddy sta bene. Nel frattempo Adrian cerca di convincerla che ha frainteso tutta la situazione.

«Signora Maxwell, non so di che parla, però Mallory non è una drogata. Lei crede davvero che le avrebbero dato una borsa di studio per l'atletica, se si facesse di eroina? La Penn State la caccerebbe dalla squadra in un batter d'occhio.»

Sulla stanza scende un silenzio imbarazzato, e capisco che Caroline mi sta dando la possibilità di spiegarmi. Sento le lacrime agli occhi, perché non doveva succedere così. «Okay, aspetta» dico a Adrian. «Il fatto è che, insomma... Non sono stata del tutto sincera con te.»

Lui mi cinge ancora con il braccio, ma non più come prima. «Che significa?»

«Stasera ti avrei detto la verità.»

«Di cosa stai parlando?»

E comunque non riesco a farlo.

Non so da dove iniziare.

«Mallory non frequenta la Penn State» spiega Ted. «Ha passato gli ultimi diciotto mesi in riabilitazione. In una casa famiglia. Si faceva di eroina e antidolorifici.»

«E di altre sostanze che nemmeno ricorda» aggiunge Caroline. «Il cervello ha bisogno di tempo per guarire, Mallory.»

Adesso Adrian non mi stringe più. Sono appesa al suo corpo come un grosso mostro, triste e patetico, come un parassita. Mi scuote, così può guardarmi in faccia.

«È vero?» domanda.

«Non prendo niente» gli dico. «Te lo giuro, Adrian, martedì prossimo saranno venti mesi che non mi faccio.»

Fa un passo indietro, come se lo avessi colpito. Caroline, con gentilezza, gli posa una mano sulla spalla. «Dev'essere difficile per te sentire queste cose. Noi avevamo dato per scontato che Mallory fosse stata sincera sulla sua storia. Avevamo pensato che ti avesse detto la verità.»

«No, niente affatto.»

«Adrian, all'ospedale dei veterani lavoro con parecchi tossicodipendenti. Sono brave persone, e il nostro obiettivo è reinserirli nella società. A volte però non è il momento giusto. A volte li lasciamo andare prima che siano pronti.»

Guardo Caroline, sono furiosa. «NON sta succedendo questo! Non sono sotto l'effetto di niente. E non sono stata io a fare quei maledetti disegni! Te lo giuro, Caroline. In questa casa c'è qualcosa che non va. Il fantasma di Annie Barrett si è impossessato di vostro figlio, e adesso di me, e questo è il suo messaggio.» Indico le pareti tutto intorno. «Questa è la sua storia!»

So che devo sembrare pazza, anche per quello che dico, perché Adrian mi guarda stupefatto. Sembra che mi veda per la prima volta.

«Ma il resto, è vero?» domanda. «Hai vissuto in una casa famiglia? Ti facevi di *eroina*?»

Mi vergogno troppo per rispondere, lui però mi legge la verità in faccia. Si volta ed esce dal soggiorno. Io faccio per seguirlo ma Caroline mi blocca. «Lascialo andare, Mallory. Non rendergli le cose ancora più difficili.»

Mi volto verso la finestra e guardo Adrian che attraversa il vialetto con il volto deformato da una smorfia di dolore. A metà strada si mette a correre, come se non vedesse l'ora di allontanarsi da me. Sale sul pick-up e se ne va.

Quando guardo di nuovo Caroline, ha in mano un bicchiere di carta. «Forza. Facciamola finita.»

Mi accompagna al gabinetto. Entro e faccio per chiudere la porta, ma lei mi blocca e scuote la testa. Come se avesse paura che in qualche modo io riesca a manipolare il campione, come se andassi in giro con fiale di urina pulita perché non si sa mai. Mi fa la cortesia di voltarsi mentre abbasso le mutande e mi accovaccio sopra la tazza. Siccome ho fatto centinaia di test, sono molto esperta nel raccogliere i campioni. Riesco a riempire un bicchiere senza versare una goccia. Poggio il bicchiere colmo sul bordo del lavandino, tiro su le mutande e mi lavo le mani. L'acqua diventa nera e lascia sul lavandino un residuo granuloso. Mi strofino le dita e i palmi con la saponetta, ma la grafite si aggrappa alla pelle come inchiostro, come una macchia che non verrà mai via.

«Ti aspetto in soggiorno» dice Caroline. «Non cominceremo finché non arrivi.»

Tutto quel lavare le mani lascia un anello grigio sul lavandino immacolato. Un'altra cosa di cui sentirmi in colpa. Provo a pulirlo con un po' di carta igienica, poi mi asciugo le mani sui pantaloncini.

Quando arrivo in soggiorno Caroline e Ted sono seduti sul divano e hanno poggiato il mio campione sul tavolino, sopra a un tovagliolo. Caroline mi mostra il test antidroga ancora avvolto nel cellophane, per dimostrarmi che non è stato manipolato. Poi lo scarta, scopre le cinque striscette e le immerge nell'urina.

«Guarda, capisco perché lo state facendo, ma sarà negativo. Ve lo giuro, sono pulita da venti mesi.»

«E noi vogliamo crederti» dice Caroline, poi guarda i disegni sui muri. «Però dobbiamo capire cosa è successo qui oggi.»

«Ve l'ho già detto cosa è successo. Anya si è impossessata del mio corpo. Mi ha usata come una marionetta. Non ho fatto nessuno di questi disegni! È stata lei!»

«Se dobbiamo parlarne» dice Caroline «dobbiamo restare calmi. Non possiamo gridarci contro.»

Prendo fiato. «Va bene. Okay.»

«Prima che venissi a lavorare qui abbiamo fatto una lunga chiacchierata con Russell per conoscere la tua storia. Ci ha raccontato delle tue difficoltà, dei ricordi confusi, dei vuoti di memoria...»

«Questa è una cosa diversa. Quei problemi non li ho più.»

«Tu sai che un paio di giorni fa Teddy ha perso la scatola delle matite. È venuto da me in lacrime. Era scosso perché non le trovava più. Poco dopo, come per magia, cominciano ad apparire tutti questi disegni nel tuo cottage. Non ti sembra una strana coincidenza?»

Guardo il bicchiere. È passato solo un minuto. È ancora troppo presto per i risultati.

«Caroline, io riesco a stento a tirare una riga dritta. Ho fatto solo un corso di disegno al liceo. E ho preso a stento la sufficienza. Non avrei mai potuto fare quei disegni, non sono così brava.»

«I miei pazienti dicono sempre la stessa cosa: "Non disegnerei nemmeno se ne andasse della mia vita!". Poi però provano l'arteterapia e i risultati sono straordinari. Disegnano le cose più incredibili per superare i loro traumi. Per elaborare certe verità che ancora non sono pronti ad affrontare.»

«Non si tratta di questo.»

«Guarda la donna nei tuoi disegni. È giovane, è alta. Ha una corporatura atletica. *Corre*, Mallory. Ti ricorda qualcuno?»

Capisco dove vuole arrivare, ma si sbaglia. «Non è un autoritratto.»

«È una rappresentazione simbolica. Una metafora visiva. Hai perso la tua sorella minore. Sei scossa, entri nel panico, hai un disperato desiderio di riportarla in vita, ma è troppo tardi. Adesso cammina "nella valle dell'ombra della morte".» Si muove nel soggiorno, spostando la mia attenzione da un'immagine all'altra. «Poi un angelo viene ad aiutarla: niente di troppo ambiguo in questa metafora, no? L'angelo conduce Beth verso la luce, e tu non riesci a fermarli. Tua sorella è passata dall'altra parte e non tornerà più. Tu lo sai, Mallory. Sta tutto lì, sul muro. Questa non è la storia di Anya. È la *tua*. È quella di *Beth*.»

Scuoto la testa. Non voglio trascinare Beth in tutto questo. Non voglio nemmeno che Caroline la nomini.

«Sappiamo quello che è successo» continua. «Russell ci ha raccontato la tua storia ed è terribile, Mallory. Mi dispiace tanto che sia successo. So che ti porti sulle spalle un sacco di sensi di colpa e un grande dolore. Ma se non affronti questi sentimenti, se continui a reprimerli...» Indica i miei disegni sparsi per tutta la stanza. «Saranno come vapore sotto pressione, Mallory. Cercheranno delle crepe, un modo per sfogarsi.»

«E gli altri disegni? La donna strangolata?»

«Un concetto astratto reso letterale» risponde Caroline. «Forse il dolore, o la dipendenza. Il modo in cui la droga strangola il tuo corpo.»

«E la donna trascinata nel bosco?»

«Forse c'è qualcuno che ti ha allontanata dal pericolo? Uno sponsor, un mentore? Come Russell?»

«Allora perché mi seppellisce?»

«Non ti sta seppellendo, Mallory. Ti sta *liberando*. Ti scava fuori da una montagna di eroina e ti reinserisce nella società. E guardati adesso!»

Caroline gira il test perché possa vedere anch'io il risultato. Tutte e cinque le strisce, per il THC, gli oppioidi, la cocaina, le anfetamine e le metanfetamine, sono negative.

«Pulita da venti mesi» commenta Ted. «Benissimo.»

«Siamo davvero orgogliosi di te» dice Caroline. «Ma è chiaro che hai ancora molta strada da fare, non è vero?»

Non so cosa rispondere.

È vero che ci sono degli strani parallelismi tra i disegni di Anya e la mia storia personale.

Ed è pure vero che a volte ricordavo le cose sbagliate, che ho sofferto di vuoti di memoria e di tutte le consuete ricadute psicologiche della dipendenza.

Però nel cottage ho altri dodici disegni che puzzano di morte, e la responsabile è una sola.

«Questi li ha disegnati Anya. Non sono stata io.»

«Anya è un'amica immaginaria. Teddy lo sa che è inventata. Capisce che non esiste davvero.»

«Teddy è spaventato e confuso e ripete tutto quello che gli dite voi. So che avete frequentato scuole importanti e che pensate di avere capito tutto. Ma su questi disegni vi sbagliate, vi sbagliate su questa casa e vi sbagliate anche su Teddy. Vi succede qualcosa di inspiegabile sotto al naso e voi fate finta di niente!»

Ormai sto gridando, non riesco a trattenermi, ma Ted e Caroline non reagiscono. Capisco che hanno smesso di ascoltarmi, che sono pronti ad andare oltre.

«Credo che dobbiamo accettare il fatto di essere in disaccordo» mi dice Caroline. «Forse è un fantasma, forse è solo senso di colpa. Non importa, Mallory. La conclusione è che hai lasciato nostro figlio da solo per quattro ore, e non mi fido più ad affidartelo.»

Ted riconosce la "necessità di un cambiamento" e Caroline aggiunge che bisogna pensare a questo momento come a un crocevia, a un'occasione per migliorare le cose per tutti.

E sembrano così positivi, così comprensivi e incoraggianti che mi ci vuole qualche attimo a capire che mi stanno licenziando.

20

Sono tornata al cottage da dieci minuti quando squilla il telefono.

È Russell. Chiama da un minuscolo motel in mezzo al deserto, tra Las Vegas e il Grand Canyon. Il collegamento è pessimo, pieno di fruscii e scoppiettii.

«Quinn! Ma che è successo?»

«Credo di aver perso il lavoro.»

«No, tu hai *sicuramente* perso il lavoro! Caroline mi ha mandato le foto del tuo folle progetto artistico. Che diavolo sta succedendo da quelle parti?»

«In questa casa c'è qualcosa, Russell. Una presenza. Prima ha preso di mira Teddy, adesso prende di mira me.»

«Una presenza?» Di solito Russell è una fonte inesauribile di energia ed entusiasmo; all'improvviso però sembra stanco, e anche un po' deluso. «Vuoi dire come un fantasma?»

«Non sto prendendo niente. Caroline mi ha fatto il test.»

«Lo so.»

«Questa è una cosa diversa. Questa...»

Veniamo interrotti da un sibilo di interferenza, e per un attimo ho paura di aver perso la comunicazione. Poi però torna la sua voce.

«Dovresti andare a un incontro. Che ore sono lì? Le sei e mezza... Di venerdì sera... Prova alla chiesa del Santissimo Redentore. Penso che inizino alle sette.»

«Non mi serve un incontro.»

«C'è qualche amico che puoi chiamare? Qualcuno con cui stare? Non voglio che resti da sola stasera.» Credo che dal mio silenzio capisca che qui non può aiutarmi nessuno. «Va bene, ascolta. Torno a casa.»

«No!»

«Va bene così. Qui fa schifo, comunque. C'è un tempo terribile. Mi devo allenare sempre al chiuso, sul tapis roulant, perché se metti il naso fuori dieci minuti fa così caldo che ti viene un infarto.»

Spiega che gli ci vorranno due o tre giorni per arrivare da me. In questo momento era diretto al Grand Canyon, perciò dovrà tornare a Las Vegas e cercare un altro volo. «Quindi ci vediamo domenica o al massimo lunedì. Devi solo farcela fino ad allora, okay? Io e Doreen ti veniamo a prendere. Puoi stare da me per qualche settimana, ti faremo visitare da un medico. Ci inventeremo un piano B.»

«Grazie, Russell.»

Lascio cadere a terra il telefono e chiudo gli occhi. So che dovrei alzarmi dal letto, andare a un incontro o almeno preparare la cena. Fuori però ha cominciato a piovere, uno di quei rovesci estivi che arrivano da chissà dove. Il vento fa tremare il tetto e l'acqua scroscia sulle finestre. Sono intrappolata nel cottage e vorrei qualcuno da chiamare. Ho paura del lungo weekend che ho davanti, della lunga attesa solitaria prima che Russell venga a prendermi. I miei unici altri amici sono a Safe Harbor, ma mi vergogno troppo per raccontare loro cosa ho fatto.

Ovviamente ci sono anche i miei amici di *prima* di Safe Harbor. Ho cancellato nomi e numeri, ma non sarebbe difficile recuperarli. Philadelphia è a mezz'ora di macchina da Spring Brook. Se solo potessi arrivare a Kensington Avenue, so che riconoscerei parecchie facce, vecchi amici contenti di rivedermi, pronti a darmi il bentornato. In banca ho mille e duecento dollari. Posso prendere e andare, qui nessuno sentirebbe la mia mancanza.

A parte Teddy.

Teddy la *sentirebbe*, la mia mancanza. Lo so.

Non posso lasciarlo senza salutarlo.

Devo trattenermi quanto basta per spiegargli tutto, per fargli capire che non è colpa sua.

Allora resto nel mio perfetto minuscolo cottage, il posto più bello in cui abbia mai vissuto, un promemoria ben arredato di tutto ciò che ho appena perduto. Continua a piovere e nella testa sento un ronzio più forte che mai, come se fosse piena di zanzare. Mi copro la faccia con un cuscino e grido, ma niente riesce a zittire il rumore.

Quella notte dormo per dieci, dodici, quattordici ore. Ogni volta che mi sveglio mi viene in mente che cosa è successo, poi mi infilo sotto le coperte finché mi addormento di nuovo.

Alle dieci di sabato mattina mi alzo e mi trascino sotto la doccia. Mi fa sentire un po' meglio, credo. Quindi vado fuori e in veranda trovo un sasso che tiene fermo un foglio di carta.

Oh Gesù, penso tra me. *Sto impazzendo davvero.*

Ma è solo un biglietto di Caroline:

Cara Mallory,
io e Ted portiamo Teddy in spiaggia. Gli abbiamo detto che te ne vai, e ovviamente ci è rimasto male. Speriamo che una giornata di mare e luna park lo aiuti a distrarsi. Staremo via fino a tardi, quindi avrai il giardino e la piscina tutti per te.
Inoltre: stamani Russell ha chiamato per un aggiornamento. Ha preso un biglietto per il volo notturno di domani sera, sarà qui lunedì mattina tra le dieci e le undici.
Ci piacerebbe passare il pomeriggio di domani a festeggiare con te il tempo passato insieme: nuoto, cena, dessert eccetera eccetera. A partire dalle tre, se per te va bene. Per piacere, chiamaci se ti serve qualcosa o anche solo se hai bisogno di parlare. Sono qui per aiutarti in questo momento di transizione.
Con affetto,

Caroline

Vado alla casa grande a prendere un po' di succo d'arancia, ma quando provo a entrare digitando il codice scopro che non funziona. È ovvio che non funzioni: Ted e Caroline possono fidarsi a lasciarmi in giardino, ma non mi faranno assolutamente rientrare in casa, non dopo che ho disegnato su tutti i muri.

So che dovrei andare a correre. So che mi sentirò meglio se vado a fare qualche chilometro. Ma sono troppo imbarazzata per lasciare il giardino, mi vergogno troppo per farmi vedere in giro nel quartiere. Immagino che la notizia di quello che è successo si sarà sparsa in fretta, e adesso tutti a Spring Brook conosceranno il mio segreto. Torno al cottage e mi verso una scodella di Cheerios, poi però mi ricordo che ho finito il latte. Li mangio così, con le mani. Mi sdraio sul letto con il tablet e guardo Hallmark Channel; provo a scegliere un film, ma all'improvviso mi sembrano tutti fasulli e orribili, pieni di false promesse e con quelle stronzate di lieto fine.

Dopo dieci minuti di un film che parla del Natale di una maniaca delle scarpe, sento dei passi in veranda e qualcuno che bussa piano alla porta. Probabilmente sarà Mitzi, che viene a scusarsi per come si è comportata durante la seduta spiritica. Grido «Ho da fare!» e alzo il volume del tablet.

Alla finestra compare il volto di Adrian.

«Dobbiamo parlare.»

Salto giù dal letto e apro la porta. «Sì, davvero, perché...»

«Non adesso» dice. «Ho il pick-up qui davanti. Andiamo a fare un giro.»

Non mi dice dove stiamo andando, ma appena saliamo sulla rampa per la 295 ci arrivo da sola. Ci immettiamo nel traffico che scorre veloce, prendiamo la 76 verso ovest e attraversiamo il ponte Walt Whitman, che si alza sui cantieri navali e sui porti del fiume Delaware. Andiamo a South Philadelphia. Adrian mi porta a casa.

«Non devi farlo. Torna indietro.»

«Siamo quasi arrivati» dice lui. «Altri cinque minuti.»

È troppo presto per il football e comunque i Phillies di certo giocano in trasferta, perché la tangenziale è sgombra e non c'è traffico. Adrian prende l'uscita per Oregon Avenue. Continua a guardare il GPS, ma da qui potrei dargli le indicazioni bendata. Conosco ancora ogni strada e ogni stop e ogni semaforo. Tutti i vecchi negozi ci sono ancora: i fast-food e i chioschi del *cheesesteak*, i supermercati orientali e i negozi di cellulari, il bar per sportivi che la sera diventa strip club dove erano state assunte due delle mie compagne di classe appena uscite dal liceo. Nessuno potrebbe mai scambiare il mio vecchio quartiere per Spring Brook. Le strade sono piene di buche; i marciapiedi cosparsi di vetri rotti e ossi di pollo. Ma molte delle case a schiera hanno rivestimenti in alluminio nuovi e un aspetto migliore di quanto ricordi, come se la gente avesse fatto lo sforzo di mettere un po' in ordine.

Adrian si ferma all'angolo tra l'Ottava e Shunk. Immagino che abbia trovato il mio indirizzo online, visto che siamo proprio davanti alla casa a schiera bassa e tozza dove abitavo una volta. I mattoni sono stati ridipinti, anche le persiane, e al posto del nostro "giardino" di ghiaia bianca adesso c'è un prato di un verde intenso. Accanto alla porta d'ingresso vedo un uomo su una scala; indossa guanti da lavoro e pulisce le grondaie dalle foglie secche.

Adrian parcheggia e aziona i lampeggianti. Non vedo nessuno dei miei vicini dai tempi del liceo e ho paura che mi riconoscano. Le case sono strette l'una all'altra ed è facile immaginare tutti che aprono le porte ed escono fuori in massa per guardarmi con gli occhi sbarrati.

«Per favore, guida e basta.»

«È qui che sei cresciuta?»

«Lo sai già.»

«Chi è l'uomo sulla scala?»

«Non lo so. Guida e basta, va bene?»

Il tipo sulla scala si volta e ci studia. È un uomo di mezza età, stempiato, non troppo alto. Indossa una maglia degli Eagles. «Vi serve qualcosa?»

Non l'ho mai visto prima. Forse mia madre ha assunto un tuttofare. È più probabile che abbia venduto la casa e abbia traslocato, e che quest'uomo sia il nuovo proprietario. Gli rivolgo un cenno di scuse e mi volto verso Adrian. «Se non parti subito, scendo e torno a piedi a Spring Brook.»

Lui ingrana la marcia e passiamo al semaforo verde. Lo dirigo nel traffico fino a FDR Park, dove vanno quelli di South Philly per i picnic, i compleanni e per fare le foto di nozze. Da ragazzini lo chiamavamo "i laghi", perché è costellato di laghetti e lagune. Quello più grande si chiama Meadow Lake, troviamo una panchina con una bella vista sull'acqua. All'orizzonte, contro il cielo grigio, vediamo la sopraelevata della I-95, sei corsie di auto che vanno e vengono dall'aeroporto. Per molto tempo non diciamo nulla, perché nessuno dei due sa da dove cominciare.

«Non ho mentito sulla borsa di studio» gli dico. «In seconda liceo ho corso i cinquemila metri in quindici minuti e ventitré secondi. Ero la sesta ragazza più veloce di tutta la Pennsylvania. Puoi cercarlo su Google.»

«L'ho già fatto, Mallory. Il primo giorno che ci siamo visti sono andato di corsa a casa e ho cercato tutte le Mallory Quinn di Philadelphia. Ho trovato le tue statistiche. Quanto bastava perché la tua storia sembrasse credibile.» Poi ride. «Però niente profilo Twitter, e niente sugli altri social. Ho pensato che quest'aura di mistero fosse divertente. Le ragazze della Rutgers sono su Instagram ventiquattr'ore su ventiquattro, sette giorni su sette, a postare foto alla moda e a cercare complimenti. Tu invece eri diversa. Ho pensato che avessi molta fiducia in te stessa. Non ho mai immaginato che nascondessi qualcosa.»

«Sono stata sincera, quasi sempre.»

«*Quasi* sempre? Che significa?»

«Ho mentito solo sul mio passato. Nient'altro. Non sui disegni di Anya. E certo non su quello che provo per te. Avrei voluto dirti la verità ieri sera a cena, lo giuro.»

Non risponde niente. Guarda il lago e basta. Ci sono dei ragazzi lì vicino che giocano con un drone; sembra un ufo in miniatura con otto eliche che girano vorticosamente, e ogni volta che ci passa vicino fa il rumore di uno sciame di api. Mi rendo conto che Adrian si aspetta che continui, che mi sta dando la possibilità di ripulirmi la coscienza. Faccio un respiro profondo.

«Va bene, allora...»

21

Tutti i miei problemi iniziarono con una semplice frattura da stress all'osso sacro, una minuscola lesione dell'osso triangolare che sta in fondo alla spina dorsale. Era il settembre dell'ultimo anno di liceo, e mi prescrissero otto settimane di riposo, proprio all'inizio della stagione delle gare. Una cattiva notizia, ma non una tragedia assoluta. Era un problema comune tra le giovani atlete, facile da curare, e non avrebbe compromesso l'offerta che mi aveva fatto la Penn State. Per il dolore i medici mi prescrissero l'OxyContin: una compressa da quaranta milligrammi due volte al giorno. Tutti dissero che sarei tornata a posto per le gare invernali, a novembre.

Andavo comunque a tutti gli allenamenti; portavo l'attrezzatura e aiutavo a tenere le statistiche di tutti, ma era difficile guardare le mie compagne da bordo pista, sapendo che avrei dovuto essere lì a correre insieme a loro. Inoltre, visto che avevo più tempo a disposizione, mia madre si aspettava che l'aiutassi di più in casa. Che cucinassi più spesso, che facessi la spesa e le pulizie e badassi a mia sorella.

La mamma ci stava crescendo da sola. Era bassa, sovrappeso, e fumava un pacchetto di sigarette al giorno, anche se lavorava nell'amministrazione del Mercy Hospital e dunque conosceva i rischi. Io e Beth insistevamo sempre perché smettesse, le nascondevamo le Newport sotto al divano o in altri posti dove non avrebbe mai guardato. Lei usciva e ne comprava altre. Diceva che la aiutavano a tenere botta, che dovevamo lasciarla in pace. Si affrettava sempre a ricordarci che non avevamo nonni, zii o zie, e che non c'era nessun secondo marito all'orizzonte, e dunque noi tre dovevamo guardarci le spalle a vicenda. Era il nostro ritornello costante: «Dobbiamo guardarci le spalle a vicenda».

Tre o quattro sabati all'anno, senza preavviso, l'ospedale imponeva a mia madre uno straordinario obbligatorio per smaltire tutte quelle vertenze sui conti che nessun altro riusciva a capire. Un venerdì sera la mamma ricevette la solita telefonata e ci disse che il giorno dopo avrebbe dovuto lavorare. Poi aggiunse che avrei dovuto portare mia sorella a Storybook Land.

«Io? Perché io?»

«Perché gliel'ho promesso.»

«Portacela domenica. Domenica sei libera.»

«Beth però vuole portare Chenguang, e Chenguang può solo sabato.»

Chenguang era la migliore amica di mia sorella, una tipa stramba dai capelli rosa che le disegnava baffi da gatta sulle guance. Lei e Beth erano in una specie di club per fanatici degli *anime*.

«Domani ho una gara! A Valley Forge. Non torno prima delle tre.»

«Salta la gara» disse mia madre. «Tanto non corri. La squadra non ha bisogno di te.»

Provai a spiegarle che la mia presenza dava alle mie compagne un'enorme carica psicologica, ma lei non volle sentire ragioni. «Tu domani accompagni Beth e Chenguang.»

«Sono troppo grandi per Storybook Land! È un parco per bambini!»

«Ci vanno per ridere» commentò, poi aprì la porta sul retro, accese una sigaretta e buttò fuori il fumo attraverso la zanzariera. «*Sanno* di essere troppo grandi, è proprio per questo che ci vogliono andare.» Alzò le spalle, come se fosse una cosa assolutamente ragionevole.

La mattina dopo, sabato 7 ottobre, Chenguang arrivò a casa nostra con una maglietta gialla con sopra un unicorno bianco glitterato e un paio di jeans scoloriti. Stava mangiando un sacchetto di caramelle spaghetti e me ne offrì qualcuna. Scossi la testa e dissi che preferivo morire. Beth scese con indosso la stessa maglietta con l'unicorno e gli stessi jeans. A quanto pareva avevano programmato in anticipo il loro abbigliamento, come parte di quella nostra bizzarra avventura da deficienti.

Insistetti per partire alle nove del mattino. L'idea era fare l'autostrada mentre le mie compagne correvano e poi telefonare per sapere il risultato appena arrivate a Storybook Land. Chenguang però aveva una puntura di ragno che non la smetteva di prudere, e allora fummo costrette a fermarci da Walgreens per comprare un antistaminico. Questo ci fece perdere mezz'ora, perciò attraversammo il ponte Walt Whitman verso le nove e mezza, e prendemmo la Atlantic City Expressway ormai alle nove e tre quarti. C'erano tre corsie di auto che correvano come pazze verso il New Jersey a centotrenta chilometri all'ora. Avevo abbassato i finestrini e messo la radio a tutto volume per non sentire Beth e Chenguang ridacchiare sul sedile posteriore. Non la smettevano di chiacchierare, si interrompevano a vicenda di continuo e si parlavano sopra. Avevo appoggiato il telefono sul cruscotto tra i sedili anteriori. Lo stavo ricaricando con la presa attaccata all'accendisigari. Sopra la musica sentivo le notifiche arrivare una dopo l'altra. Sapevo che probabilmente era la mia amica Lacey, che non mandava mai un unico messaggio se poteva mandarne cinque. La corsia davanti a me era sgombra. Allora guardai il telefono, tutte quelle notifiche che si accumulavano sullo schermo.

«MERDA
OH KZZ!
!!!!!!!!
non ci crederesti chi è arrivata 3a»

L'orologio sul cruscotto segnava le 9:58. Capii che la gara doveva essere finita e che Lacey, da brava, mi stava mandando i risultati. Controllai di nuovo la strada, poi presi il telefono con una mano, inserii la password e con cautela le risposi: **«dimmelo»**.

Vidi tre puntini lampeggianti sul lato dello schermo, a indicare che Lacey stava scrivendo. Ricordo Ed Sheeran alla radio che cantava del castello sulla collina. Ricordo di aver guardato nello specchietto retrovisore. Avevo un suv proprio dietro, attaccato al paraurti, e senza pensarci davvero accelerai per aumentare la distanza. Nello specchietto vidi Beth e Chenguang che si dividevano una caramella spaghetto. La mangiavano partendo ciascuna da un'estremità, come i cani in *Lilli e il vagabondo*. Ridacchiavano come matte, e ricordo di aver pensato: *Che gli dice la testa? Questo sarebbe un normale comportamento da adolescenti?* Poi il telefono si mise a vibrare nella mia mano, per segnalare che Lacey aveva risposto.

E poi era mercoledì, e mi risvegliai in un ospedale a Vineland, nel New Jersey. Avevo la gamba sinistra rotta, tre costole fratturate, ed ero collegata a una mezza dozzina di monitor e altre macchine. Accanto al letto c'era mia madre, seduta, con in mano un quaderno a spirale. Cercai di tirarmi su, ma non riuscivo a muovermi. Ero così confusa. Cominciò a dire cose senza senso. C'era una bicicletta sull'autostrada. Una famiglia portava le cose per la spiaggia sul retro del loro suv, e una mountain bike si era sganciata, e tutte le auto avevano sterzato per evitarla. Dissi: «Dov'è Beth?», e lei crollò. Allora capii.

Quello davanti a me si era rotto la clavicola. Nel suv alle mie spalle erano rimasti tutti feriti, ma in maniera non grave. Chenguang ne era uscita senza un graffio. Mia sorella era stata l'unica vittima, e secondo i medici io me l'ero cavata per un soffio. Tutti si affrettarono a dire che non era stata colpa mia, che non avevo fatto niente di male. Tutti incolparono la famiglia con la mountain bike. Alcuni agenti di polizia vennero a trovarmi in ospedale, ma non ci fu mai una vera indagine. A un certo punto, mentre l'auto girava su se stessa, il mio telefono era volato fuori dal finestrino. O forse era rimasto polverizzato nello schianto, o sparito tra gli alti fiori viola che crescevano sul bordo dell'autostrada. Non ho mai saputo chi fosse arrivata terza.

Due settimane dopo lasciai l'ospedale con una nuova ricetta per l'OxyContin, da prendere "all'occorrenza" per il dolore, ma io quel dolore lo sentivo sempre, tutto il giorno, da quando mi svegliavo a quando crollavo sul letto. Le compresse lo alleviavano un po', così supplicai quei medici di farmi una nuova prescrizione, giusto per superare Halloween, il Ringraziamento, Natale; a febbraio però camminavo bene, dunque niente più ricette.

Quel dolore era peggio di qualunque cosa avessi mai provato. È questo che la gente non capisce dell'OxyContin, o almeno allora non lo capivamo fino in fondo. Nell'arco di quei mesi la droga mi aveva completamente riprogrammato il cervello, dirottando sempre più recettori del dolore, e adesso avevo bisogno dell'OxyContin semplicemente per tirare avanti. Non riuscivo a dormire, mangiare o concentrarmi in aula. E nessuno mi aveva avvertito che sarebbe successo. Nessuno mi aveva preannunciato quelle conseguenze.

Fu allora che iniziai ad appoggiarmi ai compagni di classe, a chiedere che sbirciassero nei bagni e nelle camere dei genitori. Rimarreste sconvolti se sapeste quante persone hanno in casa l'OxyContin. E quando quelle fonti alla fine si prosciugarono, avevo un'amica il cui ragazzo conosceva un tizio. Comprare l'ossicodone da uno spacciatore è un'esperienza abbastanza semplice da razionalizzare. Dopotutto erano le stesse compresse che mi avevano prescritto i medici. Acquistavo farmaci, non droga. Il ricarico però era scandaloso e di lì a un mese avevo dato fondo ai miei risparmi. Passai tre giorni infelici a soffrire di nausea e sudori freddi, prima che uno dei miei nuovi amici cerca-pillole mi proponesse un'alternativa più economica e più ragionevole.

"Eroina" è una parola grossa, che mette paura, ma dà le stesse sensazioni dell'ossicodone a tutto un altro prezzo. Devi solo superare la paura degli aghi. Per fortuna su YouTube c'erano un sacco di video ad aiutarmi: tutorial (ufficialmente per diabetici) su come trovare una vena e come tirare indietro piano piano lo stantuffo al momento giusto, per assicurarsi di essere entrati nel flusso sanguigno. E una volta capito, le cose andarono di male in peggio.

Finii a stento le superiori, grazie a insegnanti comprensivi e tanto dispiaciuti per me. Tutti gli allenatori però capirono cosa stava succedendo, e in un modo o nell'altro la Penn State riuscì a chiamarsi fuori dall'offerta. Diedero la colpa all'incidente e alle mie ferite; dissero che con tutta la fisioterapia possibile non sarei stata comunque pronta per l'autunno, e non ricordo di esserci rimasta male. Non ricordo nemmeno che me lo abbiano detto. Quando informarono mia madre io già passavo le notti a Northern Liberties, a dormire sul divano del mio nuovo amico Isaac, che aveva trentotto anni.

Dopo il liceo trascorsi un lungo periodo in cui vivevo prima di tutto per drogarmi e trovare i soldi per comprare altra droga, ogni genere di droga. Se l'ossicodone e l'eroina non si trovavano, ero pronta ad assaggiare tutto il menù. Mia madre investì tempo e denaro per cercare di aiutarmi, ma io ero giovane e carina mentre lei vecchia e grassa e al verde; non aveva alcuna possibilità. Un giorno salì sull'autobus numero 17 e le venne un attacco di cuore; per poco non morì sull'ambulanza che la portava in ospedale. E io lo seppi sei mesi dopo, quando iniziai il percorso di riabilitazione e provai a telefonarle per darle la buona notizia. Lei pensò che volessi dei soldi e riagganciò.

La richiamai altre due volte, ma non rispose mai, allora le lasciai lunghi messaggi sconclusionati per confessarle che l'incidente era stato colpa mia e chiederle scusa per tutto. A quel punto vivevo a Safe Harbor ed ero pulita, ma ovviamente lei non mi credeva. Nemmeno *io* mi sarei creduta. Poi un giorno rispose un uomo. Disse di chiamarsi Tony e di essere un amico di mia madre, e che lei non voleva più sentirmi. La volta dopo il numero risultò inesistente.

Sono due anni che non parlo con mia madre, non so nemmeno che ne sia di lei. So comunque di avere molti, molti motivi per sentirmi grata. Sono grata di non avere mai preso l'HIV o l'epatite, sono grata di non essere mai stata stuprata. Sono grata all'autista dell'Uber che mi ha iniettato il Narcan dopo che ho perso conoscenza sul sedile posteriore della sua Prius. Sono grata al giudice che mi ha mandata in riabilitazione invece che in prigione. E sono grata di aver conosciuto Russell, che abbia accettato di farmi da sponsor e mi abbia motivata a ricominciare a correre. Non sarei mai arrivata così lontano senza il suo aiuto.

Adrian non mi interrompe con chissà quali domande. Mi lascia parlare e parlare, finché finalmente riesco ad arrivare al punto: «Mi sentirò sempre in colpa per ciò che è successo. Tutti accusano quello con la mountain bike. Ma se fossi stata più attenta...».

«Questo non lo sai, Mallory. Forse avresti sterzato e l'avresti evitata, forse no.»

Io però so di avere ragione.

Saprò sempre di avere ragione.

Se tornassi indietro e rifacessi tutto da capo, cambierei corsia o sterzerei di colpo oppure inchioderei e tutto sarebbe ancora a posto.

«Dormivamo insieme: te l'ho già detto? Avevamo un letto a castello e non lo sopportavamo, non facevamo che lamentarcene con nostra madre. Le dicevamo che eravamo le uniche ragazzine del nostro isolato a dormire nella stessa camera, e non era nemmeno vero! Comunque dopo l'incidente, il giorno delle dimissioni dall'ospedale, mia madre mi riportò a casa e io andai di sopra e...» Non riesco nemmeno a descrivere il resto. Non riesco a dirgli che la stanza era troppo silenziosa senza Beth, che non riuscivo a dormire senza il rumore del suo respiro e il fruscio delle sue lenzuola.

«Dev'essere difficile» dice Adrian.

«Mi manca così tanto. Ogni giorno. Forse è per questo che ti ho mentito, Adrian, non lo so. Ma giuro che non ho mai mentito sul resto. Non ho mentito sui miei sentimenti e non ho mentito sui disegni. Non ho memoria di averli fatti. Ma credo di essere stata io. So che è l'unica spiegazione logica. Lunedì me ne vado da Spring Brook. Starò con il mio sponsor per un paio di settimane. Provo a rimettermi in sesto la testa. Scusami per essermi comportata da pazza.»

Siamo arrivati al punto della conversazione in cui spero che Adrian dica qualcosa, magari non «Ti perdono», so che è chiedere troppo, ma almeno una qualche reazione al fatto che mi sono appena messa a nudo, che ho condiviso una storia che non ho mai raccontato a nessuno al di là degli incontri dei Narcotici Anonimi.

Invece si alza e annuncia: «Dobbiamo andare».

Camminiamo sull'erba verso il parcheggio. Ci sono tre bambini che giocano accanto al pick-up di Adrian, fanno le pistole con le dita e sparano proiettili immaginari. Quando ci avviciniamo, scattano tutti sull'asfalto del parcheggio, gridando e ululando e agitando le braccia come pazzi. Mi ricordano i bambini dei giardinetti di Spring Brook. Hanno tutti cinque o sei anni e non somigliano affatto a Teddy, silenzioso e introspettivo, che cerca sempre i suoi albi illustrati e il blocco per gli schizzi.

Adrian non dice niente fino a quando non siamo sul pick-up. Avvia il motore e accende l'aria condizionata, ma non ingrana la marcia. «Ascolta, quando sono andato via da casa tua ieri ero piuttosto arrabbiato. Non perché avessi mentito a me, anche se è grave. Ma perché hai mentito ai miei genitori e a tutti i loro amici. È davvero imbarazzante, Mallory. Non so come farò a dirglielo.»

«Lo capisco, Adrian. Mi dispiace.»

«Ma ecco il punto: dopo essermene andato a quel modo non potevo tornare a casa. I miei genitori sapevano dell'appuntamento e non volevo vederli, non volevo dirgli che era andato a monte. Così sono andato al cinema. C'era il nuovo film della Marvel e mi sembrava un buon modo per passare il tempo. L'ho visto due volte di seguito in realtà, per poter tornare a casa dopo mezzanotte. E quando finalmente sono arrivato in camera mia, sulla scrivania ho trovato questo.»

Si allunga sul sedile e apre il cruscotto, dove c'è un foglio di carta coperto di segni a matita.

«A proposito di sentirsi impazzire… Magari è possibile che tu sia entrata di nascosto in casa mia e che tu abbia trovato la mia camera, dove hai lasciato questo disegno sulla scrivania anche se c'erano i miei genitori nei paraggi. Magari, tecnicamente, è anche possibile che sia stato Teddy, un bambino di cinque anni, a entrare di nascosto. O i suoi genitori. Però io non credo, Mallory.» Adrian scuote la testa. «Secondo me la spiegazione più plausibile è che tu abbia sempre avuto ragione, fin dall'inizio. È *davvero* Anya l'autrice di questi disegni. E vuole che *io* sappia che *tu* stai dicendo la verità.»

22

Torniamo a Spring Brook e ci mettiamo al lavoro. Prendo tutti i disegni che ho trovato nel cottage, più i tre che ho preso in camera di Teddy. Adrian ha quello lasciato sulla sua scrivania, più tutte le fotografie del soggiorno dei Maxwell. Ha già stampato le immagini, così possiamo aggiungerle alla sequenza. Abbiamo meno di quarantotto ore, poi Russell verrà a prendermi, e prima di allora voglio convincere i Maxwell che stiamo dicendo la verità.

Sistemiamo le immagini sul cemento accanto alla piscina, usando sassi o manciate di ghiaia per tenerle ferme. Poi passiamo mezz'ora a spostarle, cercando di metterle in ordine, creando una specie di narrazione che abbia un senso.

Dopo vari tentativi arriviamo a questo:

«La prima immagine è la mongolfiera» inizio. «Siamo in un parco o in un campo. Un'area con molto spazio aperto. Molto cielo.»

«Dunque non è sicuramente Spring Brook» commenta Adrian. «Ci sono troppi aerei che arrivano e partono da Philadelphia.»

«Vediamo una donna che dipinge la mongolfiera. Per il momento ipotizziamo che sia Anya. A giudicare dal vestito senza maniche immagino sia estate, o forse ci troviamo in un posto con un clima più mite.»

«Nelle vicinanze c'è una bambina che gioca. Potrebbe essere la figlia di Anya. Teddy ha detto che Anya ha una figlia. Non sembra che Anya la tenga molto d'occhio.»

«Poi arriva un coniglio bianco.»

«La bambina ne è incuriosita. Stava giocando con un coniglio di peluche, ma adesso ne è arrivato uno in carne e ossa.»

«Così segue il coniglio in una vallata…»

«… ma Anya non si accorge che la bambina si allontana. È troppo presa dal suo lavoro. Vediamo però la bambina all'orizzonte. Che si lascia alle spalle i suoi giocattoli. Ha senso per ora?»

«Secondo me sì» risponde Adrian.

«Bene, perché ora diventa confuso. Qualcosa va storto. Il coniglio sparisce, la bambina sembra smarrita. Potrebbe essersi ferita. Potrebbe addirittura essere morta. Perché nella prossima immagine...»

«Le si avvicina un angelo.»

«E l’angelo la accompagna verso la luce.»

«Qualcuno però sta cercando di fermarli. Qualcuno li insegue.»

«È Anya» dice Adrian. «Indossa lo stesso vestito bianco.»

«Esatto. Corre per salvare la bambina, per impedire che la portino via.»

«Anya però arriva troppo tardi. L'angelo non gliela vuole restituire.»

«Oppure non *può*» dice Adrian.

«Esatto. Adesso c'è un vuoto.»

«L'angelo e la bambina sono andati via. Non li vediamo più. Adesso qualcuno sta strangolando Anya. Questo è l'unico pezzo del puzzle che ancora ci manca.»

«Il tempo passa. È notte. Al cavalletto di Anya non c'è nessuno.»

«Un uomo arriva nel bosco, con degli attrezzi. Sembrano una pala e un piccone.»

«L'uomo trascina il cadavere di Anya per il bosco...»

«Usa la pala per scavare una buca…»

«E poi seppellisce il corpo.»
«Dunque l'uomo ha strangolato Anya» dice Adrian.
«Non necessariamente.»
«Sposta il suo corpo. La seppellisce.»

«Ma la storia inizia di giorno. L'uomo non compare fino a tardi, fino a buio.»

Adrian comincia a spostare di nuovo le immagini, mettendole in una sequenza diversa; ma le ho provate tutte e questa è l'unica che si avvicina ad avere un significato.

Manca ancora qualcosa, però. È la stessa sensazione di quando si fa un puzzle e si è quasi finito, ma poi si scopre che nella scatola mancavano tre pezzi che andavano proprio al centro dell'immagine.

Adrian alza le mani. «Perché non ce lo dice e basta? Perché non lascia stare questi stupidi disegni e usa le parole? "Mi chiamo Tremotino. Mi ha ucciso l'arciduca." O chi ti pare. Perché è così criptica?»

Si sta solo sfogando, ma capisco che non mi sono mai posta questa domanda: perché *in effetti* Anya è così criptica?

Invece di ricorrere a Teddy per fare i disegni, perché non usa le parole? Perché non scrive una lettera? A meno che...

Ripenso a tutte le conversazioni a senso unico che ho origliato in camera di Teddy, a tutti gli indovinelli a cui giocava durante il riposino. «Teddy dice che Anya parla in modo buffo. Dice che è difficile capirla. E se non parlasse inglese?»

Adrian sembra pronto a liquidare la mia idea, poi però prende il libro della biblioteca, le *Opere complete di Anne C. Barrett*. «Va bene, pensiamoci un attimo. Sappiamo che Annie arrivò dall'Europa dopo la Seconda guerra mondiale. Forse non parlava inglese. Forse Barrett non era nemmeno il suo vero cognome. Forse era una versione occidentalizzata di qualcosa tipo "Baryšnikov", uno di quei cognomi lunghi e impossibili da pronunciare dell'Europa dell'Est. E la famiglia lo ha cambiato, solo per integrarsi.»

«Esatto» gli dico, accalorandomi per la teoria. «George scrive come se si trovasse negli Stati Uniti da molto tempo. È già integrato. Fa il diacono in chiesa, è consigliere comunale. Ma all'improvviso la sua cugina boema si presenta a Spring Brook, a ricordargli le sue vere origini. George si vergogna di lei. La sua lettera nel libro è così supponente, con tutto quel parlare dei suoi scarsi successi e della sua mancanza di responsabilità.»

Adrian schiocca le dita. «E questo spiega la tavoletta! Hai detto che le sue risposte erano incomprensibili! Le hai definite "accozzaglia di lettere". Ma se stesse usando un'altra lingua?»

Ripenso alla seduta spiritica, alla sensazione di essere tumulata dentro il cottage, con la tavoletta che vibrava sotto le mie dita.

Sapevo che non eravamo sole.

Sapevo che qualcuno mi spostava la mano e sceglieva ogni lettera in maniera molto intenzionale.

«Mitzi ha trascritto ogni cosa» gli spiego.

Attraversiamo il giardino fino a casa di Mitzi. Busso con le nocche sulla porta d'ingresso ma non risponde nessuno. Poi facciamo il giro della casa, fino alla porta sul retro che usano i clienti. La porta è aperta e vediamo attraverso la zanzariera fino in cucina, fino al tavolo di formica dove Mitzi mi ha servito il caffè. Busso alla zanzariera e il Kit-Cat Klock mi restituisce lo sguardo agitando la coda. Sento la televisione accesa all'interno, una televendita per dollari d'oro commemorativi: «Queste monete sono molto apprezzate dai collezionisti, ed è garantito che conserveranno il loro valore...».

Grido il nome di Mitzi, ma è impossibile che mi senta con la voce del venditore.

Adrian prova a muovere la maniglia e la porta si apre. «Che ne pensi?»

«Penso che è paranoica e ha una pistola. Se entriamo di soppiatto, ci sono ottime probabilità che ci faccia saltare la testa.»

«C'è anche la possibilità che sia ferita. Forse è scivolata nella doccia. Se una persona anziana non viene ad aprirti, tu devi controllare.»

Busso di nuovo, ma ancora niente.

«Torniamo dopo.»

Ma Adrian insiste. Apre la porta e grida: «Mitzi, stai bene?».

Poi entra, e io che altro posso fare? Sono già le tre passate e la giornata sta andando troppo in fretta. Se Mitzi ha informazioni che possono aiutarci, ci servono il prima possibile. Tengo la porta aperta e lo seguo dentro casa.

La cucina puzza. Sa di immondizia da buttare, o magari sono tutti i piatti sporchi accumulati nel lavandino. Sul fuoco c'è una padella piena di grasso di bacon rappreso. La superficie è costellata di minuscole impronte di zampe, e preferisco non pensare a tutte le blatte che potrebbero vivere tra quelle pareti.

Seguo Adrian in soggiorno. Il televisore è acceso su Fox News e il conduttore discute con uno degli ospiti sulle ultime minacce alla sicurezza americana. Si gridano addosso, fanno a chi urla più forte, così prendo il telecomando e tolgo il volume.

«Mitzi? Sono Mallory. Mi senti?»

Ancora niente.

«Forse è uscita un attimo» dice Adrian.

E ha lasciato la porta aperta? Impossibile, non è da Mitzi. Mi sposto verso il retro della casa e controllo il bagno: niente. Alla fine arrivo alla porta della camera di Mitzi. Busso varie volte, la chiamo per nome, poi alla fine apro.

Dentro la stanza le tende sono tirate, il letto sfatto, e ci sono indumenti sparsi per tutto il pavimento. L'aria è viziata e pesante e ho paura a toccare qualsiasi cosa. La porta sbatte contro un cestino di vimini pieno di fazzoletti di carta usati e lo rovescia.

«Niente?» domanda Adrian.

Mi metto in ginocchio e guardo sotto al letto, tanto per essere sicura. Ci sono altri panni sporchi, ma niente Mitzi.

«Non è qui.»

Mentre mi alzo, guardo il comodino. Oltre a una lampada e a un telefono vedo una manciata di batuffoli di cotone, un flacone di alcol disinfettante e un laccio emostatico in lattice.

«Che c'è?» domanda Adrian.

«Non lo so. Probabilmente nulla. Dovremmo andarcene.»

Torniamo in soggiorno e Adrian trova il taccuino sul divano, infilato sotto alla pesante tavoletta ouija.

«È quello» gli dico.

Scorro liste della spesa e di cose da fare prima di arrivare all'ultima pagina, con gli appunti della seduta spiritica. La strappo e la mostro a Adrian.

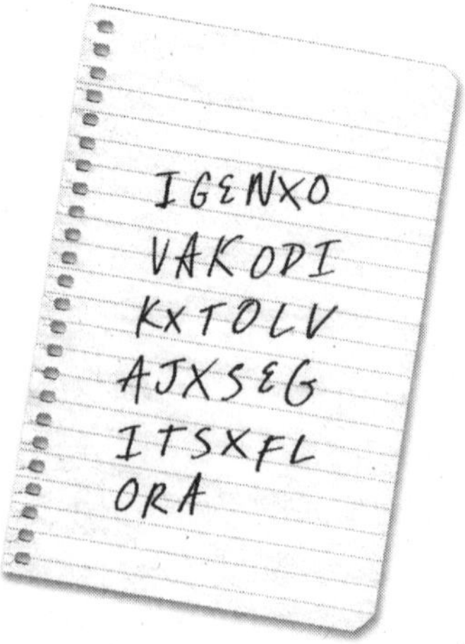

Al liceo ho studiato spagnolo e avevo degli amici che seguivano corsi di francese e cinese, ma quelle parole non somigliano a niente che abbia già visto. «Anya sembra un nome russo» commenta Adrian. «Però sono abbastanza sicuro che questa è un'altra lingua.»

Prendo il telefono e cerco IGENXO, per sicurezza, e forse è la prima volta che non ottengo nemmeno un risultato.

«Se Google non la conosce, di sicuro non è una parola.»

«Forse è una specie di crittogramma» risponde Adrian. «Uno di quegli enigmi in cui ogni lettera viene sostituita da un'altra.»

«Abbiamo appena deciso che non parla inglese» gli dico. «Credi davvero che giochi agli indovinelli?»

«Non sono difficili, se conosci qualche trucco. Dammi un minuto.» Prende una matita e si siede sul divano di Mitzi, deciso a decifrare il codice.

Comincio a frugare in soggiorno, cercando di immaginare perché Mitzi sia uscita di casa lasciando la televisione accesa e la porta sul retro aperta, quando sento qualcosa scricchiolare sotto la scarpa. È come se avessi calpestato uno scarafaggio o un piccolo insetto con un guscio duro ma fragile. Alzo il piede e vedo che in realtà è un tubetto di plastica, un cilindro arancione lungo circa sette centimetri.

Lo raccolgo, Adrian alza gli occhi dal foglio.

«Che cos'è?»

«Il cappuccio di una siringa ipodermica. Credo che si sia iniettata qualcosa. Insulina, spero, ma stiamo parlando di Mitzi, perciò chissà.» Mentre controllo la stanza, scopro altri tre cappucci: su una mensola, dentro un cestino, sul davanzale di una finestra. Aggiungendo il laccio emostatico, sono quasi certa che possiamo escludere il diabete.

«Hai finito?»

Guardo il foglio, non mi sembra che Adrian abbia fatto grandi progressi.

«È complicato» ammette. «Di solito si cerca la lettera più frequente e si sostituisce con la "E". In questo caso ci sono quattro "X", ma sostituirle con la "E" non ci aiuta.»

Credo che stia perdendo tempo. Se ho ragione sulla barriera linguistica di Anya, e sono sicura di averla, allora per lei comunicare in inglese sarebbe già una bella sfida. Non si metterebbe anche a scrivere in codice. Vorrebbe renderci le cose più facili, non più difficili. Cercherebbe di rendere il messaggio più chiaro.

«Dammi un altro minuto» dice.

Poi sentiamo bussare alla porta sul retro.

«Salve? C'è nessuno?»

È una voce maschile che non conosco.

Forse uno dei clienti di Mitzi, che viene a farsi leggere l'aura?

Adrian mette in tasca il foglio. Quando entriamo in cucina, vedo che l'uomo alla porta sul retro indossa l'uniforme della polizia.

«Devo chiedervi di uscire.»

23

Il poliziotto è giovane, non avrà più di venticinque anni, con i capelli rasati, gli occhiali scuri e due braccia enormi coperte di tatuaggi. Non ha più un centimetro di pelle libera tra i polsi e le maniche della camicia: è un tripudio di stelle e strisce, aquile testabianca e brani della Costituzione.

«Stavamo controllando come sta Mitzi» spiega Adrian. «Aveva la porta aperta, ma non c'è.»

«E allora avete pensato di entrare, è così? Di dare un'occhiata?» Propone questa teoria come se fosse irragionevole, anche se è esattamente quello che è successo. «Aprite la porta e venite fuori. Lentamente, avete capito?»

Mi accorgo che su un lato del giardino ci sono altri due poliziotti che stendono un lungo nastro giallo da un albero all'altro. Più lontano, nel cuore del bosco, vedo luci in movimento e pettorine fluorescenti. Sento uomini che gridano l'uno all'altro le loro scoperte.

«Che cosa sta succedendo?» domanda Adrian.

«Mani contro il muro» ribatte il poliziotto.

«Dice sul serio?»

Adrian è scioccato: è evidente che questa è la prima volta che lo perquisiscono.

«Fallo e basta» gli dico.

«Sono tutte stronzate, Mallory. Indossi i pantaloncini da corsa! Non stai mica nascondendo un'arma.»

Basta usare la parola "arma" perché la situazione degeneri. Adesso i due poliziotti del nastro giallo camminano verso di noi con aria preoccupata. Io seguo le istruzioni e faccio quello che mi dicono. Premo le mani contro il muro di mattoni; abbasso la testa e fisso l'erba, mentre il poliziotto mi dà dei colpetti sui fianchi.

Anche se di malavoglia, Adrian si mette accanto a me con i palmi sul muro. «Stronzate assolute.»

«Silenzio» gli dice l'agente.

Se non avessi paura di parlare, direi a Adrian che il poliziotto in realtà è gentile – a Philadelphia ne ho incontrati alcuni che ti mettevano a terra, con le manette e a pancia sotto, nel tempo che ci vuole a dire "buonasera". Adrian sembra pensare che non li deve ascoltare, che in qualche modo lui è al di sopra della legge.

Poi un uomo e una donna girano intorno alla casa. Lui è alto e bianco mentre lei bassa e nera, sono entrambi un po' in carne e fuori forma. Mi ricordano i responsabili dell'orientamento al mio liceo. Sono vestiti da ufficio, con abiti comprati da Marshalls o T.J. Maxx, e hanno entrambi il distintivo da detective appeso al collo.

«Ehi, Darnowsky, andiamo» esclama l'uomo. «Che stai facendo a quella ragazza?»

«Era in casa! Avevate detto che la vittima viveva da sola.»

«Vittima?» domanda Adrian. «Mitzi sta bene?»

Invece di rispondere alle nostre domande, ci separano. Il detective uomo conduce Adrian dalla parte opposta del giardino, mentre la donna mi incoraggia a sedermi sul patio, a un tavolo di ferro battuto arrugginito. Apre il marsupio, tira fuori una scatoletta di mentine e ne mette una in bocca. Poi mi porge la scatoletta per offrirmene una, ma io dico di no.

«Sono la detective Briggs, il mio partner è il detective Kohr. Il nostro giovane collega con i tatuaggi da circo è l'agente Darnowsky. Chiedo scusa per la sua esuberanza. Questo è il nostro primo cadavere da un bel po', perciò siamo tutti nervosi.»

«Mitzi è morta?»

«Purtroppo sì. Due ragazzi l'hanno trovata un'ora fa. Nel bosco.» Indica gli alberi. «Da qui la vedreste, se non ci fossero quegli alberi.»

«Che cosa è successo?»

«Cominciamo da lei. Chi è, come si chiama, dove abita, e perché conosceva Mitzi?»

Le dico il nome e le mostro la patente, poi indico il cottage dall'altra parte del giardino. Spiego che lavoro per la famiglia che abita lì accanto. «Ted e Caroline Maxwell. Sono la loro babysitter e dormo nella dependance.»

«Ci ha dormito anche ieri notte?»

«Ci dormo ogni notte.»

«Ha sentito niente di insolito? Rumori?»

«No, ma sono andata a letto presto. E pioveva forte, questo lo ricordo. Con tutto quel vento e i tuoni non sentivo niente. Quando credete che Mitzi sia...» non riesco a dire "morta"; non riesco a credere che Mitzi davvero non ci sia più.

«Abbiamo appena iniziato» dice Briggs. «Quando l'ha vista per l'ultima volta?»

«Ieri no; il giorno prima. Giovedì mattina. Verso le undici e mezza è venuta da me.»

«Perché?»

È imbarazzante farlo a voce alta, ma dico lo stesso la verità. «Mitzi era una medium. Aveva una teoria secondo cui il cottage era infestato. Allora è venuta da me con la sua tavoletta per le sedute spiritiche, una specie di tavoletta ouija. E abbiamo provato a entrare in contatto con qualcuno.»

Briggs sembra divertita. «E ha funzionato?»

«Non ne sono sicura. Ne abbiamo ricavato qualche lettera, ma non hanno molto senso.»

«Le ha chiesto dei soldi?»

«No, si è offerta di aiutarmi gratis.»

«E a che ora avete finito?»

«All'una. Ne sono sicura perché c'era anche Adrian. In pausa pranzo. E doveva tornare al lavoro. È stata l'ultima volta che l'ho vista.»

«Ricorda cosa indossava?»

«Pantaloni grigi, una maglia viola. A maniche lunghe. Tutto molto ampio, comodo. E un sacco di gioielli: anelli, collane, braccialetti. Mitzi indossava sempre un sacco di gioielli.»

«Interessante.»

«Perché?»

Briggs alza le spalle. «Adesso non indossa niente. Non ha nemmeno le scarpe. Solo la camicia da notte. Mitzi era il genere di donna capace di uscire in camicia da notte?»

«No, in realtà direi che era proprio il contrario. Si preoccupava molto del suo aspetto. Era bizzarra, ma aveva un *suo* look, se capisce cosa intendo.»

«Poteva soffrire di demenza?»

«No. Mitzi si preoccupava di un sacco di cose diverse, ma la sua mente era lucida.»

«E allora voi due che ci facevate in casa sua poco fa?»

«Be', può sembrare stupido, ma dovevo chiederle qualcosa sulla seduta spiritica. Ci era venuto il dubbio che lo spirito usasse un'altra lingua, e che fosse per questo che le lettere non avevano senso. Volevamo chiedere a Mitzi se secondo lei era possibile. La porta sul retro era aperta, perciò abbiamo creduto che fosse in casa. Adrian ha pensato che potesse essersi fatta male, e allora siamo entrati per vedere se era tutto a posto.»

«Avete toccato niente? Spostato qualcosa?»

«Ho aperto la porta della sua camera. Per vedere se stava dormendo. E credo di avere tolto il volume alla televisione. Era così alta che non riuscivamo a sentire altro.»

Briggs mi guarda i fianchi, e io capisco che sta fissando le tasche. «Avete portato via niente?»

«No, certo che no.»

«Allora le dispiacerebbe vuotare le tasche? Credo che stia dicendo la verità, ma è meglio per tutti se controllo.»

Sono contenta che gli appunti della seduta li abbia presi Adrian, così non devo mentire.

«Per ora non ho altre domande» dice. «Ha delle informazioni che potrebbero aiutarmi?»

«Purtroppo no. Sapete come è successo?»

Alza le spalle. «Non ha ferite. Non credo che qualcuno le abbia fatto del male. Quando troviamo il cadavere di una persona anziana all'esterno, in camicia da notte, di solito ha sbagliato a prendere le medicine. Ha mischiato le pillole o ha preso una dose doppia. Ha mai parlato di farmaci?»

«No» dico, ed è la verità. Sono tentata di parlarle dei cappucci delle siringhe e del laccio emostatico e dell'odore pungente di corda bruciata che seguiva Mitzi come una nuvola.

Ma sono sicura che Briggs scoprirà da sola tutte queste cose dopo aver fatto il giro della casa.

«Be', la ringrazio del suo tempo. Le dispiacerebbe mandarmi i Maxwell? Ted e Caroline? Voglio parlare con tutti i vicini.»

Spiego che sono andati in spiaggia, ma fornisco agli agenti i loro numeri di cellulare. «Non conoscevano bene Mitzi, però sono certa che se possono vi aiuteranno.»

Briggs si volta e fa per andarsene, poi ci ripensa e si ferma. «Quest'ultima domanda è un po' fuori tema, ma devo saperlo: chi è il fantasma che avete tentato di contattare?»

«Si chiamava Annie Barrett. A quanto pare abitava nel mio cottage. Negli anni quaranta. La gente dice…»

Lei annuisce. «Oh, so tutto di Annie Barrett. Sono una ragazza del posto, sono cresciuta a Corrigan, dall'altra parte del bosco. Mio padre però diceva sempre che la sua storia era una bufala. Era così che chiamava le balle, le storie incredibili: bufale.»

«Annie Barrett era reale. Ho un libro con i suoi quadri. Tutti a Spring Brook sanno chi è.»

La detective Briggs sembra incline a obiettare, poi però si trattiene. «Non sarò io a rovinare una buona storia. Soprattutto quando adesso in quel bosco c'è un mistero ancora più grande.» Mi porge un biglietto da visita. «Se le viene in mente qualcos'altro, mi chiami.»

Io e Adrian passiamo l'ora successiva seduti accanto alla piscina, a guardare quel circo nel giardino di Mitzi e ad aspettare ulteriori sviluppi. Per Spring Brook è ovviamente una cosa grossa, visto che il giardino pullula di poliziotti, pompieri, paramedici, e c'è anche un uomo in cui Adrian riconosce il sindaco. Nessuno sembra fare chissà cosa; sono solo un sacco di persone che chiacchierano e vanno in giro. Alla fine però quattro paramedici dal volto cupo emergono dal bosco con una sacca di polivinile nero chiusa con la zip sopra una barella, e poco dopo la folla comincia a diradarsi.

Caroline telefona dalla spiaggia per sapere come me la cavo. Dice che ha già sentito la detective Briggs e che è completamente "distrutta" dalla notizia. «Certo, non posso dire che quella donna mi piacesse molto. Però non augurerei a nessuno di morire così. Hanno capito cosa è successo?»

«Credono che abbia sbagliato a prendere i farmaci.»

«La vuoi sapere la cosa più strana? Giovedì notte abbiamo sentito Mitzi gridare. Io e Ted eravamo seduti accanto alla piscina. Stavamo discutendo, come immagino tu già sappia. Poi all'improvviso abbiamo sentito Mitzi urlare contro qualcuno, in casa sua. Dirgli di uscire, che non era il benvenuto. Sentivamo tutto ciò che diceva.»

«Che cosa avete fatto?»

«Ero pronta a chiamare la polizia. Avevo già composto il 911 e il telefono stava squillando. Poi però Mitzi è uscita. Aveva indosso la camicia da notte, e la sua voce era completamente diversa. Chiamava quella persona, le diceva di aspettarla. "Voglio venire con te" diceva. Sembrava che le cose si fossero calmate, così ho riagganciato e non ci ho pensato più.»

«Hai visto chi era l'altra persona?»

«No, ho pensato che fosse un cliente.»

Mi sembra improbabile. Non credo che Mitzi avrebbe accolto un cliente in casa con il buio. La prima volta che sono andata a trovarla erano solo le sette di sera e lei mi ha chiesto perché mi presentassi da lei così tardi.

«Senti, Mallory, vuoi che torniamo prima? Mi dispiace che tu sia da sola a occuparti di questa cosa.»

Decido di non dirle che Adrian è seduto accanto a me sul bordo della piscina, a studiare gli appunti raccolti in casa di Mitzi, ancora determinato a decifrarli.

«Va tutto bene» le dico.

«Sei sicura?»

«Restate quanto volete. Teddy si diverte?»

«È triste perché te ne vai, ma l'oceano è una bella distrazione.» Sento Teddy sullo sfondo, molto su di giri, che strilla perché ha trovato qualcosa nel secchiello della sabbia. «Aspetta, tesoro, sto parlando con Mallory...»

Le dico di divertirsi e di non preoccuparsi per me, poi riaggancio. Riferisco l'intera conversazione a Adrian, in particolare la parte sul misterioso visitatore notturno di Mitzi.

Dalla sua reazione mi sembra di capire che entrambi stiamo girando intorno alla stessa conclusione, anche se siamo troppo nervosi per dirlo a voce alta.

«Credi che fosse Anya?» domanda poi.

«Mitzi non avrebbe mai accolto un cliente in camicia da notte. Senza gioielli. Era troppo vanitosa.»

Adrian guarda i poliziotti e i paramedici che ancora si aggirano tra gli alberi. «Allora cosa è successo, secondo te?»

«Non ne ho idea. Voglio pensare che Anya non è violenta, è una specie di spirito benevolo, ma è solo un pensiero. Quello che so per certo è che è stata brutalmente assassinata, tutto qui. Qualcuno ha trascinato il suo cadavere per il bosco e l'ha buttato in una fossa. Forse è arrabbiata e vuole vendicarsi di tutti quelli che abitano a Spring Brook. E Mitzi è la prima persona con cui se l'è presa.»

«Okay, ma perché proprio adesso? Mitzi ha abitato qui per settant'anni. Come mai Anya avrebbe aspettato tutto questo tempo per infuriarsi?»

È una buona domanda. Non ne ho idea. Adrian rosicchia la punta della matita e torna a concentrarsi sul guazzabuglio di lettere, come se potessero rispondere a ogni nostra domanda. Nella casa accanto il circo sta lentamente chiudendo bottega. I pompieri se ne sono andati e tutti i vicini si sono allontanati. Sono rimasti solo alcuni poliziotti, e l'ultima cosa che fanno è chiudere la porta sul retro con due lunghe strisce di nastro giallo con su scritto NON OLTREPASSARE. I nastri si incrociano al centro a formare una gigantesca "X", una barriera tra la casa e il mondo esterno.

Guardo in basso, agli appunti di Mitzi, e all'improvviso la soluzione mi appare ovvia.

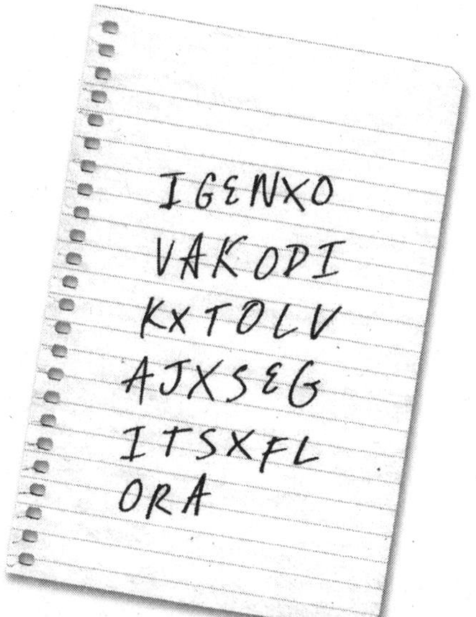

«Le "X"» dico a Adrian. «Non sono "X".»

«Cosa intendi?»

«Anya sa che non parliamo la sua lingua. Allora ha messo delle "X" tra le parole. Per separarle. Sono spazi, non lettere.»

«Dove?»

Gli prendo la matita di mano e ricopio le lettere, mettendo ogni parola sulla propria riga.

«Adesso *sì* che sembra una lingua» gli dico. «Una lingua slava. Russo? Forse polacco?»

Adrian sblocca il telefono e inserisce la prima parola nella stringa di Google Translate. I risultati sono istantanei: *igen* è ungherese e significa "sì". Da lì è facile tradurre tutto il messaggio: SÌ X ATTENZIONE X LADRO X AIUTO X FIORE.

«Aiuto fiore?» chiede Adrian. «Che cosa significa?»

«Non lo so.» Ripenso ai disegni che ho preso dal cestino; non c'erano dei fiori appena sbocciati? «Questo però spiega senz'altro perché usa i disegni. La sua lingua madre è l'ungherese.»

Adrian sblocca il telefono e scatta una foto. «Devi mandarla a Caroline. È la prova che non ti sei inventata niente.»

Vorrei avere la sua fiducia. «Non prova niente. È solo un gruppo di lettere che chiunque avrebbe potuto scrivere su un foglio di carta. Mi accuserebbe di aver comprato un dizionario di ungherese.»

Adrian però non molla. Continua a rileggere quelle parole, come se sperasse di trovarci un significato secondario, più profondo. «Devi stare attenta, devi stare attenta al ladro. Ma chi è il ladro? E cosa avrebbe rubato?»

In questo puzzle ci sono così tanti pezzi che comincia a farmi male la testa. Mi sembra di voler incastrare per forza un blocchetto quadrato in un buco rotondo, o di imporre una soluzione molto semplice a un problema molto complicato. Cerco di pensare e concentrarmi, e mi infastidisco quando il mio telefono si mette a squillare, rovinandomi la concentrazione.

Poi però vedo il nome di chi sta chiamando.

La Rest Haven, da Akron, Ohio.

24

«Pronto, Mallory?»

«Sì?»

«Salve, sono Jalissa Bell della Rest Haven di Akron. Ha telefonato lei ieri per la signora Campbell?»

«Sì, posso parlarci?»

«Be', è complicato. Potrei passarle la signora Campbell, ma non sarebbe una gran conversazione. Soffre di demenza senile all'ultimo stadio. Mi occupo di lei da cinque anni e quasi sempre la mattina nemmeno mi riconosce. Dubito sinceramente che possa rispondere alle sue domande.»

«Ho solo bisogno di alcune informazioni di base. Lei per caso conosce il nome di sua madre?»

«Mi dispiace, tesoro, no. Anche se lo conoscessi, però, non potrei dirglielo.»

«Ha mai parlato di un'eredità? Di una grossa somma di denaro ricevuta da una certa zia Jean?»

Ride. «Ecco, questo *sicuramente* non glielo potrei dire. Per la privacy! Perderei il posto.»

«Certo, mi scusi.»

Credo che percepisca la disperazione nella mia voce, perché mi propone un compromesso: «Domani da mezzogiorno alle quattro è orario di visite. Se vuole davvero parlare con la signora Campbell, può passare di qui e gliela presenterò. Le visite fanno bene ai pazienti. Tengono attiva la mente, fanno scattare qualche sinapsi. Solo non si aspetti chissà cosa, okay?».

La ringrazio per il suo tempo e riaggancio. Akron è a sei ore di macchina e ho solo stasera e domani per convincere i Maxwell che dico la verità. Spiego tutto a Adrian e lui è d'accordo che non dovrei perdere tempo ad andare alla cieca.

Se al mio problema c'è una soluzione, dovrò trovarla proprio qui, a Spring Brook.

A fine giornata andiamo in città, al Bistro, un piccolo ristorante che serve la stessa tipologia di cibo che si trova in tutte le buone tavole calde del Jersey, ma ci sono le luci soffuse, un bar ben fornito e un trio jazz, così tutto costa il doppio di quello che ti aspetteresti. Dopo cena passeggiamo senza meta per il quartiere, perché nessuno dei due è pronto a concludere la serata. Adrian insiste che verrà a trovarmi a Norristown e dice che ovviamente io posso venire a trovarlo a Spring Brook tutte le volte che voglio. So però che senza il lavoro sarà diverso; mi sentirò un'estranea, come se questo non fosse più il mio posto. Vorrei solo che esistesse un modo per convincere i Maxwell che ho detto la verità.

Adrian mi prende la mano e la stringe.

«Forse quando torniamo al cottage ci saranno altri disegni» dice. «Nuovi indizi per aiutarci a dare un senso a tutto questo.»

Con Teddy che passa la giornata sulla spiaggia, mi sa che è poco probabile. «Anya non sa disegnare da sola» gli rammento. «Le servono delle mani. Deve usare un intermediario.»

«Allora forse dovresti offrirti volontaria. Darle la possibilità di finire la sequenza.»

«E come potrebbe funzionare?»

«Torniamo al cottage, chiudi gli occhi e la inviti a impadronirsi di te. Ieri è andata così, no?»

Solo a pensare all'episodio nel soggiorno mi vengono i brividi. «Non sono molto ansiosa di ripetere l'esperienza.»

«Sarò seduto accanto a te, per assicurarmi che vada tutto bene.»

«Vuoi guardarmi dormire?»

Ride. «Se la metti così sembra una cosa perversa. Ti offro di restare e assicurarmi che non ti succeda niente.»

L'idea non mi piace tantissimo, ma si sta facendo tardi e sto esaurendo le opzioni. Adrian sembra convinto che alla sequenza manchino giusto un paio di disegni, e con Teddy lontano tutto il giorno serve qualcuno che offra il proprio tempo e le proprie mani, perché Anya possa finire di raccontare la sua storia.

«E se mi addormento e non succede niente?»

«Potrei aspettare un'ora e poi sgattaiolare fuori. O se preferisci potrei...» Alza le spalle. «Potrei restare fino a domattina.»

«Non voglio dormire con te stanotte. È troppo presto.»

«Lo so, Mallory. Voglio solo aiutarti. Dormirò sul pavimento.»

«Poi non mi è permesso avere ospiti di notte. È una delle regole della casa.»

«Però sei già stata licenziata» mi ricorda Adrian. «Non credo che le loro regole valgano più.»

Ci fermiamo da Walgreens, così Adrian può comprare uno spazzolino da denti. Il negozio ha un minuscolo reparto cancelleria, quindi prendiamo anche un blocco per gli schizzi, una scatola di matite e un grosso pennarello Sharpie. Forse non è quello che sceglierebbe Anya, ma dovrà accontentarsi.

Arriviamo al cottage, e mi sento obbligata a mostrarlo a Adrian, per un giro turistico di appena tre secondi.

«È bello» dice.

«Lo so. Mi mancherà.»

«Non perdere la speranza. Credo che questo piano abbia buone possibilità di funzionare.»

Metto un po' di musica e poi passiamo un'ora buona a parlare, perché quello che stiamo per tentare mi mette un po' in imbarazzo. Se avessi portato a casa Adrian per andarci a letto insieme, saprei esattamente cosa fare. Invece ci stiamo preparando per qualcosa che sembra ancora più intimo e personale.

A mezzanotte trovo finalmente il coraggio di mettermi a letto. Vado in bagno e indosso i pantaloncini da corsa e una vecchia maglietta della Central High. Passo il filo interdentale e mi lavo i denti. Lavo anche il viso e metto la crema idratante. Poi esito prima di aprire la porta, perché mi sento un po' sciocca, come se mi stessi presentando in mutande. Vorrei avere un pigiama migliore, qualcosa di più carino di una vecchia maglietta del liceo con tanti piccoli buchi intorno al collo.

Quando esco dal bagno vedo che Adrian mi ha già tirato giù le coperte. Le luci sono tutte spente tranne quella piccola accanto al letto. Il blocco e le matite sono sul comodino, a portata di mano se mi prende l'ispirazione o… qualcos'altro.

Adrian è in cucina e mi volta le spalle, mentre prende una lattina di acqua tonica. Non mi vede finché non gli arrivo proprio dietro. «Penso di essere pronta.»

Si volta e sorride. «Mi sembri pronta.»

«Spero che per te non sia troppo noioso.»

Mi mostra il telefono. «Ho scaricato *Call of Duty Mobile*. Devo salvare degli ostaggi in Uzbekistan.»

Mi alzo in punta di piedi e gli do un bacio. «Buonanotte.»

«Buona fortuna» risponde.

Salgo sul letto e mi infilo sotto le coperte, e Adrian si accomoda su una sedia all'angolo opposto del cottage. Con la ventola sul soffitto che gira e i grilli che cantano fuori dalla finestra, quasi non mi accorgo della sua presenza. Mi giro sul fianco e guardo il muro. Dopo due lunghe, estenuanti giornate, credo che non avrò difficoltà ad addormentarmi. Appena poggio la testa sul cuscino sento tutto lo stress che se ne va; i muscoli si rilassano, il corpo si lascia andare. E anche con Adrian ad appena pochi metri, è la prima notte dopo tanto tempo che non mi sembra di essere spiata.

Ricordo soltanto uno dei miei sogni. Sono nella Foresta Incantata, sdraiata su un sentiero di terra battuta a guardare il cielo notturno. Ho le gambe sollevate da terra. Nell'ombra una sagoma mi trascina per le caviglie sulle foglie secche. Ho le braccia alzate sopra la testa. Sento le dita che sfiorano sassi e radici, ma non riesco ad afferrarli; sono come paralizzata e non riesco a impedire ciò che sta succedendo.

Poi invece sono in una buca e guardo in alto; è come se fossi caduta in un pozzo. Ho le membra così contorte che devo sembrare un pretzel. Il braccio sinistro è bloccato sotto la schiena e ho le gambe divaricate. So che dovrei sentire più male di quanto non senta, ma chissà come sono nel mio corpo e fuori dal mio corpo allo stesso tempo. In alto sopra di me c'è un uomo che guarda nella buca. Una cosa piccola e morbida mi colpisce il petto. Cade a terra e vedo che è un giocattolo, un coniglietto di peluche. Lo seguono un orsacchiotto e una pallina di plastica. «Mi dispiace» dice l'uomo con tono vuoto, come se parlasse sott'acqua. «Mi dispiace, mi dispiace tanto.»

Poi mi arriva in faccia una zolla di terra. Sento, attutito, il rumore di un badile che si conficca in un cumulo di terra, e dopo mi cadono addosso altra terra e altri sassi. Sento l'uomo che grugnisce; sento il peso che si accumula sul petto, la pressione sul corpo che aumenta, e non vedo più niente. È solo buio.

Allora provo ad aprire gli occhi e mi ritrovo nel cottage. Le luci sono spente e il minuscolo orologio sul comodino segna le 3:03. Sono sdraiata a letto, tengo stretta in mano una matita con la punta spezzata. Anche al buio, vedo che le sedie della cucina sono vuote; posso solo pensare che Adrian si sia stancato di aspettare che succedesse qualcosa e sia tornato a casa.

Mi alzo per assicurarmi che la porta sia chiusa. Scosto le lenzuola e sporgo le gambe giù dal letto, e solo allora vedo Adrian, addormentato sul pavimento, a torso nudo, disteso parallelo al letto con il braccio piegato e la maglietta appallottolata come cuscino.

Allungo il braccio e gli scuoto delicatamente una spalla. «Ehi.»

Si mette seduto in un attimo. «Che succede?»

«Ha funzionato? Ho disegnato qualcosa?»

«Be', sì e no.» Accende la lampada, poi apre il blocco e mi mostra il primo foglio. È coperto di scarabocchi, la superficie è annerita a forza di colpi di matita. Sono rimaste solo due piccole chiazze bianche, dove la punta della matita ha bucato la carta, scoprendo il foglio sottostante.

«Era appena passata l'una» spiega Adrian. «Dormivi da circa un'ora. Stavo per mollare e andare a letto. Così ho spento le luci e mi sono sdraiato sul pavimento. Allora ho sentito che ti muovevi e prendevi il blocco. Non ti sei nemmeno seduta. Hai disegnato questa cosa restando sdraiata al buio.»

«Non è granché.»

«Forse Anya ci sta dicendo che ha finito. Non ci sono altri disegni. Abbiamo già tutto quello che ci serve.»

Non può essere così, però. Manca ancora qualcosa, ne sono certa. «Ho sognato che ero in fondo a una buca. Un uomo mi spalava sopra della terra. Forse questa è l'immagine della terra.»

«Forse, ma in questo caso come ci aiuta? Cosa dovremmo capire dall'immagine di un po' di terra?»

Mi alzo e vado a prendere il resto dei disegni. Voglio sparpagliarli sul pavimento e vedere come quello scarabocchio nero potrebbe inserirsi nella sequenza. Adrian mi supplica di dormire un po'. «Devi riposare, Mallory. Domani è la nostra ultima speranza di capirci qualcosa. Vai a letto.»

Risistema la maglietta a mo' di cuscino più triste del mondo e si sdraia di nuovo sulle assi del pavimento. Chiude gli occhi e io la smetto di pensare ad Anya quanto basta per guardargli il torace. È abbronzato e muscoloso, conseguenza naturale del lavorare all'esterno tutta l'estate. Probabilmente potrei fargli rimbalzare un quarto di dollaro sulla pancia. È stato gentile, mi ha sostenuta e forse ha il fisico migliore che abbia mai visto in un uomo, e io come una cretina l'ho lasciato dormire per terra.

Adrian apre gli occhi e capisce che lo sto ancora fissando. «Puoi spegnere la luce?»

Allungo il braccio, gli sfioro il petto con le dita e gli prendo la mano. «Okay» gli dico. «Prima però voglio che vieni quassù.»

25

Mi sveglio e sento profumo di burro e cannella. Adrian è già vestito e si muove in cucina. Ha trovato le Granny Smith che tenevo in dispensa ed è davanti ai fuochi con una spatola, a voltare una specie di pancake. Guardo l'orologio, sono passate da poco le sette e trenta.

«Perché sei già sveglio?»

«Vado ad Akron. A trovare Dolores Campbell. Se parto adesso, secondo Google arriverò prima delle due.»

«È una perdita di tempo. Ti farai quasi seicentocinquanta chilometri per incontrare una donna che non riconosce nemmeno la sua infermiera.»

«È la nostra ultima pista. Fammi portare i disegni e il libro della biblioteca. Glieli mostrerò, per vedere se reagisce in qualche modo.»

«Non succederà niente.»

«Forse hai ragione, ma voglio comunque tentare.»

È così determinato che mi sento obbligata ad andare con lui, però ho già preso l'impegno di passare il pomeriggio con Teddy. «Devo restare qui. Hanno organizzato una festa per me.»

«Andrà tutto bene. Ho scaricato un nuovo audiolibro, *Star Wars: L'erede dei Jedi*. Mi accompagnerà fino ad Akron e ritorno.» Mi porge una tazza di tè e un piatto di pancake con mela e cannella e mi incoraggia a sedermi. «Vediamo che ne pensi. È una ricetta di mio padre.» Mi siedo e do un morso, e sì, in effetti sono notevoli, dolci e aspri insieme e burrosi, davvero deliziosi, ancora meglio dei *churros*.

«Sono incredibili.»

Si sporge in avanti e mi bacia. «Ce ne sono altri in padella. Ti chiamo nel tragitto e ti dico cosa ho scoperto.»

Sono un po' triste che se ne vada. Ho una mattinata intera da ammazzare prima della festa in piscina, che inizia alle tre. Sento però che non potrei convincere Adrian a non andare, che seguirebbe qualsiasi pista fino alla fine del mondo per impedirmi di lasciare Spring Brook.

Non ci metto molto a fare i bagagli. Sei settimane fa sono arrivata a Spring Brook con una valigia usata e una manciata di indumenti. Ora, grazie alla generosità di Caroline, ho un guardaroba molto più fornito, ma nessun contenitore in cui riporre quei nuovi capi. Allora ripiego con molta cura i suoi abiti da cinquecento dollari e li metto in un sacco per l'immondizia da quaranta litri, in quella che le mie amiche di Safe Harbor chiamavano "valigia della vita sobria".

Poi mi infilo le scarpe e faccio un'ultima corsa nei paraggi. Provo a non pensare a quanto mi mancherà Spring Brook, con tutti i suoi negozietti e ristoranti, le case con i loro dettagli e le decorazioni, i bei prati e i giardini. Sono già stata a casa di Russell, a Norristown, e il suo quartiere non si avvicina a questo nemmeno lontanamente. Vive al decimo piano di un palazzo vicino a un grattacielo di uffici e a un magazzino Amazon. Il complesso è circondato da uno svincolo autostradale, chilometri di asfalto e cemento roventi. Non è un bel posto, da nessun punto di vista, ma a quanto pare è il posto che merito.

La festa in piscina è un bel gesto, credo. Caroline mette dei nastri intorno al patio e insieme a Teddy attacca uno striscione fatto in casa con scritto: GRAZIE MALLORY. Ted e Caroline sono molto bravi a fingere di non avermi licenziata. Ci comportiamo tutti come se avessi scelto io di andarmene, e questo rende il pomeriggio meno imbarazzante. Caroline resta in cucina a preparare da mangiare, mentre io nuoto in piscina con Ted e Teddy. Facciamo una serie di buffe gare che Teddy riesce sempre a vincere. Mi domando a voce alta se a Caroline serva aiuto, se abbia voglia di nuotare un po', e mi rendo conto di non averla mai vista in piscina.

«In acqua le viene da grattarsi» spiega Teddy.

«Per via del cloro» prosegue Ted. «Ho provato ad aggiustare i valori del pH ma non ha funzionato. Ha una pelle super sensibile.»

Alle quattro non ho ancora avuto notizie da Adrian. Penso di mandargli un messaggio, ma poi Caroline ci chiama dal patio per dirci che la cena è in tavola. Ha apparecchiato con caraffe d'acqua fresca e limonata appena fatta e un sacco di cibo sano; ci sono spiedini di gamberi alla griglia, un'insalata di agrumi e frutti di mare e scodelle con zucca al vapore e spinaci e pannocchie. È chiaro che si è messa d'impegno, magari si sente in colpa per avermi mandata via. Comincio a chiedermi se ci stia ripensando, se ci sia ancora una possibilità che mi faccia restare. Teddy, euforico, mi racconta della gita e della spiaggia e del lungomare, della casa degli specchi e dell'autoscontro e del granchio che nell'oceano gli ha pizzicato le dita dei piedi. I suoi genitori intervengono con i loro racconti, e le nostre sembrano quattro bellissime chiacchiere in famiglia, come se tutto fosse tornato alla normalità.

Al momento del dessert Caroline porta in tavola dei vulcani di cioccolata: pan di Spagna in miniatura riempiti con una *ganache* calda e sopra una cucchiaiata di gelato alla vaniglia. Sono cotti alla perfezione e quando do il primo morso rimango letteralmente a bocca aperta.

Tutti ridono della mia reazione.

«Scusate» dico. «Ma questa è la cosa più buona che abbia mai assaggiato.»

«Oh, è meraviglioso» dice Caroline. «Sono contenta che possiamo finire l'estate con una nota positiva.»

Ed è allora che capisco che non è cambiato niente.

Mi offro di aiutare con i piatti, ma Ted e Caroline insistono per occuparsene loro. Mi ricordano che sono l'ospite d'onore. Mi incoraggiano ad andare a giocare con Teddy. Allora io e lui torniamo in piscina e facciamo per l'ultima volta tutti i nostri giochi preferiti. Giochiamo ai naufraghi e al *Titanic* e al Mago di Oz. E poi per un bel po' restiamo sdraiati l'uno accanto all'altra sulla piattaforma, a galleggiare.

«Quanto è lontano Norristown?» domanda lui.

«Non molto. Meno di un'ora.»

«Quindi potrai sempre tornare per una festa in piscina?»

«Spero di sì» gli dico. «Non ne sono sicura.»

La verità? Dubito che lo rivedrò. Ted e Caroline non avranno problemi a trovare un'altra tata, e ovviamente sarà carina e intelligente e affascinante, e Teddy si divertirà un sacco con lei. Io sarò ricordata come una strana nota a piè di pagina nella storia della loro famiglia: la babysitter che è durata solo sette settimane.

Ed ecco la parte che fa davvero male: so che tra molti anni, quando per il Giorno del Ringraziamento Teddy porterà a casa la fidanzata del college, a tavola si faranno battute su di me. Mi ricorderanno come la babysitter pazza che disegnava sui muri, quella che pensava che l'amica immaginaria di Teddy fosse reale.

Restiamo sdraiati sulla zattera a guardare il tramonto, che è meraviglioso. Le nuvole sono tinte tutte di rosa e di viola; il cielo sembra un quadro di un museo. «Possiamo senz'altro scriverci» prometto. «Puoi mandarmi dei disegni, e io ti scriverò delle lettere.»

«Sarebbe bello.»

Indica un aereo che sorvola l'orizzonte, con lunghe scie bianche di vapore. «Ci vuole l'aereo per venire a Norristown?»

«No, non c'è nemmeno l'aeroporto.»

È deluso.

«Un giorno ci andrò, in aereo» ribatte. «Papà dice che quelli grossi vanno a ottocento chilometri all'ora.»

Rido e ricordo a Teddy che è già stato in aereo. «Quando siete tornati da Barcellona.»

Scuote la testa. «Da Barcellona siamo tornati in macchina.»

«No, sarete andati in macchina all'aeroporto. Poi però avete preso l'aereo. Nessuno va in macchina da Barcellona al New Jersey.»

«Noi sì. Ci abbiamo messo tutta la notte.»

«È in un altro continente. Nel mezzo c'è un oceano gigantesco.»

«Hanno costruito un tunnel subacqueo» dice. «Con delle pareti super-spesse per proteggerti dai mostri marini.»

«Ora stai facendo lo sciocchino...»

«Chiedi a mio padre, Mallory! È vero!»

Poi sento squillare il mio telefono, poggiato sul cemento. Ho il volume al massimo per non perdere la chiamata di Adrian. «Torno subito» dico a Teddy. Salto giù dalla piattaforma e nuoto fino al bordo della piscina, ma non sono abbastanza veloce. Quando prendo il telefono è già scattata la segreteria.

Vedo che Adrian mi ha mandato una fotografia. È una donna anziana di colore, con un cardigan rosso leggero, seduta su una sedia a rotelle. Ha lo sguardo perso nel vuoto ma i capelli tagliati e in ordine. Sembra ben tenuta, ben curata.

Poi arriva una seconda foto: la stessa donna accanto a un uomo, di colore anche lui, sulla cinquantina. La cinge con un braccio e attira la sua attenzione verso l'obiettivo, incoraggiandola a guardare in macchina.

Adrian mi richiama.

«Hai visto le foto?»

«Chi sono queste persone?»

«Dolores Jean Campbell e suo figlio Curtis. La figlia e il nipote di Annie Barrett. Ci ho appena passato due ore insieme. Curtis viene a trovare la madre ogni domenica. E ci siamo sbagliati su tutto.»

Sembra impossibile.

«Annie Barrett era nera?»

«No, ma di sicuro non è ungherese. Era nata in Inghilterra.»

«È inglese?»

«Ho suo nipote proprio accanto a me. Te lo passo, così te lo dice lui direttamente, okay?»

Teddy mi fissa dalla piscina, annoiato, vuole che torni a giocare. Con la bocca mimo le parole "cinque minuti" e lui sale sulla piattaforma e comincia a scalciare con i suoi piedi minuscoli, spingendosi sull'acqua.

«Ehi, Mallory, sono Curtis. Abita davvero nel cottage di nonna Annie?»

«Credo… credo di sì.»

«Spring Brook, New Jersey. Dietro a Hayden's Glen, giusto? Il suo amico Adrian mi ha mostrato delle immagini. Ma non si deve preoccupare, non è posseduta da mia nonna.»

Sono così confusa. «Come fa a saperlo?»

«Ecco cosa è successo. La nonna si era trasferita dall'Inghilterra a Spring Brook dopo la Seconda guerra mondiale, giusto? Per vivere con suo cugino George. Stavano sul lato est di Hayden's Glen, che allora era un quartiere di bianchi benestanti. Mio nonno Willie invece viveva sul lato ovest. In un quartiere che si chiama Corrigan. Il quartiere di colore. Lavorava a un distributore della Texaco, e quando finiva il turno scendeva al torrente a rimediare la cena. Al nonno piaceva pescare. Mangiava trote e persici ogni giorno, se abboccavano. Un giorno vede questa bella ragazza bianca che se ne va in giro scalza. Con un blocco per gli schizzi. Lei lo saluta e il nonno raccontava di avere avuto paura anche solo a guardarla. Insomma, siamo nel 1948. Se sei un nero e una donna bianca ti sorride… ti volti dall'altra parte. Nonna Annie però viene da Cresscombe, in Inghilterra. Una cittadina sulla costa piena zeppa di immigrati dai Caraibi. Non ha paura dei neri. Nel corso di un anno diventano amici, e anche qualcosa di più. Ben presto il nonno prende ad attraversare il bosco di soppiatto nel cuore della notte per andare a trovare la nonna nel cottage. Mi segue?»

«Credo di sì.» Guardo la piscina per controllare Teddy. Sta ancora girando in tondo con la piattaforma, e mi sento in colpa perché è il mio ultimo giorno e lo sto ignorando, ma devo sentire il resto. «Che cosa è successo?»

«Be', un giorno Annie va dal cugino George e gli dice di essere incinta. Solo che a quel tempo non deve aver detto così. Probabilmente disse di essere "in stato interessante". Dice a George che il padre è Willie, e che vuole scappare con lui. Vogliono andare nell'Ohio, nella fattoria della famiglia di Willie, dove è probabile che nessuno li disturberà. E Annie è così testarda che George sa che non può assolutamente impedirglielo.»

«E quindi che è successo?»

«Be', George è furibondo, è ovvio. Le dice che il bambino sarà un abominio. Dice che il loro matrimonio non sarà valido agli occhi di Dio. Dice che Annie per lui sarà come morta, e la famiglia non vorrà nemmeno riconoscere la sua esistenza. E lei risponde che va bene, che tanto a lei di loro non è mai importato granché. Poi fa i bagagli e scompare. George si ritrova in una situazione molto imbarazzante. È un pilastro della comunità. È il diacono della chiesa. Non può dire alla gente che la cugina è scappata con un uomo di colore. Preferirebbe morire piuttosto che dire la verità. Allora inventa una storia. Va dal macellaio e compra due secchi di sangue di maiale. All'epoca non c'era la polizia scientifica, il sangue era sangue e basta. Lo sparge per tutto il cottage, rovescia i mobili, fa sembrare che qualcuno abbia messo tutto a soqquadro. Poi chiama la polizia. In città si scatena una caccia all'uomo: dragano il torrente con le reti ma non trovano nessun cadavere, perché non c'era alcun cadavere. La nonna la chiamava "la grande fuga". Passò i successivi sessant'anni in una fattoria di Akron. Nel 1949 nacque mia madre, Dolores, e nel 1950 mio zio Tyler. Quando morì, a ottantun anni, aveva quattro nipoti e tre pronipoti.»

Curtis racconta la sua storia con fiducia e convinzione, ma io ancora non ci credo. «E nessuno ha mai saputo la verità? La gente a Spring Brook crede ancora che sia stata assassinata. È lo spauracchio locale. I bambini dicono che infesta il bosco.»

«Secondo me Spring Brook non è cambiata molto dagli anni quaranta. Allora era un quartiere di gente ricca, adesso scommetto che li chiamate "benestanti". Parole diverse per indicare la stessa cosa. Ma a Corrigan trovereste parecchie persone che sanno la verità.»

Mi ricordo della conversazione con la detective Briggs. «Credo di averne già incontrata una. Solo che non le ho creduto.»

«Be', spero che questo serva a tranquillizzarla» dice Curtis. «Mia moglie mi aspetta in macchina, perciò le ripasso il suo amico.»

Ringrazio Curtis per il suo tempo e lui rende il telefono a Adrian. «Incredibile, vero?»

«Ci sbagliavamo su tutto?»

«Annie Barrett non è mai stata assassinata. Non è lei il nostro fantasma, Mallory. Tutte quelle immagini devono arrivare da qualcun altro.»

«Teddy?» Alzo gli occhi e vedo Caroline Maxwell in piedi sul bordo della piscina che chiama il figlio. «Si sta facendo tardi, tesoro. È arrivato il momento di fare la doccia.»

«Altri cinque minuti?» domanda lui.

Faccio un cenno a Caroline, per indicare che me ne occupo io. «Devo andare» dico a Adrian. «Vuoi venire da me quando torni? Visto che è la mia ultima sera?»

«Se non ti dispiace stare alzata fino a tardi. Il GPS dice che tornerò verso mezzanotte.»

«Ti aspetto. Fai attenzione.»

Ho il cervello a mille. Mi sembra di essere andata a sbattere contro un muro. Mi rendo conto di aver passato le ultime settimane in un vicolo cieco, e adesso devo ripensare a tutto quello che so di Anya.

Prima però devo far uscire Teddy dalla piscina.

«Andiamo, Teddy-Bear. Facciamo la doccia.»

Prendiamo gli asciugamani e attraversiamo il giardino verso la doccia esterna. Accanto alla cabina c'è una panchina, e Caroline ci ha già steso sopra la biancheria pulita e il pigiama dei pompieri. Infilo un braccio dentro per aprire l'acqua, aggiustando i rubinetti finché non è tiepida. Poi Teddy entra e chiude la porta con il paletto. Io resto fuori con il suo asciugamano. Il costume da bagno cade sul cemento tra gli schizzi, e i suoi piccoli piedini lo calciano verso di me. Strizzo il poliestere, tirando fuori tutta l'acqua. Poi guardo al di là del giardino la casa di Mitzi. Le luci della cucina sono accese: la detective Briggs è tornata sulla scena del crimine. Gira per il giardino con una specie di asta di metallo, la pianta per terra, prende qualche misura. La saluto con un cenno e lei si avvicina.

«Mallory Quinn» dice. «Ho saputo che domani lascia Spring Brook.»

«Non ha funzionato.»

«Così dice Caroline. Sono un po' sorpresa che non me lo abbia detto, però.»

«Non c'è stata occasione.»

Aspetta che io aggiunga altro, ma cosa vuole che dica? Non è che sia orgogliosa di essere stata licenziata. Provo a cambiare argomento.

«Ho appena parlato al telefono con il nipote di Annie Barrett. Un certo Curtis Campbell. Vive ad Akron, nell'Ohio. Sostiene che sua nonna Annie sia vissuta fino a ottantun anni.»

Briggs sogghigna. «Gliel'avevo detto che quella storia era una bufala. Mio nonno era cresciuto con Willie. Andavano a pesca insieme.»

Teddy ci interrompe, chiamandomi da dentro la cabina. «Ehi, Mallory?»

«Sono qui!»

Sembra in preda al panico. «C'è un insetto sul sapone.»

«Che insetto?»

«Uno grosso. Un millepiedi.»

«Versaci sopra dell'acqua.»

«Non ci riesco, devi farlo tu.»

Apre la porta e si ritira nell'angolo opposto della cabina, facendomi spazio. Prendo la saponetta Dove e mi aspetto chissà quale viscido e schifoso pesciolino d'argento, e invece sopra non c'è niente.

«Dov'è?»

Teddy scuote la testa, e capisco che l'insetto era solo uno stratagemma, una scusa per farmi aprire la porta. Bisbiglia: «Ci arrestano?».

«Chi?»

«La poliziotta. È arrabbiata con noi?»

Lo guardo meravigliata. Questa conversazione non ha alcun senso. «No, tesoro, va tutto bene. Nessuno arresta nessuno. Ora però finisci, okay?»

Chiudo la porta e lui rimette il paletto.

La detective Briggs sta ancora aspettando.

«Tutto bene?»

«Sì, sta bene.»

«Mi riferisco a lei, Mallory. Sembra che abbia appena visto un fantasma.»

Mi lascio cadere su una sedia per schiarirmi le idee, e le dico che sono ancora scossa per la telefonata. «Mi ero convinta che Annie Barrett fosse stata assassinata. Non riesco a credere che la gente abbia ripetuto questa storia per settant'anni.»

«Be', con la verità Spring Brook non ci fa una bella figura. Se fosse stato un posto più tollerante, forse Willie e Annie sarebbero rimasti qui. Forse George non avrebbe sentito il bisogno di inventarsi una scena del crimine.» Briggs ride. «Sa che nel mio dipartimento c'è ancora qualcuno convinto che l'omicidio sia successo davvero? Io gli dico la verità e per loro è come se stessi cercando di agitare le acque: una poliziotta di colore che gioca la carta della discriminazione.» Alza le spalle. «Comunque non voglio trattenerla ancora. Ho solo una domanda veloce. In cucina abbiamo trovato il cellulare di Mitzi. Era scarico, ma lo abbiamo ricaricato. Sembra che stesse per mandarle un messaggio. Per me non ha senso, ma forse per lei significa qualcosa.» Guarda il taccuino, sbirciando da sopra il bordo degli occhiali da lettura. «Ecco cosa dice: "Dobbiamo parlare. Mi ero sbagliata. Anya non è un nome, è...".» Briggs tace e mi guarda. «Era arrivata qui. Significa qualcosa?»

«No.»

«E *Anya*? Un errore di battitura?»

Guardo verso la cabina della doccia. «Anya è l'amica immaginaria di Teddy.»

«Amica immaginaria?»

«Ha cinque anni. E una fervida fantasia.»

«Lo so che non è reale» esclama lui. «Lo so che è per finta.»

Briggs aggrotta la fronte, perplessa per quel messaggio così oscuro. Poi gira qualche pagina del taccuino.

«Ieri ho parlato con Caroline Maxwell, che dice di aver sentito Mitzi litigare con qualcuno giovedì sera. Di averla vista uscire di casa in camicia da notte verso le dieci e mezza. Lei ha sentito niente?»

«No, ma non ero qui. Ero a casa di Adrian. A tre isolati. I suoi genitori davano una festa.» Alle dieci e trenta di giovedì sera ero seduta nel giardino del Castello Fiorito, a perdere tempo con le *Opere complete di Anne C. Barrett*. «Il medico legale ha capito come è morta Mitzi?»

Briggs abbassa la voce per non far sentire Teddy. «Purtroppo sembra una faccenda di droga. I polmoni sono collassati in seguito a un'overdose. Tra giovedì sera e venerdì mattina presto. Ma non lo scriva su Facebook. Se lo tenga per sé, almeno per qualche giorno.»

«Eroina?»

È sorpresa. «Come fa a saperlo?»

«Ho tirato a indovinare. Ho visto delle cose in casa sua. C'erano cappucci di siringa per tutto il soggiorno.»

«Be', ha fatto centro» dice Briggs. «Non si sente mai parlare degli anziani che usano droghe pesanti, ma negli ospedali di Philadelphia ne arriva qualcuno ogni settimana. È più comune di quanto possa credere. Forse il suo visitatore era uno spacciatore. Forse hanno discusso. Stiamo ancora mettendo insieme i pezzi.» Mi porge un biglietto da visita, ma le dico che ho ancora quello vecchio. «Se le viene in mente qualcos'altro, mi chiami, d'accordo?»

Dopo che Briggs se n'è andata, Teddy apre la porta della cabina, perfettamente pulito e con indosso il pigiama. Lo abbraccio e gli dico che ci rivedremo domattina, per salutarci. Poi lo accompagno sul patio e aspetto che entri in casa.

Mantengo la mia compostezza finché rientro nel cottage e chiudo a chiave la porta. Poi mi lascio cadere sul letto e affondo il viso nel cuscino. Nell'ultima mezz'ora ci sono state così tante rivelazioni che non riesco a elaborarle. È troppo. I pezzi del puzzle sembrano più sparpagliati che mai.

Di una cosa sono sicura, però.

I Maxwell mi hanno mentito.

26

Aspetto fino a sera, finché sono sicura che Teddy è a letto che dorme, prima di entrare a parlare con Ted e Caroline. Sono seduti in soggiorno, alle estremità opposte del divano, circondati dai miei folli schizzi di boschi notturni, bambine perdute e angeli alati. In un angolo della stanza ci sono un telo protettivo e materiale per imbiancare: rulli, stucco e vernice bianca. Come se avessero progettato di ridipingere la stanza la mattina dopo, appena Russell mi avrà portata via.

Caroline sorseggia un bicchiere di vino e tiene a portata di mano una bottiglia di merlot Kendall-Jackson. Ted ha una tazza di tè caldo in mano e soffia con cura sulla sua superficie, mentre ascoltano una stazione di yacht rock sullo *smart speaker* di Alexa. Sembrano contenti di vedermi.

«Speravamo che passassi» dice Caroline. «Hai finito i bagagli?»

«Quasi.»

Ted mi porge la tazza, incoraggiandomi ad annusarla. «Ho appena bollito un po' d'acqua. Per un tè al ginkgo biloba. Ne vuoi un po'?»

«No, sto bene così.»

«Credo che ti piacerebbe, Mallory. È ottimo contro le infiammazioni. Dopo un lungo allenamento. Te ne verso un po'.»

Non ho più scelta. Corre in cucina; potrei giurare di aver notato una scintilla di fastidio negli occhi di Caroline, che però mi dice solo: «Spero che tu abbia gradito la cena».

«Sì. Era tutto molto buono. Grazie.»

«Sono lieta che abbiamo potuto salutarti come si deve. E credo che sia stato un bene anche per Teddy. Per dargli un senso di chiusura. Per i bambini è importante.»

Segue una pausa imbarazzata. So quali domande devo fare, ma voglio aspettare che torni Ted, così posso vedere come reagiscono entrambi. Mi guardo intorno e il mio sguardo si posa su due disegni che avevo trascurato, piccoli e molto vicini al pavimento. Non c'è da stupirsi che né io né Adrian li abbiamo visti. Sono accanto a una presa di corrente, anzi, uno dei due è realizzato proprio *intorno* alla presa, come se l'elettricità uscisse da lì per entrare nell'immagine. L'angelo ha una specie di bacchetta magica, la preme contro il petto di Anya circondandola con un campo di energia che la paralizza.

«Quella è una Vipertek?»

Caroline sorride sopra al bicchiere di vino. «Scusami?»

«In quei disegni. Venerdì non li avevo notati. La bacchetta magica non sembra la tua Vipertek?»

Caroline prende la bottiglia e riempie di nuovo il bicchiere. «Se cerchiamo di interpretare tutti i simboli che ci sono in questi disegni, sarà una lunga notte.»

Ma io so che quei disegni non sono simboli. Sono parte della sequenza, sono i pezzi mancanti. Adrian aveva ragione sull'ultimo scarabocchio. *Anya ci sta dicendo che ha finito*, ha detto. *Non ci sono altri disegni. Abbiamo già tutto quello che ci serve.*

Dopo meno di un minuto Ted torna con una tazza fumante di un liquido grigio. Sembra acqua sporca e puzza come un negozio di animali. Prendo un sottobicchiere e la appoggio sul tavolino. «Non deve restare in infusione» dice Ted. «Puoi berlo appena si raffredda un po'.»

Poi si siede accanto alla moglie e traffica con il portatile, passando da Marvin Gaye a Joni Mitchell, quella canzone sui capelli d'angelo e i castelli di gelato nell'aria.

«Ho scoperto una cosa interessante su Mitzi» dico. «Appena prima di morire mi stava mandando un messaggio. Voleva che sapessi che Anya non è un nome di persona. È qualcos'altro. La detective Briggs non ha capito cosa.»

«Be', ma certo che è un nome» risponde Ted. «È il diminutivo di Anna, in russo. È diffuso in tutta l'Europa dell'Est.»

«Certo, però ho provato comunque a tradurlo con Google Translate. E a quanto pare è una parola ungherese. Significa "mamma". Non madre, proprio "mamma". Come direbbe un bambino. Non è strano?»

«Non so» ribatte Caroline. «Lo è?»

«Il tè è più buono caldo» dichiara Ted. «Scioglie il muco nelle narici.»

«Sapete cos'altro c'è di strano? Teddy dice che non è mai salito su un aereo. Anche se tre mesi fa siete arrivati qui da Barcellona. Il volo American Airlines dura otto ore. Ho controllato. Come fa un bambino a dimenticare il più lungo viaggio in aereo della sua vita?»

Caroline fa per rispondere, ma Ted si affretta a precederla. «In realtà è una storia buffa. Teddy era nervoso per il viaggio, allora ho pensato di dargli un Benadryl. Dicono che aiuti i bambini a prendere sonno. Non mi ero accorto però che Caroline gli aveva *già* dato un Benadryl. Quindi ne ha preso una dose doppia. Ed è rimasto fuori combattimento tutto il giorno. Non si è svegliato finché non abbiamo preso l'auto a noleggio.»

«Sul serio, Ted? È questa la tua spiegazione?»

«È la verità.»

«Una doppia dose di Benadryl?»

«Che cosa vorresti insinuare, Mallory?»

Si sforza di sorridere e con lo sguardo mi supplica di smetterla di fare domande.

Ma non posso fermarmi proprio adesso.

Devo ancora fare la domanda più grossa.

Quella che spiegherà tutto.

«Perché non mi avete detto che Teddy è una bambina?»

Guardo attentamente la reazione di Caroline; se lascia trapelare qualcosa, è solo una specie di ipocrita indignazione. «Be', prima di tutto la domanda posta così è offensiva. Lo capisci perché?»

«L'ho visto nella doccia, dopo che aveva nuotato. Pensavate che non lo avrei mai scoperto?»

«Ci siamo andati vicino» risponde Ted, rattristato.

«Non è un segreto» commenta Caroline. «Di sicuro non ci vergogniamo della sua identità di genere. Non sapevamo se avresti saputo gestire la cosa, tutto qui. Ovviamente Teddy è nato femmina. E per tre anni lo abbiamo cresciuto come tale. Poi però ha chiarito che si identificava in un bambino. A quel punto sì, Mallory, gli abbiamo permesso di esprimere il suo genere con gli indumenti e il taglio di capelli. E ovviamente gli abbiamo permesso di scegliere un nome più maschile. E lui ha scelto quello di suo padre.»

«Esistono molte ricerche interessanti sui bambini transgender» prosegue Ted, mentre con gli occhi continua a supplicarmi perché per favore per favore *per favore* chiuda la bocca. «Ho qualche libro nel mio studio, se ti interessa.»

E la cosa folle è che secondo me si aspettano veramente che io finga che sia tutto normale. «Mi state dicendo che vostro figlio di cinque anni è transgender e chissà come *non ne abbiamo mai parlato*?»

«Sapevamo che avresti reagito così» risponde Caroline. «Sapevamo che avevi delle forti convinzioni religiose...»

«Non ho alcun problema con le persone transgender...»

«E allora perché fai tante storie?»

Ho smesso di ascoltarla. La mia mente sta già galoppando. Perché all'improvviso tutte le stranezze e i capricci di Teddy si spiegano. Il suo evitare i maschi ai giardinetti. Le sue urla quando Ted lo trascinava dal barbiere. La sua ossessione di indossare sempre la stessa maglietta a strisce viola. È un viola molto tenue, quasi lavanda, il colore più femminile nel suo guardaroba.

E tutte quelle fastidiose domande della scuola sulla sua iscrizione...

«Non avete le vaccinazioni» mi rendo conto. «Forse avete un certificato di nascita. Sono sicura che è possibile falsificarlo, se si hanno abbastanza soldi. Ma le scuole di Spring Brook prendono molto sul serio i vaccini. Vogliono ricevere i moduli direttamente da un medico. E voi non riuscite ad averli. Ecco perché la scuola vi telefona di continuo.»

Ted scuote la testa. «Non è vero. A Barcellona avevamo un eccellente pediatra...»

«Smettila di parlare di Barcellona, Ted. Non siete mai stati a Barcellona. Tu parli uno spagnolo terribile. Non sai mettere quattro parole in croce! Non so dove vi siate nascosti negli ultimi tre anni, ma di certo non a Barcellona.»

Se non fossi così agitata, forse mi sarei accorta che all'improvviso Caroline si è fatta silenziosa. Ha smesso di parlare, adesso guarda e ascolta soltanto.

«Avete portato via la figlia a qualcuno. L'avete fatta vestire come un bambino. L'avete cresciuta facendole credere di essere un bambino. E per ora ci state riuscendo, perché ha solo cinque anni. Perché il suo mondo è ancora troppo piccolo. Ma che succederà quando andrà a scuola? Quando avrà degli amici? Quando sarà più grande, quando sentirà l'effetto degli ormoni? Come fanno due laureati come voi a pensare davvero che possa funzionare? Dovete essere...»

E lascio cadere la frase, perché la parola che vorrei usare è "pazzi".

Capisco che devo smettere di parlare, che sto tirando le conclusioni con le persone sbagliate. Davvero mi aspettavo che i Maxwell fossero d'accordo con me? Che confessassero, che ammettessero le loro colpe? Devo andarmene subito, devo andare dalla detective Briggs, devo raccontarle tutto.

«Vado a finire i bagagli» dico, stupidamente.

E mi alzo, come se fossero disposti a farmi uscire da lì senza fare storie.

«Ted» dice Caroline, con freddezza.

Sono a metà strada per la porta quando sento un rumore di vetro che si infrange contro la mia testa. Cado in avanti, il telefono mi sfugge di mano. Sento qualcosa di bagnato che mi scorre su viso e collo. Cerco di fermare il sangue con la mano e vedo che è tutta rossa. Sono coperta di merlot Kendall-Jackson.

Dietro di me sento i Maxwell che bisticciano.

«È in cucina.»

«Ho già guardato in cucina.»

«Il cassetto grande. Dove tengo i francobolli!»

Uscendo dal soggiorno, Ted scavalca con cautela il mio corpo, stando molto attento a non calpestarmi, anche se mi ha appena spaccato una bottiglia in testa. Passa accanto al mio telefono, a faccia in giù sulla moquette. Sulla schermata principale c'è un pulsante di emergenza, un'applicazione che, con un semplice tocco, comunicherà l'indirizzo dei Maxwell a un call center per le emergenze. Ma non sono abbastanza vicina per raggiungerlo, e mi sento troppo male per alzarmi. Il massimo che posso fare è puntare gli alluci a terra e spingere, strisciando sulla pancia per pochi centimetri lungo pavimento.

«Si muove» dice Caroline. «O almeno ci prova.»

«Un attimo» risponde Ted.

Allungo la mano verso il telefono e mi rendo conto che la mia percezione delle distanze è sbagliata. Non è più a pochi centimetri da me: all'improvviso è a metà corridoio, una distanza lunga come un campo da calcio. Sento Caroline che mi arriva alle spalle, sento i frammenti di vetro che scricchiolano sotto alle sue scarpe. Non la riconosco più. Non è più la madre gentile e affettuosa che mi ha accolta in casa sua incoraggiandomi a credere in me stessa. Si è trasformata in… qualcos'altro. Ha lo sguardo freddo e calcolatore. Mi guarda come se fossi una macchia sul pavimento, una magagna da raschiare via.

«Caroline, ti prego» le dico, ma le parole mi escono sbagliate; parlo in modo impastato. Alzo la voce e riprovo, ma le labbra non prendono la forma giusta. Sembro un giocattolo con le pile scariche.

«*Shhh*» dice lei, accostando un dito alla bocca. «Non vorrai svegliare Teddy.»

Rotolo su un fianco e sento le schegge di vetro premermi addosso. Caroline cerca di girarmi intorno senza avvicinarsi troppo, ma sono distesa di traverso in corridoio e le blocco la strada. Piego il ginocchio destro, che grazie a Dio risponde come dovrebbe. Porto la coscia destra a contatto con il corpo. E quando Caroline finalmente trova il coraggio di scavalcarmi, io scalcio e le colpisco lo stinco con il tallone. Si sente un forte schiocco. Caroline cade e mi crolla addosso.

So che posso batterla. So che sono più forte di lei e Ted messi insieme. Ho passato gli ultimi venti mesi a prepararmi a questo momento. Ho corso e nuotato e mangiato sano. Ho fatto cinquanta flessioni un giorno sì e uno no mentre Ted e Caroline stavano seduti a bere vino e basta. Non me ne starò ferma, non mi arrenderò. L'avambraccio di Caroline mi atterra vicino al viso, io lo prendo tra i denti e mordo, stringendo forte. Lei grida per la sorpresa, libera il braccio e cerca di prendere il mio telefono. Io le afferro il dietro del vestito e tiro, e il cotone morbido si strappa come carta, mostrando collo e spalle. E finalmente vedo il famigerato tatuaggio dei tempi del college, quello della sua fase artistica, quando era ossessionata da John Milton e dal *Paradiso perduto*.

Sono un paio di grandi ali piumate, proprio in mezzo alle scapole.

Le ali di un angelo.

Ted torna di corsa dalla cucina. Ha in mano la Vipertek e grida a Caroline di togliersi di mezzo. Tiro di nuovo indietro la gamba; so che è la mia unica speranza: se lo faccio cadere a terra, forse lascerà andare la Vipertek, forse riuscirò...

27

Sbatto le palpebre più volte e mi risveglio in mezzo all'oscurità.

Nella penombra riconosco alcune forme familiari: il mio letto, il comodino, la ventola sul soffitto, immobile, le grosse travi di legno sopra la mia testa.

Sono dentro al cottage.

Sono seduta su una sedia e ho un forte bruciore alle narici. È come se fossero state sciacquate con il cloro.

Provo ad alzarmi, ma scopro di non avere l'uso delle braccia; ho i polsi incrociati dietro la schiena, così storti che mi fanno male, e legati stretti alla sedia.

Muovo le labbra per chiamare aiuto, ma ho una specie di cinghia legata stretta intorno alla testa. Mi hanno messo uno straccio in bocca, una palla grossa come una mela. La pressione che esercita sulla mascella è atroce.

I muscoli si tendono e le pulsazioni aumentano mentre realizzo tutto ciò che non posso fare: non posso muovermi, non posso parlare, non posso gridare, non posso nemmeno scostarmi i capelli dal viso. Togliete a qualcuno la possibilità di combattere o fuggire e gli resterà solo il panico. Ho una tale paura che quasi vomito; per fortuna non lo faccio, perché probabilmente soffocherei.

Chiudo gli occhi e recito in fretta una preghiera. *Ti prego, Dio, aiutami. Aiutami a capire cosa fare.* Poi faccio un respiro profondo e prolungato con il naso, riempiendo i polmoni alla capacità massima prima di espirare. È un esercizio di rilassamento che ho imparato in riabilitazione, mi aiuta a tenere a bada l'ansia. Rallenta le pulsazioni e calma i nervi.

Ripeto l'esercizio tre volte.

Poi mi costringo a pensare.

Ho ancora delle opzioni. Non mi hanno legato le gambe. Forse riesco ad alzarmi, però se lo faccio avrò la sedia attaccata alla schiena, come il guscio di una tartaruga. Camminare sarà un'impresa, lenta e goffa, ma forse non del tutto da escludere.

Riesco a girare la testa a sinistra e a destra. Riesco a vedere così lontano, in cucina, da leggere l'orologio a led sul microonde: le 23:07. Adrian dovrebbe tornare verso mezzanotte. Ha promesso di venire da me. Ma che succede se bussa e nessuno risponde? È possibile che provi a entrare?

No, non credo.

Non se prima non riesco a mandargli dei segnali.

Non arrivo alle tasche, ma sono quasi certa che sono vuote. Niente cellulare. Niente chiavi. Niente dissuasore elettrico. In cucina però ho un cassetto pieno di coltelli. Se in qualche modo potessi prenderne uno e tagliare i legacci, mi libererei della sedia e avrei un'arma in mano.

Pianto i piedi per terra e mi chino in avanti, cercando di alzarmi, ma il baricentro mi riporta indietro. Capisco che la mia unica speranza è gettarmi in avanti con abbastanza slancio da alzarmi. Ho solo paura di perdere l'equilibrio e cadere a terra.

Sto ancora cercando il coraggio quando sento dei passi fuori dal cottage, di qualcuno che sale i consunti gradini di legno. Poi la porta si apre verso l'interno e Caroline accende la luce.

Indossa lo stesso vestito scollato di prima, ma adesso ha pure dei guanti di lattice blu. Ha con sé anche una delle sue belle sporte del supermercato, quelle che usa per evitare che la plastica inquini gli oceani. Sembra sorpresa di trovarmi sveglia. Poggia la sporta sul ripiano della cucina e comincia a svuotarne il contenuto: un accendigas elettrico, un cucchiaino di metallo, una minuscola siringa con il cappuccio di plastica arancione.

Cerco di supplicarla, ma non riesco a dare forma alle parole, mi escono solo dei rumori. Lei intanto cerca di ignorarmi e di concentrarsi sul suo lavoro, ma capisco che la sto irritando. Alla fine porta le mani dietro alla mia nuca e la cinghia si slaccia; sputo lo straccio e quello mi rotola in grembo, atterrando sul pavimento con un rumore bagnato.

«Non gridare» dice. «Usa la tua voce interiore.»

«Perché mi fai questo?»

«Ho provato a mandarti via con gentilezza, Mallory. Ho preparato la mia insalata di frutti di mare. Ho appeso le stelle filanti. Io e Ted ti avevamo pure concesso una buonuscita. Un mese di paga. Ti avremmo fatto una sorpresa con l'assegno domattina.» Scuote la testa, rattristata, poi prende dalla sporta una bustina di plastica piena di polvere bianca.

«Che cos'è?»

«L'eroina che hai rubato a casa di Mitzi. Ieri pomeriggio, dopo che le hai frugato in camera.»

«Non è vero...»

«Certo che è vero, Mallory. Tu hai molta rabbia repressa. Ti sei spacciata per una studentessa del college, una stella dell'atletica, e questo ti ha provocato una grande ansia. Poi la tensione per aver perso il lavoro, uno stipendio e un posto in cui abitare, tutto questo stress ti ha portato a una ricaduta.»

Capisco che non ci crede davvero: sta solo facendo le prove per quello che racconterà. Continua: «Eri disperata; volevi una dose e sapevi che Mitzi si faceva, allora ti sei introdotta in casa sua e hai trovato la sua scorta. Ma non ti sei resa conto che l'eroina era tagliata con Fentanyl. Duemila microgrammi, abbastanza da stendere un cavallo. I tuoi recettori degli oppioidi si sono ingolfati e hai smesso di respirare».

«È quello che dirai alla polizia?»

«Lo dedurranno da soli. Sulla base dei tuoi precedenti. E dell'autopsia. Domattina verrò a bussare per vedere se ti serve aiuto con i bagagli. Quando non risponderai, userò la mia chiave per entrare. Ti troverò sdraiata sul letto con l'ago ancora infilato nel braccio. Griderò e chiamerò Ted. Lui ti farà il massaggio cardiaco e cercherà di rianimarti. Chiameremo il 911, ma i paramedici diranno che sei morta da ore. Diranno che non avremmo potuto fare niente. E siccome siamo delle così brave persone, ci assicureremo che tu abbia una sepoltura decente e perfino una lapide. Accanto a tua sorella. Altrimenti il conto dovrebbe pagarlo Russell, e questo non mi pare giusto.»

Caroline apre la bustina, la tiene inclinata sopra al cucchiaino e lo riempie con attenzione di polvere bianca. Si china sul ripiano, concentrata, e vedo di nuovo il tatuaggio che inizia proprio sotto il collo.

«Sei tu l'angelo dei disegni. Hai stordito Anya con la Vipertek e poi l'hai strangolata.»

«Legittima difesa.»

«Non si strangola nessuno per legittima difesa. L'hai assassinata. E le hai portato via la bambina. Quanti anni aveva? Due? Due e mezzo?»

Le sfugge di mano il cucchiaino, che cade sul ripiano con un rumore metallico. La polvere si sparge dappertutto e lei scuote la testa, stizzita.

«Non fingere di comprendere la situazione. Non hai la minima idea di quello che ho passato.»

Prende una spatola di plastica e la fa scorrere lentamente sul ripiano, raccogliendo la polvere in un mucchietto.

«So che ti ha aiutato Ted» dico. «So che è lui l'uomo dei disegni. Hai ucciso Anya e le hai portato via sua figlia. Poi hai mandato Ted a seppellire il cadavere. Quando è successo, Caroline? Dove abitavate?»

Scuote la testa e ride. «So a che gioco stai giocando. Lo facciamo sempre, in terapia. Ma non te la caverai a forza di chiacchiere.»

«Tu e Ted avevate dei problemi. Lui ha detto che avete passato anni a tentare di avere figli. Quella era l'ultima spiaggia? Rubare il figlio di qualcun altro?»

«Io ho *salvato* quella bambina.»

«Che significa?»

«Non importa. Quello che è fatto è fatto e bisogna andare avanti. Mi dispiace che non farai più parte della nostra famiglia.»

Caroline rimette con cura la polvere nel cucchiaino e poi prende l'accendigas. Lo fa scattare più volte finché non ne scaturisce una fiammella azzurra, e noto che le tremano le mani.

«Teddy non ricorda niente?»

«Secondo te, Mallory? Ti sembra traumatizzato? Ti sembra triste, infelice? No, non lo è. Non ricorda nulla. È un bambino felice ed equilibrato e io ho lavorato sodo per portarlo a questo punto. Non saprà mai quanti sacrifici ho fatto per lui. E va bene così.»

Mentre Caroline parla, la polvere nel cucchiaino comincia a fumare e alla fine si scioglie. L'eroina della costa orientale in genere non ha un grande odore, ma sono colpita da un refolo di qualcosa di chimico, forse il Fentanyl, forse qualche altro additivo letale. Ricordo di aver sentito parlare di uno spacciatore di Camden che a quanto pareva tagliava la droga con il detergente in polvere. Caroline posa l'accendigas e prende la siringa. Immerge l'ago nel cucchiaino e poi lentamente tira indietro lo stantuffo, riempiendo la siringa di un liquido scuro.

«Si ricorda del coniglio» le dico.

«Scusa?»

«Nei disegni di Anya c'è una bambina che insegue un coniglio bianco. Lo segue fino a una piccola conca. Ripensa al mio colloquio di lavoro, Caroline. Il primo giorno che sono venuta qui avevi uno dei disegni di Teddy sul frigorifero. Un coniglio bianco. Forse si ricorda più di quanto tu ti renda conto.»

«I suoi disegni sono bugie. Non puoi fidarti di loro.»

«È stato difficile capire cosa significassero. Ma credo di averli messi finalmente nell'ordine giusto. Sono nella cartellina sul comodino. Mostrano esattamente quello che è successo.»

Caroline pesca dalla sporta un laccio emostatico. Lo tira, come se fosse pronta a legarmelo intorno al braccio. Poi però la curiosità ha la meglio. Si avvicina al comodino, apre la cartellina e si mette a sfogliare i disegni. «No, no, vedi, questi disegni sono così ingiusti con me! Questa è la *sua* versione di quello che è successo. Ma se tu avessi visto le cose con i miei occhi... Il quadro completo... Avresti compreso meglio.»

«Qual è il quadro completo?»

«Non sto dicendo che non mi sento in colpa. Mi sento in colpa, *davvero*. Provo rimorso. Non sono orgogliosa di quello che è successo. Ma è stata lei a non lasciarmi altra scelta.»

«Mostrami cosa intendi.»

«In che senso?»

«Nel cassetto del comodino ci sono un blocco e una matita. Disegna quello che è successo. Mostrami la tua versione della storia.»

Mi serve tutto il tempo possibile.

Tempo perché Adrian torni indietro, arrivi qui e bussi e capisca che c'è qualcosa che non va.

E sembra che Caroline voglia farlo! Sembra che abbia voglia di raccontarmi la sua versione della storia. Ma è abbastanza intelligente da capire quando qualcuno la sta manipolando. «Cerchi di farmi incriminare da sola. Vuoi che disegni una confessione, così la polizia la troverà e mi arresterà. È questa l'idea?»

«No, Caroline, sto solo cercando di capire cosa è successo. Perché Teddy aveva bisogno di essere soccorso?»

Prende il laccio emostatico e si sposta dietro alla mia sedia, ma non riesce a legarmelo intorno al braccio. Le tremano troppo le mani. «A volte lei mi entra nella testa ed è come un attacco di panico. Dopo un paio di minuti se ne va.» Si siede sul bordo del letto e si copre il volto con le mani. Respira profondamente, riempiendosi i polmoni d'aria. «Non mi aspetto la tua comprensione, ma per me è stato molto difficile. È come un incubo che non finisce mai.»

Respira a fatica. Si prende le ginocchia e stringe forte, come per imporsi di ritrovare la calma. «Io e Ted abitavamo a Manhattan. A Riverside Heights. Nell'Upper West Side. Io lavoravo al Mount Sinai, trentacinque anni e già con i sintomi del *burnout*. I miei pazienti avevano così tanti problemi. C'è tanto dolore al mondo, tanta infelicità. E Ted, lui lavorava in campo informatico, un impiego noioso che odiava.

«Credo che fossimo due persone molto infelici che cercavano di avere figli e non ci stavano riuscendo, e questo fallimento ci rendeva ancora più infelici. Provammo tutte le solite strade: intrauterina, in vitro, cicli di Clomid. Sai cosa sono?» Caroline scuote la testa. «Non importa. Non ha funzionato niente. Lavoravamo come due pazzi ma i soldi nemmeno ci servivano, perché mio padre mi aveva lasciato una fortuna. Così alla fine ci siamo detti: "Vaffanculo, licenziamoci e prendiamoci un anno di pausa". Comprammo una casa sul lago Seneca, nello Stato di New York. La teoria era che forse, se ci rilassavamo un po', ce l'avremmo fatta.

«Un unico problema: arriviamo lassù e non abbiamo amici. Non conosciamo anima viva. Passiamo tutta l'estate da soli, noi due e basta. Ted si appassiona alla produzione di vino. Segue dei corsi da un vinificatore locale. Io invece mi annoio a morte, Mallory. Non so che fare. Provo a scrivere, a fare fotografie, giardinaggio, preparo il pane da sola, ma mi scoccio subito. E ho la terribile epifania di non essere una persona creativa, tutto qui. Non è una cosa terribile da scoprire?»

Cerco di mostrarmi comprensiva, per incoraggiarla a continuare. Da come parla si potrebbe pensare che siamo madre e figlia che chiacchierano mentre prendono un caffè con delle focaccine da Panera Bread. E non io seduta su una sedia con le mani legate dietro la schiena e Caroline che giocherella con una siringa piena di eroina, rigirandosela con ansia tra le dita.

«L'unica cosa che mi dà un po' di gioia è camminare. C'è un parco sul lago Seneca con dei bei sentieri in ombra, ed è là che incontro Margit per la prima volta. È il vero nome di Anya: Margit Baroth. La vedevo sempre seduta all'ombra di un albero, a disegnare panorami. Era molto talentuosa e immagino che un po' la invidiassi. Portava sempre con sé la figlia. Aveva due anni, una bambina di nome Flora. Margit la metteva su una coperta e se ne dimenticava. Per due o tre ore. La lasciava da sola con uno smartphone e non se ne curava. E non solo una volta o due, Mallory. Le vedevo ogni fine settimana! Era la loro routine! Ogni volta che passavo di lì mi faceva infuriare! Insomma, c'era una bambina così perfetta, così bella, affamata di attenzioni, con una madre che la rimpinzava di video su YouTube... Come se fosse un peso! Ho letto un sacco di articoli sul tempo passato davanti agli schermi, Mallory. Per l'immaginazione dei bambini è veleno.

«Così dopo un paio di volte decisi di intervenire. Mi avvicinai alla coperta e cercai di presentarmi, però Margit non capiva una parola di cosa dicevo. Mi resi conto che non parlava inglese. Allora provai a spiegarle le cose a gesti: cercai di *mostrarle* che era una pessima madre. Credo che non la prese bene. Si arrabbiò, io mi arrabbiai, e poco dopo strillavamo entrambe, io in inglese e lei in ungherese, finché alla fine non arrivò qualcuno. Dovettero letteralmente separarci.

«Dopo quell'episodio provai ad andare in qualche altro parco, ma non riuscivo a smettere di pensare a quella bambina. Mi sentivo come se l'avessi delusa, come se avessi avuto una sola occasione di intervenire e l'avessi sprecata. Così un giorno, forse due mesi dopo quella discussione, tornai al lago. Era un sabato mattina e c'era un bellissimo festival di mongolfiere. Lo fanno tutti gli anni a settembre, ci vanno migliaia di persone, e il cielo è pieno di quelle grosse sagome dai colori vivaci. L'ideale per l'immaginazione di un bambino, non trovi? Eppure mentre Margit dipingeva una di quelle mongolfiere, la piccola Flora non alzava gli occhi dal telefono. Se ne stava seduta sulla coperta e si stava scottando braccia e spalle.

«Mentre sto lì, sempre più arrabbiata, mi accorgo di qualcosa. Vedo un coniglio che si dimena per uscire dal terreno. La tana dev'essere lì vicino. Spunta fuori dall'erba e si scuote. Flora lo vede ed esclama: "*Anya, anya!*", indicando il coniglio, e ride; Margit però non si volta nemmeno. È troppo assorta nel suo quadro. Non si accorge che la bambina si è alzata e si è allontanata, che Flora sta attraversando un prato e scende in una conca. Va verso un torrente, Mallory. Così ho dovuto fare qualcosa, giusto? Non potevo ignorare cosa stava succedendo. Seguo Flora nella conca, e quando la raggiungo è completamente smarrita. Strilla in modo isterico. Mi inginocchio accanto a lei e le dico che va tutto bene. Dico che so come trovare sua madre e mi offro di riportarla indietro. E volevo farlo *davvero*, Mallory. Volevo davvero riportare Flora alla madre.»

A quel punto perdo quasi il filo della storia, perché mi viene in mente la tavoletta della seduta spiritica con il suo oscuro messaggio, e capisco di essermi fidata troppo di Google Translate. Il messaggio non diceva "aiuta fiore": diceva "aiuta flora", aiuta mia figlia.

«Volevo solo passare del tempo con lei» continua Caroline. «Fare una passeggiata e dedicarle un po' di attenzioni. Pensai che alla madre non sarebbe importato. Magari non si era nemmeno accorta che la bambina era sparita. Là vicino c'era un piccolo sentiero che portava in un bosco, così ci andammo. Nel bosco. Margit però *si era accorta* che Flora non c'era più, e la cercava dappertutto. E non so come ma ci trovò. Ci seguì nel bosco. E quando mi riconobbe si infuriò. Cominciò a gridare e ad agitare le braccia come se volesse colpirmi. Anche allora io andavo sempre in giro con la Vipertek, per sicurezza, così la usai per difendermi. La colpii solo una volta, tanto per farla indietreggiare. Credo però che soffrisse di qualche disturbo neurologico, perché crollò a terra e non riuscì più a rialzarsi. Le venne un attacco di convulsioni. Si fece la pipì addosso, le tremavano tutti i muscoli. La povera Flora era terrorizzata. E io sapevo di dover chiamare il 911, ma sapevo anche che avremmo dato l'impressione sbagliata. Sapevo che se Margit avesse raccontato la sua versione dell'accaduto, chiunque avrebbe frainteso.

«Allora presi Flora e la portai dietro a un albero. Le dissi di sedersi e di chiudere gli occhi. Così non avrebbe visto cosa stava per succedere. Non ricordo bene il resto, a dire la verità. Ma è questo il bello della mente umana: blocca i brutti ricordi. Sai di cosa sto parlando, vero?»

Aspetta che le risponda, e quando non lo faccio continua. «Comunque nascosi il corpo di Margit sotto le foglie e portai Flora a casa in macchina. Raccontai a Ted quello che era successo; lui avrebbe voluto chiamare la polizia, ma io lo convinsi che potevamo sistemare tutto. Eravamo a nord dello Stato, in mezzo al nulla. Quella donna era un'immigrata, non parlava inglese, e probabilmente faceva la donna delle pulizie. Pensai che se avessimo nascosto il cadavere e avessimo tenuto la bambina, nessuno si sarebbe accorto della sua scomparsa. Oppure avrebbero pensato che fosse scappata con la figlia. Le donne lo fanno spesso. Così mandai Ted al parco. Lui prese il cavalletto e la coperta e i giocattoli di Flora e seppellì tutto nel bosco. Insieme al cadavere, intendo. Rimase fuori tutta la notte. Ci mise un'eternità. Quando tornò, il sole era già alto.

«La cosa sarebbe dovuta finire lì, solo che il fratello di Margit sul lago Seneca lo conoscono tutti. Ha una stupida fattoria didattica che i vacanzieri adorano, e aveva aiutato Margit e suo marito József a trasferirsi dall'Ungheria agli Stati Uniti, prendendoli a lavorare con sé. E la cosa peggiore è che non avrei mai pensato che Margit potesse essere andata al lago in macchina: una Chevy Tahoe con un seggiolino per bambini, come avrei scoperto in seguito. La polizia la rintracciò in un parcheggio e chiamò l'unità cinofila. Dopo neanche due ore avevano trovato il corpo.

«All'improvviso tutta la comunità si mette a cercare una bambina di due anni, la stessa che sta gridando e piangendo nella mia casetta. Allora corro da Target e le compro un po' di abiti da maschio. Felpe sportive. Magliette con i giocatori di football. Poi compro una macchinetta e le taglio i capelli a spazzola. Giuro che fu come far scattare un interruttore: le cambiai solo il taglio di capelli, ma avresti giurato che era un bambino.»

Il respiro di Caroline non è più frammentato, le sue mani hanno smesso di tremare. Più parla e più il suo aspetto migliora, come se si stesse sgravando la coscienza di chissà quale orribile peso.

«Poi saliamo in macchina e partiamo. Non abbiamo un piano. Abbiamo solo bisogno di andare via, più lontano è meglio è. Non ci fermiamo prima del West Virginia, di una cittadina chiamata Gilbert. Quattrocento anime, tutti pensionati su sedia a rotelle. Scrivo un'e-mail ai nostri amici e dico che ci siamo trasferiti a Barcellona, che a Ted hanno fatto un'offerta che non poteva rifiutare. Poi affittiamo una casa su quattro ettari di terra, senza vicini, un posto tranquillo dove potremo dedicarci completamente al nostro bambino.

«Te lo giuro, Mallory: fu l'anno più difficile della mia vita. Per sei mesi Teddy si rifiutò di parlare. Era così impaurito! Io però fui paziente. Lavorai con lui ogni giorno. Gli diedi amore e attenzione e affetto. Riempii la nostra casa di libri e giocattoli e cibo sano, e lentamente facemmo dei progressi. Cominciò a uscire dal guscio. Imparò ad accettarci e a fidarsi di noi e adesso ci vuole molto bene, Mallory. La prima volta che mi ha chiamata mamma sono scoppiata a piangere.

«Alla fine del primo anno la situazione era incredibilmente migliorata. Cominciammo a portare Teddy insieme a noi, in pubblico. Piccole passeggiate, giri al supermercato. Cose normali per una famiglia. Ed era perfetto. Chi non ci conosceva non avrebbe potuto nemmeno immaginare quello che avevamo passato.» A quel punto la sua voce si spegne. Come se avesse nostalgia di un tempo in cui per lei c'era ancora speranza.

«E poi che cosa è successo?»

«Non avrei mai immaginato che Margit ci trovasse. Sono sempre stata atea. Non ho mai creduto in una dimensione spirituale. Ma dopo il primo anno nel West Virginia Teddy cominciò ad avere una visitatrice. Una donna dal vestito bianco. Che lo aspettava nella sua stanza durante il riposino.»

«L'hai vista?»

«No, mai. Si mostra solo a Teddy. Però riuscivo a percepirla, a sentire la sua presenza. La sua puzza disgustosa, di marcio. A Teddy raccontammo che era un'amica immaginaria. Gli dicemmo che non era reale, ma che andava bene fingere che lo fosse. Era molto piccolo, perciò ci credette.»

«Vi aveva seguiti per vendicarsi?»

«Oh, le piacerebbe. Mi ammazzerebbe, se potesse. Ha dei poteri davvero limitati, però. Credo che sappia solo far funzionare una tavoletta ouija e muovere una matita, niente di più.»

Provo a immaginare la noia del rimanere bloccati in una casa isolata su quattro ettari di terra in mezzo alla campagna del West Virginia, senza altra compagnia che mio marito, una bambina rapita e uno spirito vendicativo. Non sono sicura di quanto reggerei senza impazzire.

«Sapevo che non potevamo restare a "Barcellona" per sempre. Dovevamo andare avanti con le nostre vite. Io volevo abitare in una bella cittadina con delle buone scuole, così Teddy avrebbe potuto avere un'infanzia normale. Perciò ad aprile ci trasferimmo, ma per la Festa della mamma Anya era di nuovo in camera di Teddy, a cantare ninnenanne ungheresi.»

«Vi aveva seguiti?»

«Sì, non so come. So solo che non è possibile scappare da lei. Dovunque andiamo, Anya ci seguirà. Allora mi è venuta una grande idea: introdurre una terza persona. Una nuova compagna di giochi in grado di competere con Anya per l'attenzione di Teddy. Eri la candidata ideale, Mallory. Giovane, atletica, piena di energia. Intelligente ma non troppo. E i tuoi trascorsi con la droga erano un grosso vantaggio. Sapevo che eri insicura. Sapevo che se avessi visto delle cose folli avresti messo in dubbio il tuo stesso giudizio. Almeno per un po'. Solo che non ho tenuto conto di quegli stupidi disegni. Non avrei mai immaginato che avrebbe trovato un modo per comunicare.»

Caroline sembra esausta, come se avesse appena vissuto di nuovo gli ultimi tre anni della sua vita. Lancio un'altra occhiata all'orologio: sono solo le 23:37. Ho bisogno che continui a parlare. «E Mitzi? Che le è successo?»

«Lo stesso che sta succedendo a te. Giovedì scorso, un paio d'ore dopo la seduta spiritica, Mitzi è venuta a bussare alla nostra porta in preda al panico. Ci ha detto che la tavoletta non voleva spegnersi, che il puntatore girava in tondo e continuava a ripetere la stessa parola, di continuo: OVAKODIK, OVAKODIK, OVAKODIK. Ci ha portati a casa sua per mostrarcela. Aveva scoperto che voleva dire "fare attenzione". Ci ha detto che avevi ragione fin dall'inizio, Mallory: la nostra casa era infestata e avevamo bisogno di aiuto. Io e Ted siamo tornati a casa e ci siamo messi a discutere su quale fosse la cosa migliore da fare; alla fine l'ho convinto a tenere ferma Mitzi mentre le provocavo l'overdose. Poi ha trascinato il corpo nel bosco mentre io spargevo i cappucci delle siringhe nel suo soggiorno. Ho lasciato pure il laccio emostatico sul comodino. Quanto bastava perché la polizia unisse i puntini. Poi ci siamo inventati la storia del visitatore a tarda sera, tanto per depistarli un po'.»

Controllo di nuovo l'orologio; è passato solo un altro minuto e stavolta Caroline mi sorprende.

«Che stai facendo? Perché guardi l'ora?»

«Senza motivo.»

«Menti. Ma non importa.» Si alza e prende il laccio emostatico. Ha le mani ferme. Si muove con una nuova fiducia e gesti controllati, me lo lega stretto intorno al braccio. Di lì a pochi attimi sento un formicolio ai muscoli.

«Per favore, non farlo.»

«Scusa, Mallory. Vorrei che le cose fossero andate in modo diverso.»

Sento le sue dita guantate che mi picchiettano la piega del braccio, per convincere le mie vene a gonfiarsi e a collaborare. Capisco che fa sul serio, che vuole andare fino in fondo. «Ti sentirai in colpa per il resto della tua vita» le dico, e ho talmente tanta paura che farfuglio. «Ti odierai. Non potrai più vivere con te stessa.»

Non so perché io creda di poterla impaurire tanto da farle cambiare idea. Il mio avvertimento sembra solo infastidirla. Sento un pizzico, quando l'ago mi buca la pelle e trova la vena. «Guarda il lato positivo» mi dice. «Magari rivedrai tua sorella.»

Poi abbassa lo stantuffo e mi inietta duemila microgrammi di eroina e Fentanyl, abbastanza da stendere un cavallo. Quando sento il primo, familiare brivido, tutto il corpo sussulta, come se qualcuno avesse poggiato un cubetto di ghiaccio sul punto dell'iniezione. L'ultima cosa che vedo è Caroline che esce di corsa dalla porta e spegne le luci. Non resterà nemmeno a guardarmi morire. Chiudo gli occhi e supplico Dio di perdonarmi: *Ti prego, ti prego, perdonami.* Mi sembra di ricadere sulla sedia, come se la sedia stessa e il mio corpo fossero sprofondati nel pavimento e io fossi senza peso, sospesa nello spazio. L'eroina per endovena fa effetto in un lampo, e invece non so come sono ancora cosciente. Come faccio a respirare ancora? Allora apro gli occhi e vedo Margit che aspetta nell'ombra, e capisco di essere già in overdose.

28

È sospesa in una specie di nebbia, una donna vestita di bianco dai lunghi capelli neri con la scriminatura al centro. Ha il vestito macchiato di terra e pezzetti di foglie. Il suo volto è oscurato dal buio e ha la testa piegata, come se non riuscisse a tenerla dritta. Io però non ho più paura. Sono semmai sollevata.

Cerco di alzarmi e di avvicinarmi a lei, ma sono ancora sulla sedia. Ho ancora i polsi legati dietro la schiena.

E poi mi viene un pensiero terribile.

Sono già nell'aldilà?

È questa la mia punizione per come ho trascorso il mio tempo sulla terra? Un'eternità da sola in un cottage vuoto, legata a una sedia di legno?

«Non so cosa fare» sussurro. «Puoi aiutarmi, per favore?»

Margit si avvicina, senza camminare. Sono consapevole del suo odore, quella miscela tossica di zolfo e ammoniaca, anche se ormai non mi dà più fastidio. Sono così grata della sua presenza che la puzza quasi mi consola. Quando passa vicino alla finestra, la luce della luna le illumina viso e corpo. E io capisco che dietro a tutti quei graffi e lividi e al collo spezzato, e malgrado il vestito malconcio e strappato, resta una donna dalla bellezza sorprendente.

«Devi aiutarmi, Margit. Sei l'unica che può farlo. Ti prego.»

Si sforza di alzare la testa, come se cercasse di ascoltare con più attenzione, ma le ricade giù come un fiore con il gambo spezzato. Mi poggia una mano sulla spalla, eppure non avverto alcuna pressione. Provo invece un opprimente senso di colpa e dolore. Con gli occhi della mente vedo un posto dove non sono mai stata, un campo accanto a un lago, una tela su un cavalletto, una bambina su una coperta. Capisco di conoscere questo posto dalle immagini, da un disegno che Margit ha lasciato sulla mia veranda, e dal fascio dei disegni di Teddy che Caroline tiene in soggiorno. Richiamo alla memoria entrambe le immagini, la stessa scena per mano di due artisti diversi.

E quando guardo la donna e il bambino, sento il dolore di Margit con la stessa forza del mio: *Avrei dovuto fare più attenzione. Non avrei dovuto distrarmi. Se fossi stata solo un po' più attenta, sarebbe ancora tutto a posto.* O forse è il *mio* dolore, perché sento anche Margit che dice: *Non è colpa tua, fai pace con il passato, perdona te stessa.* Non so se sono io a consolare lei o è lei a consolare me, non capisco dove finisce il mio senso di colpa e dove inizia il suo. Forse è il genere di dolore di cui non ci libereremo mai, nemmeno dopo la morte.

Poi si apre la porta e Ted accende le luci.

Vede le lacrime scorrermi sul viso e impallidisce. «Oh, Gesù» esclama. «Mi dispiace tanto, Mallory. Resta qui.»

Mi guardo intorno in cerca di Margit, ma è scomparsa.

Sono ancora nel cottage.

Non sono in un qualche aldilà etereo e confuso, sono sempre a Spring Brook, New Jersey, legata a una sedia di legno con i piedi per terra, e l'orologio sul microonde dice che sono le 23:52.

Sento ancora un brivido gelido nella piega del braccio, dove Caroline mi ha fatto l'iniezione, ma sono viva e vegeta e per niente fatta.

«Mi ha drogata. Tua moglie...»

«Borotalco» dice Ted. «Ho scambiato l'eroina con del borotalco. Starai bene.» Si sposta dietro di me e tira le cinghie di stoffa che mi legano i polsi alla sedia. «Cristo, ha davvero esagerato con questi nodi. Mi serve un coltello.» Va in cucina e comincia a frugare nel cassetto delle stoviglie.

«Che stai facendo?»

«Ti sto proteggendo, Mallory. Ti ho sempre protetta. Non ricordi il colloquio di lavoro? Tutte quelle domande scortesi? Stavo cercando di metterti paura, di farti andare via. Ho provato a spaventare tutte le candidate. Tu però insistevi. Volevi davvero restare qui. E Caroline pensava che fossi la soluzione a tutti i nostri problemi.»

Si avvicina alla sedia con un coltello da cucina e taglia in fretta i legacci. Le braccia mi cadono sui fianchi e sono di nuovo libera di muovermi. Lentamente, con cura, premo le dita contro il grosso bernoccolo che ho sulla testa e sento dei pezzetti di vetro attaccati al cuoio capelluto.

«Mi dispiace averti colpita. Ci fermeremo in una stazione di servizio e ti prenderò del ghiaccio.» Ted apre l'anta dell'armadio ed è felice di vedere le grucce vuote. «Hai già fatto i bagagli! Perfetto. La mia valigia è in macchina, siamo pronti a partire. Penso che viaggeremo tutta la notte. Troveremo un albergo dove riprendere fiato. Poi continueremo verso ovest. Ho trovato una splendida casa su Airbnb. Solo per darci una sistemata. Ti piacerà, Mallory, c'è una vista incredibile sul Puget Sound.»

«Ted, rallenta. Che stai dicendo?»

Ride. «Giusto, giusto, è così tanto che ci penso che mi sono scordato che non ne abbiamo parlato. So cosa provi per me, Mallory, e io provo le stesse cose, e sono pronto ad agire.»

«Davvero?»

«Ho riscattato la pensione integrativa, sono ottantamila dollari, si trovano su un conto a cui Caroline non può accedere. È più che sufficiente per ricominciare. Rifarci una vita nello Stato di Washington. A Whidbey Island. Però dobbiamo partire subito. Prima che lei torni a ripulire tutto.»

«Perché hai tanta paura di tua moglie?»

«È fuori di testa! Non lo hai ancora capito? Ha appena tentato di ucciderti. Non esiterà a uccidere anche me. E se lo dico alla polizia, andrò in prigione. Dunque dobbiamo scappare. Adesso. Se lasciamo il bambino, lei non ci seguirà.»

«Vuoi lasciare Teddy?»

«Mi dispiace, Mallory. So che gli vuoi bene. Gliene voglio anche io. È un bambino molto dolce. Ma non può venire. Non voglio che Caroline e Margit ci diano la caccia per tutto il paese. Il bambino resta qui con le sue due mamme. Possono vedersela tra loro, combattere fino alla morte, non mi interessa. Non ne posso più di questa storia. Non voglio restare qui un minuto di più. Tutto questo incubo finisce stanotte, capisci?»

Fuori dal cottage sentiamo il rumore di un rametto spezzato. Ted si avvicina alla finestra e sbircia fuori. Poi scuote la testa, per assicurarmi che è un falso allarme. «Ora, per favore, ho bisogno che provi ad alzarti. Ti serve aiuto?» Mi porge la mano, ma io lo allontano con un cenno e riesco a stare in piedi da sola. «Ottimo, Mallory. Grandioso. Ti serve il bagno? Perché dopo mezzanotte è quasi tutto chiuso.»

Certo che mi serve il bagno, ma solo come posto tranquillo per riflettere. «Ci metto un attimo.»

«Più in fretta che puoi, okay?»

Chiudo la porta del bagno, apro l'acqua fredda e me ne schizzo un po' sul viso. Che accidenti posso fare? Mi tocco le tasche, ma ovviamente sono vuote. Cerco nell'armadietto e nella doccia, ma non c'è nulla con cui possa difendermi. La cosa che più si avvicina a un'arma sono un paio di pinzette.

Accanto al soffitto c'è una minuscola finestra alta pochi centimetri con la zanzariera, che funziona come presa d'aria. Abbasso il coperchio della tazza e ci salgo sopra. La finestra si affaccia a sud, verso Hayden's Glen, verso i rovi ombrosi del bosco. Riesco a spingere la zanzariera, che cade all'esterno sul terreno del bosco. Anche se mettessi insieme abbastanza forza da tirarmi su, non riuscirei comunque a passarci attraverso.

Ted bussa alla porta. «Mallory? Sei pronta?»

«Quasi!»

Devo andare con lui. Non ho scelta. Salirò sulla sua Prius, sorriderò mentre racconta dello Stato di Washington e di Whidbey Island, e proverò a sembrare entusiasta della nostra nuova vita insieme.

Appena ci fermeremo a fare benzina, mangiare o bere, troverò un agente di polizia e mi metterò a gridare come una pazza.

Chiudo l'acqua. Mi asciugo le mani.

Poi apro la porta.

Ted è lì che aspetta. «Pronta?»

«Penso di sì.»

«*Pensi*?»

Guarda alle mie spalle. Guarda nel bagno, e io mi domando cosa stia vedendo. Ho lasciato delle impronte sul coperchio della tazza? Ha notato che la zanzariera non c'è più?

Gli getto le braccia al collo, gli poggio la testa sul petto e lo stringo più forte che posso. «Grazie, Ted. Grazie per avermi salvata. Non sai quanto ho desiderato che andasse così.»

È sorpreso da queste effusioni. Mi stringe ancora di più, e poi si china a baciarmi la fronte. «Te lo giuro, Mallory, non ti deluderò. Mi sforzerò ogni giorno di renderti felice.»

«Allora andiamo via di qui.»

Vado a prendere la mia valigia e il sacco dell'immondizia pieno di vestiti, ma Ted insiste che vuole portarli lui, uno per mano. «Sicura che non ti serva altro?»

«È tutto ciò che possiedo.»

Mi sorride di nuovo con affetto sincero, e sembra che stia per dire qualcosa di molto dolce quando si sente un forte *bam* e un proiettile gli trapassa la spalla sinistra, facendolo sbilanciare e schizzando il muro di sangue. Grido, e si sentono altri tre di quei *bam*, e sto ancora gridando quando Ted si accascia sulla valigia, con le mani al petto e il sangue che gli cola tra le dita.

Caroline è alla finestra del cottage e mi punta contro la pistola di Mitzi. Mi intima di stare zitta, ma colgo le sue parole solo al quarto o quinto tentativo. Apre la porta e con uno scatto della canna della pistola mi ordina di rimettermi seduta.

«Sul serio?» domanda. «Te ne saresti davvero andata con lui?»

Non sento nemmeno la domanda. Sto ancora fissando Ted sul pavimento, che cerca di dire qualcosa, come se balbettasse. Gli tremano le labbra come se cercasse di pronunciare una parola difficile, perde sangue dalla bocca macchiandosi di rosso il mento e la camicia.

«Vedi, io *credo* che stessi mentendo» continua Caroline. «Credo che probabilmente diresti qualsiasi cosa pur di andartene da qui adesso. Posso assicurarti però che Ted faceva sul serio. Ti ha messo gli occhi addosso appena sei arrivata qui.» Indica dalla parte opposta del cottage, verso il rilevatore di fumo installato sulla parete della cucina. «Ti sei mai chiesta perché quel rilevatore non scattasse mai? Nemmeno quando bruciavi la cena?»

Non rispondo. Caroline sbatte il calcio della pistola sul ripiano della cucina, tre colpi forti. «Mallory, ti ho fatto una domanda. Ti eri accorta che il rilevatore non funzionava?»

Che cosa vuole che le dica? Mi sta puntando una pistola in faccia, sono troppo terrorizzata per rispondere; ho paura che alla prima risposta sbagliata premerà il grilletto. Devo guardare a terra per trovare il coraggio di parlare. «Ted mi aveva detto che l'impianto elettrico era vecchio. Che era ancora quello originale.»

«È una webcam, cretina. Ted l'ha installata subito dopo il tuo colloquio. E c'è anche un ripetitore, per poterla collegare al Wi-Fi della casa grande. Ha detto che voleva controllarti, essere sicuro che non assumessi droghe. Una "precauzione", capisci? Ma per piacere. Non sono così stupida. Certe notti restava sveglio nel suo studio per ore, pregando che ti facessi una doccia. Mi sono sempre domandata se lo sapessi, se non ti sentissi mai osservata.»

«Credevo fosse Anya.»

«No, una mamma di notte sta con il suo bambino. Era sempre il nostro capofamiglia. Il padre dell'anno.»

Ted scuote la testa, come se volesse obiettare, come se volesse farmi sapere la verità. Quando apre la bocca, però, esce solo altro sangue che gli scorre sul mento e sul petto.

Mi volto verso Caroline, che mi sta ancora puntando la pistola contro.

Voglio buttarmi per terra, chinarmi e supplicare che mi risparmi.

«Ti prego» dico, alzando le mani. «Non lo dirò a nessuno.»

«Lo so. Hai ucciso Ted, con la pistola che avevi rubato in casa di Mitzi. Poi abbiamo lottato, ma sono riuscita a strappartela di mano. Hai preso un coltello dal cassetto della cucina e così ho dovuto spararti. È stata legittima difesa.» Si guarda intorno, come se cercasse di decidere la coreografia precisa della sequenza. «Sai, dovresti metterti più vicino al frigorifero. Accanto al cassetto delle posate.» Punta la pistola verso di me. «Andiamo, non farmelo ripetere.»

Si avvicina, la pistola si avvicina, e io indietreggio, spostandomi nella cucina.

«Bene, così va meglio. Ora abbassati e apri il cassetto. Tiralo fuori tutto. Così.» Si sposta dalla parte opposta del ripiano, poi si china per studiare i coltelli. «Credo che dovresti prendere quello da chef. È quello grosso, proprio in fondo. Impugnalo. Stringilo bene.»

Ho così tanta paura che quasi non riesco a muovermi.

«Caroline, per favore...»

Scuote la testa. «Forza, Mallory, hai quasi finito. Prendi quel coltello.»

Nella mia visione periferica, proprio sopra la sua spalla, vedo ancora il sangue che cola sul muro. Ted però non è più seduto lì. È scomparso.

Metto una mano sul coltello. Avvolgo le dita intorno all'impugnatura. È così difficile fare qualcosa se ti dicono che è l'ultima cosa che farai.

«Bene» commenta lei. «Ora alzalo.»

Poi grida, e cade – Ted le si è lanciato contro le gambe –, e io so che devo approfittarne. Stupidamente lascio andare il coltello, perché non voglio perdere nemmeno un secondo a tirarlo fuori dal cassetto.

Corro e basta.

Spalanco la porta e dietro di me sento uno scoppio, un colpo di pistola che rimbomba contro le pareti del cottage. Salto giù dalla veranda e appena tocco terra mi metto a correre. Per tre terrificanti secondi sono completamente vulnerabile, una sagoma che si muove attraverso il prato; mi preparo al prossimo scoppio.

Ma non arriva. Sfreccio nell'ombra accanto alla casa grande, oltre i bidoni dell'immondizia e quelli del riciclo. Attraverso il giardino sul davanti e mi fermo all'estremità del vialetto. Tutte le case vicine sono buie. Tutti nell'isolato dormono profondamente. Dopo mezzanotte nessuno passa da Edgewood Street. Non oso bussare alla porta di un vicino, perché temo che potrebbe metterci troppo ad arrivare. Ora come ora la mia principale risorsa è la velocità, mettere più distanza possibile tra me e Caroline. Se corro forte riesco ad arrivare al Castello Fiorito in tre minuti, bussare alla porta e gridare perché i genitori di Adrian vengano ad aiutarmi.

Poi però guardo la casa dei Maxwell e mi ricordo che Teddy è ancora addormentato al primo piano. Ignaro del caos nel giardino sul retro.

Che succederà quando Caroline capirà che sono scappata?

Prenderà Teddy, lo caricherà in macchina e se ne andrà nel West Virginia? O in California? O in Messico?

Quanto lontano andrà pur di proteggere il suo segreto?

Di nuovo al cottage, sento un altro sparo. Voglio essere ottimista. Voglio credere che non so come Ted abbia strappato l'arma alla moglie. Forse, nei suoi ultimi istanti di vita, ha dato a me e a Teddy la possibilità di scappare.

Se invece non lo ha fatto, be', ho ancora un po' di tempo per sistemare le cose. So correre veloce. Ero la sesta ragazza più veloce della Pennsylvania. Sfreccio intorno alla casa, arrivo sul retro e grazie a Dio la porta scorrevole della cucina non è chiusa a chiave.

Entro dentro e mi chiudo la porta alle spalle. Il pianoterra è buio. Mi affretto attraverso la sala da pranzo e salgo le scale sul retro per il primo piano. Irrompo nella camera di Teddy senza accendere la luce. Mi limito a togliergli le coperte e scuoterlo per svegliarlo. «Alzati, Teddy, dobbiamo andare.» Lui mi spinge via, seppellendo il viso nel cuscino, ma non ho tempo per convincerlo con le buone. Lo tiro giù dal letto; lui grugnisce in segno di protesta, ancora mezzo addormentato.

«Mallory!»

Caroline è già dentro casa, e mi chiama dall'atrio. La sento salire i gradini. Corro dalla parte opposta, e riprendo le scale sul retro per tornare in cucina. Teddy non peserà più di venti chili, ma per poco non mi cade comunque; me lo metto su una spalla, così posso reggerlo meglio, e corro verso il patio.

Fuori, in giardino, c'è un silenzio assoluto. Sento solo il leggero sciabordio dell'acqua della piscina, ogni tanto il verso di una cicala, e il mio respiro affannoso. Ma so che Caroline sta arrivando. O passa dall'interno o fa il giro della casa da fuori. Per me è più sicuro andare avanti, verso la Foresta Incantata. È un lungo scatto attraverso il giardino, ma non credo che Caroline mi sparerà, non finché ho Teddy in braccio. E appena raggiungeremo gli alberi potremo fuggire.

Io e Teddy abbiamo passato l'intera estate a esplorare il bosco. Conosciamo tutti i sentieri, le scorciatoie e i vicoli ciechi, e la luna fa abbastanza luce da poterci muovere. Lo tengo ancora più stretto e mi infilo tra i cespugli, passando a forza tra rami, rampicanti e arbusti, finché arriviamo alla Strada di Mattoni Gialli, che va da est a ovest, parallela ai giardini posteriori di Edgewood. La seguiamo fino al grosso masso dell'Uovo del Drago, poi devio lungo il Sentiero del Drago. Sento dei passi concitati alle mie spalle, ma al buio ho perso il senso delle proporzioni e della prospettiva. Non capisco se Caroline mi sta con il fiato sul collo o è lontana magari anche un centinaio di metri. Sento pure delle sirene della polizia, ma è troppo tardi. Se fossi corsa al Castello Fiorito, adesso sarei salva.

Però ho Teddy stretto tra le braccia, ed è l'unica cosa che conta davvero. Non lascerò che gli succeda niente.

Al buio il Fiume del Re rimbomba più forte, e io sono grata per tutto quel rumore che copre i miei passi. Poi però arriviamo al Ponte Muschiato e non credo di farcela. Il tronco è troppo stretto e scivoloso, ed è impossibile riuscire ad arrivare dall'altra parte con Teddy in braccio.

«Teddy-Bear, ascoltami. Devi camminare.»

Lui fa di no con la testa e mi stringe più forte. Non sa cosa stia succedendo, ma è terrorizzato. Provo a metterlo giù e mi si aggrappa al collo. Sento di nuovo le sirene della polizia ululare in lontananza; ormai dev'essere arrivata dai Maxwell. È molto probabile che l'abbia chiamata un vicino dopo aver sentito gli spari. Però è ancora troppo lontana per aiutarmi.

Uno stretto fascio di luce bianca attraversa il bosco. La torcia della Vipertek di Caroline. Non so se mi abbia vista, ma devo continuare a muovermi. Stringo Teddy più forte e faccio un passo sul ponte, poi un altro. Vedo abbastanza bene da distinguere la forma del tronco, ma non la sua superficie. Non posso dire quali parti siano marcite o chiazzate di muschio. Sotto di noi l'acqua corre veloce, profonda tra i sessanta e i novanta centimetri. A ogni passo sono sicura che scivolerò di lato, e invece non so come riesco a mantenere l'equilibrio. Corro lungo il sentiero fino ai piedi della Pianta di Fagioli Gigante prima che le braccia cedano. Non riuscirei a portare Teddy per un altro centimetro. «Piccolo, questa parte la devi fare da solo.» Indico il nostro nascondiglio tra i rami dell'albero. «Forza, bisogna che ti arrampichi.»

È così pietrificato dal terrore che non si muove. Usando ciò che resta delle mie forze lo spingo sull'albero, e lui per fortuna si aggrappa a un ramo per trovare stabilità. Allora gli spingo il sedere e lentamente, a tratti, comincia ad arrampicarsi.

Il fascio della torcia colpisce la base dell'albero: Caroline è arrivata al fiume, si avvicina. Afferro il ramo più basso e mi tiro su, seguendo Teddy di ramo in ramo, fino a quello che chiamiamo Ponte sulle Nuvole. Vorrei salire ancora più in alto, ma non c'è tempo e non voglio rischiare di fare rumore. «Va bene così» sussurro. Gli cingo i fianchi con le braccia, tenendolo vicino, e gli accosto la bocca all'orecchio. «Ora dobbiamo solo fare molto silenzio, okay? Va tutto bene...»

Lui non dice niente. Trema tutto; è carico come una molla. Sembra comunque capire che no, non va tutto bene, che sta succedendo qualcosa di brutto. Guardo a terra e vorrei che fossimo saliti più in alto. Siamo a tre metri scarsi sopra al sentiero e, a meno che non decida di andarsene, Caroline passerà proprio sotto di noi. Se Teddy fa anche solo un lamento...

Cerco in mezzo al nostro arsenale di sassi e palline da tennis finché trovo la freccia spezzata, il corto fusto scheggiato con la punta a piramide. So che è un'arma inutile, ma è consolante avere qualcosa in pugno, qualsiasi cosa.

Adesso la vedo arrivare. Caroline è salita sul ponte e avanza verso di noi, perlustrando il sentiero con il fascio di luce della torcia. Bisbiglio a Teddy che dobbiamo fare silenzio. Gli dico che vedrà sua madre, ma deve promettere di non dire niente. E per fortuna non fa domande, perché lei segue il sentiero e si ferma proprio sotto al nostro albero. Si sentono voci in lontananza, voci di uomini che gridano. Un cane che abbaia. Caroline guarda nella loro direzione. Sembra capire che il suo tempo sta per scadere. Ho talmente tanta paura che trattengo il fiato. E stringo Teddy così forte che lui non riesce a trattenere un lamento di protesta.

Caroline guarda in alto. Punta la torcia tra i rami e fa tanta luce che devo coprirmi gli occhi. «Oh, Teddy, grazie a Dio! Eccoti! La mamma ti ha cercato dappertutto! Che ci fai lassù?»

Vedo che nell'altra mano tiene ancora la pistola, con disinvoltura, come se fosse un iPhone o una bottiglietta d'acqua.

«Resta qui» dico a Teddy.

«No, Teddy, per piacere, non è sicuro lassù» ribatte Caroline. «Mallory si sbaglia. Devi scendere, così ti riporto a casa. A quest'ora dovresti essere a letto!»

«Non muoverti» gli dico. «Stai bene dove stai.»

Però sento che d'istinto lui si sposta verso di lei, attratto dal suono della sua voce. Lo tengo forte per i fianchi e sono stupita dal calore che emana il suo corpo. Scotta come se avesse la febbre.

«Teddy, ascoltami» gli dice Caroline. «Devi allontanarti da Mallory. Sta molto male. Le è venuta una cosa che si chiama episodio psicotico. Per questo ha disegnato sui muri. Ha rubato questa pistola a Mitzi e l'ha usata per fare del male a tuo padre, e adesso vorrebbe tenerti tutto per sé. A casa nostra c'è la polizia che ci sta cercando. Perciò scendi da lì. Andiamo e raccontiamo cosa è successo. Lascia Mallory sull'albero e sistemiamo tutto.»

Caroline però non mi lascerebbe mai sull'albero. Mi ha già detto troppo. Mi ha detto il nome della vera madre di Teddy. Si chiamava Margit Baroth ed è stata assassinata vicino al lago Seneca. Se un poliziotto indagasse anche in maniera frettolosa sulla mia versione, si renderebbe conto che dico la verità. Caroline non ha altra scelta che uccidermi. Non appena farà scendere Teddy dall'albero. E dopo cercherà di spacciare tutto per legittima difesa. E io non saprò mai se la farà franca, perché sarò morta.

«Avanti, tesoro. Dobbiamo andare. Saluta e scendi.»

Lui si scioglie dalla mia stretta e si sposta di traverso lungo il ramo.

«Teddy, no!»

Quando si guarda indietro, vedo che ha gli occhi bianchi. Le pupille si sono di nuovo rovesciate nella testa. Allunga la mano destra, mi prende la freccia e salta giù dall'albero. Caroline alza le braccia, come se pensasse di riuscire davvero a prenderlo. Invece crolla sotto il suo peso, rotolando all'indietro. La pistola e la torcia le volano via di mano e spariscono tra i cespugli. Con un forte tonfo atterra sulla schiena, stringendo Teddy al petto per proteggerlo dalla caduta.

«Stai bene? Teddy, tesoro, stai bene?»

Teddy si mette seduto, a cavallo dei fianchi di Caroline. Lei sta continuando a chiedergli se sta bene quando lui le conficca la freccia nel collo. Non credo che lei se ne renda conto finché Teddy non la estrae e la colpisce di nuovo, per altre tre volte: *chop-chop-chop*. Quando Caroline si mette a gridare, ha già perso la voce; non esce altro che un gorgoglio bagnato.

Grido: «No!», ma Teddy non si ferma; o meglio, Margit non si ferma. Non riesce a controllare tutto il corpo del figlio, solo la mano e il braccio destri, ma ha il vantaggio della sorpresa e così Caroline sta soffocando nel suo stesso sangue. I cani abbaiano più forte, attratti dal rumore della lotta. Gli uomini nel bosco si avvicinano. Dicono che stanno arrivando ad aiutarci, gridano di continuare a fare rumore. Scendo in fretta dall'albero e strappo Teddy dal corpo di Caroline. La sua pelle è ancora calda, come una pentola sul fuoco che bolle. Caroline giace sulla schiena e si agita, con le mani strette intorno a ciò che resta del collo. Teddy è fradicio di sangue. Ce l'ha nei capelli, sul viso, gli cola dal pigiama. Chissà come riesco a pensare con lucidità, a comprendere cosa è successo. So che Margit mi ha appena salvato la vita. E se non agisco in fretta, Teddy passerà il resto della sua vita in un istituto.

Stringe ancora la freccia nella mano destra. Lo sollevo da terra e lo stringo forte, così il sangue passa dai suoi abiti ai miei. Poi lo porto lungo il sentiero fino alla sponda del Fiume del Re. Entro nell'acqua e il piede affonda nel fango, viscido e muschioso. Faccio un altro passo, e un altro ancora, e affondo sempre di più finché l'acqua mi arriva ai fianchi e il freddo sveglia Teddy. Le pupille gli tornano a posto; il corpo si affloscia tra le mie braccia. Lascia andare la freccia, ma io riesco a prenderla prima che sparisca sott'acqua.

«Mallory? Dove siamo?»

È terrorizzato. Immaginate di svegliarvi da una trance e di ritrovarvi in un bosco, al buio, immersi fino al collo in un torrente gelido.

«Va tutto bene, Teddy-Bear.» Gli schizzo un po' d'acqua sulle guance per togliere il grosso del sangue. «Andrà tutto bene. Sistemeremo tutto.»

«Stiamo sognando?»

«No, piccolo, mi dispiace. È tutto vero.»

Indica la sponda del fiume. «Perché c'è un cane?»

È un cane grosso e nero, un cane da riporto che annusa con foga e abbaia come un ossesso. Alcuni uomini con le pettorine fluorescenti escono di corsa dal bosco, sventolando le torce.

«Trovati!» grida uno di loro. «Una donna e un bambino, al torrente!»

«Signorina, è ferita? Perde sangue?»

«Il bambino sta bene?»

«Adesso è al sicuro, signorina.»

«Lasci che l'aiutiamo.»

«Andiamo, piccolo, allunga la manina.»

Teddy però mi stringe ancora più forte, mi si aggrappa ai fianchi. Altri agenti di polizia con altri cani si avvicinano dalla parte opposta del fiume, tutto intorno a noi.

Poi sentiamo una voce di donna che esclama da più lontano. «Ce n'è un'altra. Una donna adulta, niente battito, ferite multiple da arma da taglio!».

Ci hanno circondati, un anello di torce che avanzano da ogni direzione. Non è chiaro chi comandi, perché parlano tutti insieme: «Va tutto bene», «State bene», «Ora siete al sicuro»; ma poi vedono il sangue sui nostri vestiti e si capisce che si innervosiscono. Anche Teddy sta sclerando. Gli sussurro all'orecchio: «È tutto a posto, Teddy-Bear. Sono qui per aiutarci». Poi lo riporto a riva e lo abbasso dolcemente a terra.

«La ragazza ha qualcosa in mano.»

«Signorina, cos'ha lì?»

«Ce lo può mostrare?»

Uno dei poliziotti prende Teddy per un braccio e lo porta al sicuro, poi ricominciano a gridare. Tutti mi dicono di uscire lentamente dall'acqua e di mettere la freccia a terra... Ho anche altre armi? Ma io ho smesso di ascoltarli, perché in lontananza scorgo un'altra sagoma, al di fuori dell'anello di agenti di polizia. Il suo abito bianco riflette la luce lunare, e la testa le pende di lato. Alzo la mano sinistra, mostrando a tutti la freccia spezzata.

«Sono stata io» dico. «Sono stata io.»

Poi stendo il braccio e lascio cadere la freccia. E quando rialzo lo sguardo, Margit se n'è andata.

Un anno dopo

È stato difficile mettere su carta questa storia, e sono sicura che per te è stato ancora più difficile leggerla. Sono stata molte volte sul punto di mollare, ma tuo padre mi ha supplicata di andare avanti finché ricordavo i dettagli con chiarezza. Era convinto che un giorno, in futuro, tra dieci o venti anni, avresti voluto sapere la verità su ciò che è successo quell'estate a Spring Brook. E voleva che sentissi la storia da me, e non da qualche stupido podcast di cronaca nera.

Dio solo sa quanti ne hanno fatti in proposito... Ultime notizie, titoli acchiappa-click, battute nei talk show in seconda serata, tutti quei meme sui social. Nelle settimane successive al tuo salvataggio sono stata contattata da *Dateline*, *Good Morning America*, Vox, TMZ, *Frontline* e decine di altre testate. Non ho idea di come facessero ad avere il mio numero, ma mi promettevano tutti la stessa cosa: avrei raccontato la mia versione, avrei giustificato le mie azioni con parole mie, e loro avrebbero interferito il minimo indispensabile. Mi promettevano anche un sacco di soldi per un'intervista in esclusiva.

Dopo una lunga discussione con tuo padre, però, abbiamo deciso di tenere un profilo basso. Abbiamo rilasciato una dichiarazione congiunta secondo la quale eri tornata con la tua famiglia e avevi bisogno di tempo per superare il trauma, mentre noi volevamo solo essere lasciati in pace. Poi abbiamo cambiato numeri di telefono e indirizzi e-mail sperando che la gente si scordasse di noi. Ci è voluta qualche settimana, ma alla fine è andata proprio così. Sono arrivate notizie più grosse. Un pazzo a San Antonio ha fatto una sparatoria in un supermercato. I netturbini di Philadelphia hanno scioperato per due mesi. Una donna in Canada ha dato alla luce otto gemelli. E il mondo è andato avanti.

I miei primi tentativi di raccontare questa storia sono falliti. Ricordo le ore passate davanti a un foglio bianco, completamente bloccata. Fino ad allora la cosa più lunga che avessi mai scritto era stata una tesina di cinque pagine su *Romeo e Giulietta* per la scuola. Perciò l'idea di scrivere un libro, un libro vero, come quelli di Harry Potter, mi sembrava un'impresa davvero *epica*. Ma ne ho parlato con la madre di Adrian, che mi ha dato qualche buon consiglio. Mi ha detto che non dovevo provare a scrivere un libro, ma semplicemente sedermi davanti al computer e *raccontare*, una frase per volta, così come l'avrei raccontata a un'amica davanti a un caffè. Non dovevo sembrare J.K. Rowling. Dovevo sembrare Mallory Quinn di Philadelphia. E dopo che ho fatto mio quel consiglio, le parole si sono messe a scorrere veloci. Non riesco a credere che adesso ho davanti a me un file che ne contiene più di ottantamila.

Ma guardami, mi sto già montando la testa!

Forse dovrei fare due passi indietro e spiegare un po' di cose.

Ted Maxwell è morto dissanguato sul pavimento del cottage. Sua moglie Caroline è morta mezz'ora dopo, ai piedi della Pianta di Fagioli Gigante. Ho confessato di averla pugnalata per legittima difesa con la freccia spezzata (tecnicamente era un dardo per balestre) che avevamo trovato nel bosco qualche settimana prima. Sarebbe anche sopravvissuta, se la punta non le avesse reciso la carotide. Quando sono arrivati i paramedici era già troppo tardi.

Ci hanno portato alla stazione di polizia di Spring Brook. Tu stavi nella mensa insieme a un'assistente sociale con gli occhi impastati di sonno e un cesto colmo di peluche, io invece in una cella senza finestre con una telecamera, microfoni e tutta una serie di detective sempre più ostili. Per proteggerti ho raccontato solo una versione parziale della storia. Non ho detto niente dei disegni di tua madre, né di come mi abbia fornito lei gli indizi per capire cosa fosse successo. In realtà di tua madre non ho parlato affatto. Ho finto di aver scoperto il segreto dei Maxwell da sola.

La detective Briggs e i suoi colleghi erano scettici. Capivano che stavo nascondendo qualcosa, ma io sono rimasta fedele alla mia versione dei fatti. Loro continuavano ad alzare la voce e a farmi domande sempre più ostili, ma io insistevo con le stesse, improbabili risposte. Per qualche ora ho avuto la convinzione che mi avrebbero accusata di duplice omicidio e che avrei trascorso il resto della vita in prigione.

Al sorgere del sole però era ormai evidente che la mia storia conteneva almeno qualche granello di verità.

Un assistente sociale ha confermato che Teddy Maxwell, in effetti, dal punto di vista anatomico era una bambina di cinque anni.

Nell'elenco nazionale dei minori scomparsi risultava una bambina di nome Flora Baroth, e Teddy Maxwell corrispondeva alla sua descrizione e alle sue caratteristiche fisiche.

Una ricerca al catasto ha testimoniato che sei mesi prima della scomparsa di Flora i Maxwell avevano acquistato una casa sul lago Seneca.

È bastato sfogliare i passaporti di Ted e Caroline (che stavano in un cassetto di camera loro) per dimostrare che non erano mai stati in Spagna.

Quando gli hanno telefonato, tuo padre József ha confermato diversi elementi chiave della mia storia, compresi marca e modello della Chevy Tahoe della moglie, informazione che non era mai stata di dominio pubblico.

Alle sette e mezza del mattino dopo la detective Briggs è andata allo Starbucks accanto alla stazione di polizia a prendermi una tisana e un panino con uova e formaggio. E ha persino invitato Adrian a unirsi a noi nella stanza degli interrogatori. Lui aveva trascorso la notte nell'atrio, ad aspettare su una scomoda panchina di metallo. Quando mi ha vista mi ha abbracciata forte forte sollevandomi da terra. Quando abbiamo smesso entrambi di piangere, ho dovuto raccontargli da capo tutta la storia.

«Scusami se non sono arrivato prima» mi ha detto lui.

Ho scoperto che era stato proprio Adrian a chiamare il 911, dopo essere arrivato al cottage e aver trovato sul pavimento il cadavere di Ted Maxwell.

«Non sarei mai dovuto andare nell'Ohio. Se fossi rimasto con te a Spring Brook, non sarebbe successo niente di tutto questo.»

«O forse saremmo morti entrambi. Non ossessionarti con queste ipotesi, Adrian. Tu non hai colpa.»

Il tragitto tra il lago Seneca e Spring Brook richiede circa cinque ore, ma quella mattina tuo padre lo ha fatto in appena tre ore e mezza. Posso solo immaginare cosa gli passasse per la testa mentre sfrecciava sull'interstatale. Quando è arrivato io e Adrian eravamo ancora alla stazione di polizia, a rimpinzarci di snack dolci per tenerci svegli. Ricordo ancora il momento esatto in cui la detective Briggs lo ha fatto entrare nella stanza. Era alto, magro e spettinato, con la barba lunga e due occhi profondi, liquidi e infossati. All'inizio ho pensato che fosse un criminale uscito da una cella vicina. Ma era vestito da contadino, con scarponi da lavoro, pantaloni Dickies e camicia di flanella. Si è inginocchiato, mi ha preso la mano ed è scoppiato a piangere.

Potrei scrivere un libro intero su ciò che è successo dopo, ma proverò a fare una sintesi. Tu e tuo padre siete tornati al lago Seneca, mentre Adrian è tornato a New Brunswick per l'ultimo anno alla Rutgers. Mi ha invitata ad andare con lui e stare nel suo appartamento mentre riflettevo sul corso da dare alla mia vita. Ma il mio mondo era ancora sottosopra e avevo paura a prendermi impegni troppo grandi in un momento di debolezza. Così mi sono trasferita nella camera degli ospiti del mio sponsor, a Norristown.

Un uomo di sessantotto anni potrebbe non sembrarti il coinquilino ideale, ma la casa di Russell è tranquilla e pulita e lui tiene la dispensa sempre rifornita di non so quante varietà di proteine in polvere. Ho trovato lavoro in un negozio di articoli sportivi del posto, tanto per guadagnare qualcosa. Gli altri commessi andavano a correre insieme, in modo informale, così ho iniziato a unirmi a loro due o tre mattine alla settimana. Ho trovato una buona chiesa con molti parrocchiani tra i venti e i trent'anni. Ho ripreso a frequentare gli incontri dei

Narcotici Anonimi, per condividere le mie storie e le mie esperienze, con l'obiettivo di aiutare gli altri.

A ottobre volevo venirti a trovare, per il tuo sesto compleanno, ma i tuoi medici me l'hanno sconsigliato. Hanno detto che eri ancora troppo fragile e vulnerabile, che stavi ancora "ricostruendo" la tua vera identità. Ci avrebbero permesso di parlare al telefono, ma solo se l'iniziativa fosse partita da te, e tu non hai mai mostrato alcun interesse a parlarmi.

Tuo padre mi telefonava comunque un paio di volte al mese per aggiornarmi sui tuoi progressi, e ci scambiavamo parecchie e-mail. Ho saputo così che abitavate in una grande fattoria con zia, zio e cugini, e che invece di andare a scuola frequentavi una serie di programmi terapeutici: arteterapia, logoterapia, musicoterapia, marionette, giochi di ruolo, varie cose. I medici erano sconvolti dal fatto che non ti ricordassi del brusco risveglio di quella notte, del bosco e dell'albero. Ne hanno concluso che il tuo cervello doveva avere rimosso quei ricordi come reazione al trauma.

Tuo padre era l'unico a sapere cosa fosse successo davvero nel bosco quella notte. Io gli ho raccontato tutta la storia, che ovviamente sembrava una follia, ma quando gli ho spedito le copie dei disegni di tua madre, nel suo inimitabile stile, non ha più avuto dubbi che stessi dicendo la verità.

I tuoi medici ti hanno raccontato una versione sintetica dei fatti. Ti hanno spiegato che eri nata bambina, che ti chiamavi Flora e che i tuoi veri genitori erano József e Margit. Hai saputo che Ted e Caroline erano persone molto malate che avevano fatto molti sbagli, e il peggiore era stato portarti via ai tuoi genitori. Al secondo posto c'era averti vestita da maschio e averti cambiato nome da Flora a Teddy. Più avanti, ti hanno spiegato i medici, avresti potuto scegliere se chiamarti Flora o Teddy o magari in un altro modo, e scegliere se vestirti da maschio o da femmina o mischiare le due cose. Nessuno pretendeva decisioni affrettate da parte tua. Ti hanno incoraggiato a prenderti il tuo tempo e a fare ciò che ritenevi più giusto. Inoltre i medici ti hanno avvisato che probabilmente ci sarebbero voluti anni per consolidare la tua identità di genere, ma si sbagliavano. Nemmeno otto settimane dopo già prendevi in prestito i vestiti di tua cugina, ti facevi le trecce e rispondevi solo se ti chiamavano Flora, dunque non c'era poi una gran confusione. Penso che dentro di te tu abbia sempre saputo di essere una bambina.

Alcuni giorni prima di Halloween ho risposto al telefono e sono rimasta sconvolta quando ho sentito la voce di mia madre. Lei ha detto il mio nome e subito dopo è scoppiata a piangere. A quanto pareva aveva seguito la nostra storia sui notiziari e per settimane aveva provato a contattarmi, ma con il mio basso profilo ero diventata quasi impossibile da trovare. Mi ha detto che era orgogliosa del fatto che fossi pulita, che le mancavo, e poi mi ha chiesto se mi andasse di andare a cena da lei. Io sono rimasta impassibile giusto il tempo necessario prima di chiedere: «Quando?», e lei ha risposto: «Hai impegni adesso?».

Mia madre aveva finalmente smesso di fumare ed era in gran forma, e con mia grande sorpresa ho scoperto che si è risposata. Il suo nuovo marito, Tony, l'uomo che avevo intravisto sulla scala a pulire le grondaie, è un vero gioiello. Si sono conosciuti a un gruppo di sostegno, dopo che il figlio di Tony era morto per un'overdose di metanfetamine. Ha un buon lavoro, come direttore di un punto vendita della Sherwin-

Williams, e sfoga l'energia in eccesso con i lavoretti di casa. Ha ridipinto ogni stanza della casa e rinnovato le fughe tra i mattoni della facciata. Ha ristrutturato il bagno da cima a fondo, installando una nuova doccia e una nuova vasca, e trasformato la mia vecchia camera in una piccola palestra con cyclette e tapis roulant. Ma la sorpresa più grossa è stata quando ho saputo che mia madre ha iniziato ad andare a correre! Quando ero al liceo, io e Beth non riuscivamo nemmeno a farla alzare dal divano, adesso invece corre un chilometro e mezzo in nove minuti. Con pantaloncini in lycra, il Fitbit e compagnia bella.

Io e mia madre ci siamo sedute in cucina e abbiamo parlato per tutto il pomeriggio fino a tarda sera. Volevo raccontarle per intero la storia dei Maxwell, ma lei conosceva già gran parte dei dettagli. Aveva un enorme raccoglitore pieno zeppo di notizie che aveva letto e stampato da Internet. Aveva ritagliato tutti gli articoli dell'*Inquirer* e li aveva incollati in un quaderno. Mi ha detto di essere diventata una piccola celebrità, e che tutti i nostri vecchi vicini sono fieri di me. Ha compilato un elenco di tutti quelli che hanno telefonato a casa sperando di parlarmi: amici del liceo, vecchi allenatori, compagne di squadra, le mie coinquiline a Safe Harbor. Ha preso nota di nomi e numeri. «Dovresti richiamare tutti, Mallory. Fargli sapere come stai. Oh! Quasi dimenticavo la cosa più strana di tutte!» Ha attraversato la cucina fino al frigorifero e ha preso un biglietto da visita da sotto una calamita: Dottoressa Susan Lowenthal, Facoltà di Medicina, University of Pennsylvania. «Questa donna è venuta qui! Dice che ti ha conosciuta per un progetto di ricerca, è vero? E ha passato anni a cercarti. Ma di che accidenti parla?»

Le ho risposto che non lo sapevo e ho messo il biglietto da visita nel portafoglio, per poi cambiare argomento. Non ho ancora trovato il coraggio di telefonarle. Non sono sicura di voler sentire quello che ha da dirmi. Sicuramente non voglio attenzione, né voglio diventare una celebrità.

Ora come ora, voglio solo una vita normale.

A fine luglio, un anno dopo aver lasciato Spring Brook, mi preparavo a trasferirmi alla Drexel University, in un dormitorio per persone che hanno fatto un percorso di riabilitazione. Ero pulita da trenta mesi e mi sentivo a buon punto nel mio percorso di recupero. Dopo un anno passato a riflettere avevo deciso di iscrivermi al college e studiare per diventare insegnante. Volevo lavorare alle scuole elementari, o meglio ancora all'asilo. Ho contattato tuo padre per la centesima volta per sapere se durante l'estate sarebbe stato possibile venire a trovarti. E quella volta, come per miracolo, i tuoi medici non si sono opposti. Ritenevano che ti stessi adattando bene alla tua nuova vita e che forse poteva valere la pena che ci rivedessimo.

Adrian ha proposto di trasformare quel viaggio in una vacanza: la nostra prima vera vacanza insieme. Durante l'anno, mentre lui finiva i corsi alla Rutgers, eravamo rimasti in contatto. Si è laureato a maggio per poi essere assunto alla Comcast, in uno dei grandi grattacieli del centro direzionale di Philadelphia. Il suo piano era venire a trovarti per poi continuare verso nord fino alle cascate del Niagara e a Toronto. Ha riempito di snack una grossa borsa frigo e ha messo insieme una playlist con canzoni da viaggio. Io ho preparato una borsa piena di regali per te.

Abitavi a ovest del lago Seneca, in una cittadina chiamata Deer Run, in un quartiere molto diverso da Spring Brook.

Niente Starbucks né centri commerciali o grossi supermercati, solo lunghi tratti di boschi e campi, con qualche casa ogni tanto. L'ultimo chilometro e mezzo di tragitto è avvenuto lungo una strada sterrata fino all'ingresso della fattoria dei Baroth. Tuo padre e tuo zio allevavano capre e polli, e tua zia vendeva latte, uova e formaggio ai ricchi turisti dei Finger Lakes. La tua nuova casa era a due piani, fatta di tronchi e con il tetto di tegole verdi. In un recinto vicino c'erano delle capre che brucavano, e sentivo i polli chiocciare nella stalla. Quel posto mi è sembrato stranamente familiare, anche se ero sicura di non essere mai stata da quelle parti.

«Sei pronta?» mi ha chiesto Adrian.

Ero troppo nervosa per rispondere. Ho preso la borsa con i regali, ho salito i gradini fino alla porta d'ingresso e ho suonato il campanello. Poi ho fatto un respiro profondo, preparandomi alla violenta emozione di vederti nelle vesti di bambina. Avevo paura di reagire in modo strano, un modo che potesse mettere in imbarazzo me, te o entrambe.

Però è venuto ad aprire tuo padre. È uscito in veranda e mi ha accolta con un abbraccio. Aveva messo su qualche chilo, grazie al cielo. Forse una decina. Indossava un paio di jeans appena stirati, una morbida camicia di flanella e scarponi neri. Ha fatto per stringere la mano a Adrian, poi invece ha abbracciato anche lui.

«Entrate, entrate» ci ha detto ridendo. «È bello avervi qui.»

L'interno della casa era tutto di legno, con mobili rustici e grandi finestre che si affacciavano su pascoli d'erba verde. Tuo padre ci ha portati nella stanza principale, una specie di cucina-soggiorno-sala-da-pranzo con un enorme camino in pietra e una scala per salire al primo piano. C'erano carte da gioco e pezzi di puzzle sparsi dappertutto. Tuo padre si è scusato per il disordine; ha detto che i tuoi zii erano dovuti uscire per questioni di lavoro e che gli avevano lasciato tutti i bambini. Vi sentivo giocare al piano di sopra, ridere e strillare, cinque voci infantili che parlavano tutte insieme. Tuo padre sembrava esasperato, ma gli ho assicurato che era tutto a posto e che ero contenta di sapere che avevi degli amici.

«Adesso chiamo Flora» ha detto. «Ma prima rilassiamoci un po'.» Ha portato del caffè per Adrian e una tazza di tisana per me. C'era anche un piattino con alcuni dolcetti ripieni di albicocca. «Si chiamano *kolach*» ci ha spiegato. «Servitevi pure.»

Nell'ultimo anno il suo inglese era migliorato tantissimo. Aveva ancora un accento inconfondibile, ma per una persona che viveva negli Stati Uniti solo da qualche anno mi è sembrato che se la cavasse alla grande. Ho notato un grande quadro appeso sopra al camino, un lago calmo in un placido giorno d'estate. Gli ho chiesto se fosse opera di tua madre e lui ha risposto di sì, poi ci ha fatto fare il giro della stanza, mostrandoci gli altri suoi dipinti. Erano appesi in cucina, in sala da pranzo, per le scale, dappertutto. Tua madre aveva molto talento e tuo padre era orgoglioso di lei.

Gli ho chiesto se disegnassi ancora, se fossi ancora interessata all'arte, e tuo padre mi ha detto di no. «I medici parlano di "mondo di Teddy" e "mondo di Flora". E tra i due mondi non c'è molto in comune. Nel mondo di Teddy ci sono le piscine. Nel mondo di Flora i Finger Lakes. Nel mondo di Teddy ci sono i disegni. Nel mondo di Flora ci sono i cuginetti che aiutano ad allevare gli animali.»

Avevo un po' paura a fare la domanda successiva, ma sapevo che se non l'avessi fatta avrei avuto dei rimpianti.

«E Anya? Fa parte del mondo di Flora?»

Tuo padre ha scosso la testa. «No, Flora non vede più la sua *anya*.» Solo per un attimo mi è sembrato deluso. «Meglio così, ovviamente. È come dovrebbe essere.»

Non sapevo davvero come reagire, così ho guardato fuori, dove qualche capra brucava nel prato. Sentivo ancora i tuoi cugini di sopra che giocavano, e all'improvviso ho riconosciuto la tonalità e la cadenza della tua voce. Era proprio come la ricordavo. I tuoi cugini mettevano in scena frammenti del *Mago di Oz*. Tu interpretavi Dorothy, e una delle tue cugine faceva il sindaco della città dei Mastichini, e per cambiarsi la voce respirava elio da un palloncino. «Andiamo a trovare il Mago!» gracchiava, e voialtri scoppiavate a ridere.

Poi siete scesi tutti e cinque al piano di sotto a passo di marcia, cantando *We're Off to See the Wizard*. Il più grande dei tuoi cugini aveva dodici o tredici anni e la più piccola aveva appena imparato a camminare, e gli altri avevano età intermedie. Anche se portavi i capelli lunghi e un vestito azzurro, ti ho riconosciuta subito. Il tuo viso era rimasto lo stesso. Il resto era cambiato, ma non i tuoi dolci lineamenti. Tenevi in mano un bastoncino e lo usavi come farebbe il mazziere di una banda, agitandolo in alto sopra la testa.

«Flora, Flora, aspetta!» ha esclamato tuo padre. «Abbiamo ospiti. Mallory e Adrian. Dal New Jersey, ti ricordi?»

Gli altri bambini si sono fermati e ci hanno guardati a bocca aperta, tu invece no.

«Stiamo uscendo» ha spiegato il più grande. «Andiamo alla Città di Smeraldo e lei è Dorothy.»

«Flora può restare qui» ha detto József. «Dorothy la farà qualcun altro.»

I bambini hanno iniziato a protestare, elencando tutti i motivi per cui era ingiusto e poco pratico, József però li ha spinti comunque fuori dalla porta. «Flora rimane. Voi tornate dopo. Tra mezz'ora. Restate a giocare fuori.»

Ti sei seduta sul divano accanto a tuo padre, ma non volevi ancora guardarmi. Ero davvero stupita di come bastassero un vestito azzurro e i capelli più lunghi a modificare completamente la percezione che avevo di te. Solo qualche indizio e il mio cervello aveva provveduto al resto, facendo scattare gli interruttori giusti. Prima eri un bambino. Adesso una bambina.

«Flora, sei bellissima!» ho esclamato.

«*Muy bonita*» ha confermato Adrian. «Ti ricordi anche di me, vero?»

Tu hai annuito, ma continuando a tenere gli occhi fissi sul pavimento. Mi sono ricordata del nostro primo incontro, il giorno del mio colloquio di lavoro. Disegnavi sul tuo blocco, rifiutandoti di incrociare il mio sguardo. E mi ero dovuta sforzare parecchio per convincerti a parlare. Ora sembrava che fossimo di nuovo due sconosciute, come se stessimo ricominciando da zero.

«Ho sentito che il mese prossimo vai in prima. Sei contenta?»

Ti sei limitata a un'alzata di spalle.

«Comincio una scuola nuova pure io. Il primo anno di college. Alla Drexel University. Studierò pedagogia e diventerò maestra d'asilo.»

Tuo padre sembrava sinceramente contento per me. Ha commentato: «Ma che bella notizia!», e poi ha parlato per qualche minuto di quando era studente di agraria, in Ungheria, all'Università di Kaposvár. Mi sembrava che si stesse impegnando a compensare tutti i nostri imbarazzanti silenzi parlandoci sopra.

Così ho provato con un approccio diverso.

«Ti ho portato dei regali.» Ho preso la borsa dall'altra parte della stanza, e giuro di non avere mai visto una bambina così impaurita dal fatto di ricevere dei regali. Ti sei addirittura tirata indietro, come se temessi che la borsa fosse piena di serpenti.

«Flora, è una cosa bella» ti ha detto tuo padre. «Aprili, per favore.»

Hai scartato il primo pacchetto, una scatola di matite acquerellabili con un'ampia gamma di colori. Ti ho spiegato che funzionavano come le matite normali, ma aggiungendo una goccia d'acqua potevi spargere il colore con il pennello, e l'effetto era quello di un quadro. «La signora del negozio mi ha detto che sono molto divertenti. Se vuoi ricominciare a disegnare...»

«E che bei colori» ha aggiunto tuo padre. «Che bel regalo, che bel pensiero!»

Tu hai sorriso e mi hai ringraziata, poi hai scartato il regalo successivo, sei frutti gialli in una scatoletta bianca.

Mi fissavi, in attesa di una spiegazione.

«Non ricordi, Flora? Sono carambole. Dal fruttivendolo. Ricordi quando ne abbiamo comprata una?» Ho guardato tuo padre. «A volte andavamo a piedi al supermercato, per la nostra attività mattutina, e io lasciavo che Flora comprasse tutto ciò che voleva. Qualunque cibo, ma doveva essere qualcosa che non avevamo mai assaggiato, e doveva costare meno di cinque dollari. Così un giorno ha scelto una carambola. E ci è sembrata fantastica. La cosa più buona che avessimo mai mangiato!»

Solo allora, finalmente, hai cominciato ad annuire, come se la storia ti sembrasse familiare, ma non ero sicura che la ricordassi davvero. E a quel punto mi sono sentita in imbarazzo. Volevo riprendere la borsa, non volevo che aprissi l'ultimo regalo, ma era troppo tardi. Hai strappato la carta per scoprire un libretto intitolato *Le ricette di Mallory*, che avevo fatto rilegare in copisteria. Avevo scritto al computer ingredienti e istruzioni per tutti i dolci che avevamo fatto insieme, i cupcake e i brownie con la crema di formaggio, le barrette fatte con i biscotti sbriciolati e il budino al cioccolato. «Casomai volessi mangiarli di nuovo. E volessi provare a fare uno dei nostri vecchi dolci preferiti.»

Tu mi hai ringraziata di nuovo, con molta educazione, ma io ho capito che il libretto sarebbe finito su uno scaffale e non sarebbe stato mai più toccato.

All'improvviso mi è stato dolorosamente chiaro il motivo per cui i tuoi medici non volevano che venissi a trovarti: perché *tu* preferivi di no. Stavi cercando di dimenticarti di me. Non sapevi davvero cosa fosse successo a Spring Brook, ma sapevi che era una cosa brutta, sapevi che metteva a disagio gli adulti, sapevi che le persone preferivano parlare d'altro. Così stavi cercando di lasciarti tutto alle spalle, ti stavi abituando alla tua nuova vita. E in uno stupefacente momento di chiarezza, ho capito che io non ne avrei mai fatto parte.

La porta d'ingresso si è spalancata e i tuoi cugini sono rientrati in casa, cantando trionfanti *Ding-Dong! The Witch Is Dead!* mentre salivano al primo piano a passi pesanti. Ti sei rivolta a tuo padre con l'aria supplice, e lui è arrossito. Era mortificato. «È da maleducati» ha sussurrato. «Mallory e Adrian hanno fatto un lungo viaggio per venirci a trovare. Ti hanno portato dei regali molto generosi.»

Io però ho deciso di lasciarti andare.

«Va bene così» ho detto. «Non importa. Sono contenta che tu abbia tanti amici, Flora. Mi rende davvero felice. Dovresti andare di sopra a giocare con loro. E in bocca al lupo per la prima elementare, okay?»

Tu hai sorriso e mi hai risposto: «Grazie».

E mi sarebbe piaciuto che mi abbracciassi, ma mi sono dovuta accontentare di un rapido cenno mentre te ne andavi. Poi sei salita di sopra, dietro ai tuoi cugini, e ti ho sentita raggiungerli tutta contenta per la fine della canzone, e tutti gridavate a squarciagola: «*Ding-dong, the wicked witch is deeeeeeead!*», per poi esplodere in strilli e risate mentre tuo padre si guardava gli scarponi.

Ci ha offerto altra tisana e altro caffè e ha detto che sperava che saremmo comunque rimasti per pranzo. Ci ha spiegato che tua zia Zoe aveva preparato il *paprikas*, una specie di stufato di carne servito con pasta all'uovo. Io però ho risposto che forse era meglio ripartire. Gli ho spiegato che eravamo diretti in Canada, per visitare le cascate del Niagara e Toronto. Poi io e Adrian ci siamo trattenuti un altro po', per educazione, quindi abbiamo raccolto le nostre cose.

Tuo padre aveva capito che ero rimasta delusa. «Possiamo riprovarci tra qualche anno» ha proposto. «Quando sarà cresciuta. Quando conoscerà tutta la storia. So che avrà delle domande, Mallory.»

L'ho ringraziato per avere permesso la nostra visita. Poi gli ho dato un bacio sulla guancia e gli ho augurato buona fortuna.

Una volta usciti, Adrian mi ha messo un braccio intorno alla vita.

«È tutto a posto» gli ho detto. «Sto bene.»

«Sembra che stia bene anche lei, Mallory. Sembra felice. Abita in una bella fattoria con la sua famiglia e in mezzo alla natura. Qui è bellissimo.»

Sapevo che era tutto vero, però...

Credo che avessi sperato in qualcosa di diverso.

Abbiamo camminato lungo la strada sterrata fino al pick-up di Adrian. Lui ci ha girato intorno e ha sbloccato gli sportelli. E io stavo per aprire il mio, quando ho sentito dei passi leggeri che mi correvano dietro e ho sentito il tuo corpo che mi sbatteva con forza sui fianchi. Mi sono voltata e tu mi hai abbracciata, seppellendo il tuo volto contro la mia pancia. Non hai detto niente, ma non ce n'era bisogno. E non sono mai stata così riconoscente per un abbraccio.

Poi ti sei allontanata e sei tornata a casa di corsa, ma non senza avermi prima messo in mano un foglio piegato, un ultimo disegno per dirmi addio. E quella è stata l'ultima volta che ti ho vista.

Ma so che tuo padre ha ragione.

Un giorno, in futuro, tra dieci o venti anni, sarai curiosa del tuo passato. Leggerai su Wikipedia la pagina che parla del tuo rapimento, scoprirai tutte le voci che girano sul tuo caso, magari ti accorgerai di un paio di contraddizioni nel rapporto della polizia. Forse ti domanderai come abbiano fatto i Maxwell a ingannare tante persone per tutto quel tempo, o come una tossica di ventun anni sia riuscita a mettere insieme tutto il puzzle. Ti chiederai cosa sia successo davvero a Spring Brook.

E quando arriverà quel momento, troverai questo libro ad aspettarti.

E anche me.

Ringraziamenti

Sono molto felice che Will Staehle e Doogie Horner abbiano accettato di realizzare le illustrazioni di questo libro, ben prima che avessi un contratto o un manoscritto pronto, o addirittura le idee chiare sulle immagini. Grazie, ragazzi, per la vostra fiducia in questo progetto, per le vostre splendide opere d'arte e per avermi tenuto compagnia durante il lockdown.

La dottoressa Jill Warrington ha voluto condividere con me informazioni preziose sulle dipendenze, i percorsi di recupero e gli antidolorifici, e sua figlia Grace mi ha fatto notare alcuni errori imbarazzanti nelle prime bozze. Rick Chillot e Steve Hockensmith hanno letto con grande attenzione il manoscritto e mi hanno dato delle buone idee. Nick Okrent mi ha aiutato nelle ricerche sulle fiabe. Deirdre Smerillo, invece, nelle questioni legali. Jane Morley mi ha dato informazioni sulle corse di fondo. Ed Milano mi ha dato un ulteriore contributo nelle questioni legate alle dipendenze e ai percorsi di recupero.

Doug Stewart è una gran persona e un agente fantastico. Mi ha presentata a Zack Wagman, un editor incredibile, che mi ha dato parecchi suggerimenti su come migliorare questo libro. Vorrei ringraziare anche Maxine Charles, Keith Hayes, Shelly Perron, Molly Bloom, Donna Noetzel e tutti gli altri di Flatiron Books; Darcy Nicholson di Little Brown UK; Brad Wood e gli altri del commerciale di Macmillan; Szilvia Molnar, Danielle Bukowski e Maria Bell di Sterling Lord Literistic; Rich Green ed Ellen Goldsmith-Vein di Gotham Group; Caspian Dennis di Abner Stein; Dylan Clark, Brian Williams e Lauren Foster di Dylan Clark Productions; Mandy Beckner e Liya Gao di Netflix.

Sono grato soprattutto alla mia famiglia, in particolare a mia madre (che ha lavorato come tata), a mio figlio Sam (che fa le corse campestri) e a mia figlia Anna (che disegna da quando è in grado di tenere in mano una matita). Senza di loro non sarei mai riuscito a scrivere questo libro. E nemmeno senza mia moglie, Julie Scott, a cui è dedicato con tutto l'amore possibile.

FSC
www.fsc.org
MISTO
Carta da fonti gestite
in maniera responsabile
FSC® C005461

Stampato presso Rotolito S.p.A.
Seggiano di Pioltello (MI)